Zwart ijs

Wilt u op de hoogte worden gehouden van de romans en literaire thrillers van uitgeverij Signatuur? Meldt u zich dan aan voor de literaire nieuwsbrief via onze website www.uitgeverijsignatuur.nl.

Bernardo Fernández

Zwart ijs

Vertaald door Jacqueline Visscher

SIGNATUUR

2012

© Bernardo Fernández
c/o Guillermo Schavelzon & Asoc., Agencia Literaria
www.schavelzon.com
Oorspronkelijke titel: Hielo negro
Vertaald uit het Spaans door Jacqueline Visscher
© 2011 uitgeverij Signatuur, Utrecht en Jacqueline Visscher
Alle rechten voorbehouden

Omslagontwerp: Wil Immink Design
Omslagfoto: Nikki Smith/ Arcangel Images/ HH
Foto auteur: Marina Taibo
Typografie: Pre Press Media Groep, Zeist
Druk- en bindwerk: Koninklijke Wöhrmann, Zutphen

ISBN 978 90 5672 416 0
NUR 305

Dit boek is gedrukt op papier dat het keurmerk van de Forest Stewardship Council (FSC®) mag dragen. Bij dit papier is het zeker dat de productie niet tot bosvernietiging heeft geleid. Een flink deel van de grondstof is afkomstig uit bossen en plantages die worden beheerd volgens de regels van FSC. Van het andere deel van de grondstof is vastgesteld dat hiervoor geen houtkap in de laatste resten waardevol bos heeft plaatsgevonden. Daarom mag dit papier het FSC Mixed Sources label dragen. Voor dit boek is het FSC-gecertificeerde Munkenprint gebruikt. Dit papier is 100% chloor- en zwavelvrij gebleekt en wordt geleverd door Arctic Paper Munkedals AB, Zweden.

Er is maar een enkeling met wie ik rug aan rug in
een vuurgevecht zou willen zitten. Een van hen is
Paco Haghenbeck, en daarom is deze roman
aan hem opgedragen.

Love is a negative form of hate.

– ROGER ZELAZNY, *This Immortal*

1

Vijftien minuten voor zijn kop aan flarden werd geschoten, beëindigde veiligheidsagent Ceferino Martínez, bijgenaamd el Oaxaca, zijn laatste ronde van de avond.

'Twee-veertien, hier zevenentwintig, meldt zestien,' informeerde hij de centrale via de radio toen hij terug was in zijn bewakershok. Alles was rustig.

Hij ging op de stoel zitten, maakte de knoop van zijn stropdas wat losser en stemde de radio af op de zender Sabrosita.

Met zijn tong bevochtigde hij het uiteinde van een Delicado zonder filter; hij hield van de zoete smaak van het rijstpapier. Voor hij hem aanstak, liet hij hem even tussen zijn lippen bungelen, zoals hij agenten in films zag doen. Hij inhaleerde diep en blies een blauwige rooksliert uit.

Hij hoefde alleen nog te wachten tot zijn aflossing over een kwartier kwam, precies om middernacht.

Hij nam een tweede trek van zijn sigaret. Tijdens het uitblazen bestudeerde hij aandachtig de dansende rook. Hij vond de kringelende vormen bijzonder sensueel.

Ze deden hem denken aan de billen van zijn vrouw.

Vierentwintig uur eerder was hij voor zijn bewakingsdienst gearriveerd, nog opgewonden nadat hij Margarita had gepakt op de tafel in de kleine woning die ze in Iztapalapa huurden.

Het paar was afkomstig uit het kustgebied van de staat Oaxaca en had zich in de gevaarlijke wijk La Minerva gevestigd. Zij werkte als dienstmeid. Ceferino was tuinman geweest voor hij zijn stek gevonden had als veiligheidsagent.

Na een huwelijk van tien jaar en drie kinderen vond el Oaxaca de billen van zijn vrouw nog steeds onweerstaanbaar. Hij werd geboeid door de vloeiende lijn waarmee haar taille overging in haar heupen, door de perzikachtige textuur van dat donkere achterwerk waar hij meestal eerst met zijn tong overheen gleed voor hij er met zijn tanden op aanviel.

Dat was waar de beveiliger aan dacht toen hij op de laatste hap *tamal* kauwde die zijn vrouw Margarita hem als avondeten had opgediend, terwijl zij intussen met de vaat bezig was.

De echtgenote boog voorover om het afwasmiddel te pakken toen ze de handen van haar man voelde, die haar wellustig betastten.

'De kinderen ...' mompelde ze, op voorhand wel wetend dat het geen zin had. Haar kinderen zouden zich slapend houden, doodsbenauwd voor de woede van hun vader.

Inmiddels had Ceferino haar rok omhooggeschoven en haar broekje naar beneden getrokken. Al snel voelde Margarita de pijnlijke beten in haar vlees doordringen. Ze dacht aan de sporen die ze nalieten.

'Je doet me pijn,' zei ze, zachtjes protesterend. Zich ervan bewust dat smeken geen zin had, sloot ze haar ogen. Ze voelde de eerste stoot.

Ze hoorde haar man kreunen. Ze beet op haar lip. Ceferino hield er niet van als ze ging jammeren. Na een paar minuten was alles voorbij; alleen de pijn bleef. Ze zakte in elkaar op de vloer, slikte haar tranen in, onderdrukte haar snikken. Ze was bang haar echtgenoot kwaad te maken.

'En waag het niet te gaan lopen hoeren en snoeren, want dan zul je wat beleven!' waarschuwde Ceferino toen hij wegging en intussen zijn gulp dichtdeed.

Vierentwintig uur later kreeg de beveiliger in het bewakershok bij de herinnering opnieuw een erectie. Wacht nou tot ik thuis ben, kloothommel, dacht hij al rokend.

Als halve analfabeet had el Oaxaca met een vervalst certificaat, dat hij op de Plaza de Santo Domingo had gekocht, naar de baan gesolliciteerd.

Tijdens de training bij Cancerbero, het particuliere beveiligingsbedrijf waarvoor hij werkte, had hij er weinig last van gehad dat hij de lagere school niet had afgemaakt. Als tuinman was Ceferino Martínez zijn roeping misgelopen: hij was een geboren agent.

Van weinig dingen had hij zo genoten als van het leren schieten en de knuppel hanteren. Wanneer hij na de training iets met zijn maten was gaan drinken en bezopen thuiskwam, had hij de zogeheten overtuigings- en overheersingstechnieken diverse malen op Margarita en de kinderen in praktijk gebracht.

Het beste was nog wel dat ze geen sporen of blauwe plekken achterlieten.

Bewakingsdienst Cancerbero nv was een particulier beveiligingsbedrijf dat was opgericht door generaal Díaz Barriga – expert op het gebied van nationale veiligheid en elitestoottroepen –, die jaren eerder het leven had gelaten bij een vliegtuigongeluk.

Het bedrijf werd nu geleid door de weduwe van de militair, doña Conchita, een zachtaardige oude vrouw met een passie voor vuurwapens en overtuigingstechnieken.

Ceferino, die voor de Díaz Barriga's was begonnen de tuin van hun huis in de wijk Polanco te verzorgen, had met zijn lach en niet-aflatende ijver de sympathie van het echtpaar gewonnen.

Met de jaren en na de dood van de generaal werd de man uit Oaxaca dankzij zijn ambitie en zijn inzet tijdens de training een van doña Conchita's lievelingen.

Daarom verbaasde het niemand dat Ceferino, el Oaxaca, snel opklom bij de firma Cancerbero en het tot opzichter bracht. Tegenwoordig stond hij aan het hoofd van een ploeg die het medisch laboratorium Cubilsa bewaakte.

Het was een rustig baantje en hij had geen klagen, behalve op dagen als deze, als er een lading pseudo-efedrine bij het laboratorium arriveerde. De container werd geëscorteerd door soldaten, alsof het om een atoombom ging.

Het administratieve, het technische en het beveiligingspersoneel van het bedrijf moest in drievoud tekenen voor de ontvangst van het goedje en het materiaal vervolgens aan een nauwgezette inspectie onderwerpen.

'Het lijkt wel of die klootzakken coke komen brengen,' zei el Oaxaca zachtjes tegen Goyita, een streekgenoot van hem uit Cuicatlán die onder hem werkte.

'Heftig spul, ze gebruiken het voor hoestdrankjes,' antwoordde Goyo. 'Dat zei Aidita, een van de scheikundigen, tegen me. Die blonde.'

Ceferino wist precies over wie Goyo het had. Vaak had hij

zijn ogen gesloten als hij zijn vrouw van achteren nam en zich dan voorgesteld dat het de laborante was.

De procedure nam verscheidene uren in beslag, tot verveling van alle aanwezigen.

Rond acht uur vertrokken de soldaten. Tegen tienen was het laboratorium leeg en lag de twee ton van het goedje in de opslagruimte.

Om halftwaalf, na een vruchteloos bezoek aan het toilet vanwege zijn chronische obstipatie, maakte Ceferino een laatste ronde door het laboratorium voor zijn collega-bewakers hem zouden komen aflossen.

Elke ploeg bestond uit een vaste groep van zes mannen die vierentwintig uur werkten, om er daarna evenzoveel vrij te hebben. Meer had een klein laboratorium als Cubilsa niet nodig.

El Oaxaca rookte tot de peuk zijn lippen brandde, zoals in de tijd dat hij joints rookte. Daar was hij mee gestopt toen doña Conchita de maandelijkse dopingtest had ingesteld.

Goyo zei dat de urineproef negatief was als je twee grote flessen Gatorade blauw dronk. Maar los van het feit dat dat el Oaxaca een dure toestand leek, hield hij niet van die troep. Hij hield zich liever in; hij mocht zijn bazin niet teleurstellen.

Dat nam niet weg dat hij telkens wanneer hij naar zijn dorp ging een paar kilo van het goeie spul meebracht. Zijn beste klant was een collega uit de andere ploeg, een grote kerel uit de kuststreek die ze kleine Acapulco noemden omdat hij zo enorm was. Wat kan die klootzak blowen, dacht Ceferino vrolijk. Hij had nooit gezien dat el Acapulco op de dopingtest positief bleek. En evenmin dat hij Gatorade blauw dronk.

Hij trapte de peuk met zijn laars uit. 'Ik hoop maar dat je sterft,' zong Pesado op de radio.

Vijf minuten voor hij stierf, sloot Ceferino zijn ogen en dacht aan Vanessa, de dochter van een hoerenmadam in Pochutla, die hem verdomme had afgewezen. Met zijn ogen dicht neuriede hij de tekst vurig mee; elk woord brandde hem op de lippen. Hij zag de donkere ogen van Vanes onder haar zware wenkbrauwen voor zich, kon haar bijna aanraken.

De deurbel rukte hem uit zijn mijmeringen.

Kut, drie minuten te vroeg, dacht hij nadat hij had gekeken

hoe laat het was. Een van de procedures van Cancerbero was dat alle horloges gelijk werden gezet.

Op de monitor keek el Acapulco hem met een afwezige blik aan.

'Drie-veertien,' zei Ceferino tegen het beeldscherm.

'Zestien,' antwoordde el Acapulco verstrooid.

'Grieperig, kerel?'

'Neu ...' reageerde zijn collega zonder dat Ceferino zijn lippen zag bewegen.

'Ik kom,' kondigde hij aan, en hij liep naar de deur. Daar toetste hij de code in die de sloten ontgrendelde.

'Verdomme, Aca, je bent helemaal van de wereld. Ik heb je al eerder gezegd dat je niet moet gebruiken als je dienst hebt. Als de doña je snapt, hangt ze je op aan je ballen,' zei el Oaxaca terwijl hij de deur opendeed.

De man uit Guerrero gaf geen antwoord.

'Wat heb jij nou?'

De baas van de nieuwe ploeg zakte voor de ogen van Ceferino in elkaar, die het lichaam van zijn collega maar net kon ontwijken. Toen de man vooroverviel, ontdekte hij de vleesvork die onder in de nek van el Acapulco was geplant, op de plek waar die overgaat in de rug.

El Oaxaca wist niet wat hij moest doen. Een schreeuw bleef in zijn keel steken. Hij trok zijn pistool uit de holster. Hij zou hebben geschoten toen hij opkeek als hij geen gorilla met een geweer voor zich had zien staan.

De seconde die hij aarzelde kostte hem het leven.

Als hij meer tijd had gehad, zou hij hebben gezien dat voor hem een als aap verklede man stond. Maar in de verwarring van het moment richtte de aap de dubbele loop van zijn Mossberggeweer, mikte tussen de ogen van el Oaxaca en vuurde.

Tegen de tijd dat het lichaam van Ceferino Martínez achterover op de grond viel, was hij al dood. Anders had hij wellicht genoten van de bijna wonderbaarlijke wijze waarop de darmspasmen hem van zijn obstipatie verlosten.

Waarschijnlijk had hij het ook wel grappig gevonden om te zien dat een commando in gorillapakken en op rolschaatsen Laboratorium Cubilsa nv binnenkwam en de andere vijf bewakers van zijn ploeg in amper een paar minuten tot lijken reduceerde.

Een komische scène, een film waardig.

Dat de apen een bestelbus hadden en dat ze de twee ton pseudo-efedrine inlaadden had el Oaxaca vast minder amusant gevonden. De volgende dag zou de pleuris uitbreken. Doña Conchita zou hem aan zijn ballen ophangen, zoals hij zo graag herhaalde.

Gelukkig voor hem was hij dood.

2

'Wat is dat voor geluid?'

In de nacht is alleen stilte te horen. Een paar krekels in de verte. Een krassende grote vogel. De twee mannen houden de wacht naast een zwarte pick-up met geblindeerde ruiten.

Achter hen verheft zich daar in the middle of nowhere eenzaam een loods.

Opeens horen ze een schot.

'Wat is dat voor geluid?'

'Wat zou dat zijn, eikel? Het pistool.'

'Nee, serieus, wat is dat voor geluid?'

Ze zwijgen allebei. De berggeluiden weerkaatsen in de schaduwen. In het duister is het gezicht van de ander niet te onderscheiden. Alleen het gloeiende uiteinde van hun sigaret dat oplicht wanneer ze een trek nemen.

Nog een schot.

'Hoorde je dat?'

'Zeik niet, man.'

'Lui...'

Als van verre is achter de golfplaten van de loods geschreeuw te horen. Nog een schot.

'Wat nou weer, eikel?'

'De bazin. Ze zingt ...'

De twee huurmoordenaars luisteren geconcentreerd. Als een zacht gemurmel horen ze Lizzy Zubiaga's stem: '... twaalf olifanten schommelen op het web van een spin ...'

Het woord 'spin' valt samen met een schot. Daarmee dooft de laatste stem die schreeuwt.

Opnieuw stilte.

'Dat wijf is hartstikke gestoord ...'

Hij maakt zijn zin niet af. De loodsdeur gaat open. Lizzy wandelt naar buiten. In de duisternis weten de twee huurmoordenaars dat het pistool van hun bazin, een Colt Government, nog rookt.

'Klaar. Nieuwe installatie. We gaan.'

Ze stappen in de zwarte Lobo en rijden in stilte weg. Geen van de twee mannen durft haar te vragen waarom ze zong.

Een anoniem telefoontje leidt de politie de volgende dag naar een loods buiten Mazatlán. De officier van het Mexicaanse OM gaat chagrijnig op weg naar de plek. Hij heeft een fikse kater.

Hij stapt uit de patrouillewagen en loopt naar de deur van het golfijzeren gebouw. Het is er vergeven van de agenten en journalisten.

'Nu zijn ze te ver gegaan,' zegt de forensisch onderzoeker bij wijze van groet als hij het gebouw uit komt.

De officier begrijpt het pas als hij binnen is. Hij slaat bijna achterover.

In plaats van een boodschap aan een rivaliserend kartel, dreigementen gericht aan de politie of waarschuwingen tussen *narcos* onderling zijn er bij de twaalf lijken met nekschot een smiley en een tekst op de wand gespoten: HAVE A NICE DAY!!!

3

'Vuur.'

Zodra ik het bevel hoor, schiet ik.

Het eerste schot raakt hem precies tussen zijn ogen.

Ik stel me zijn opengebarsten schedel voor, de hersenmassa die ontzet via het achterhoofd ontsnapt.

Het tweede schot komt midden in de borst terecht. Goed genoeg om de longen als twee waterballonnen uit elkaar te laten spatten, terwijl een derde kogel tussen de heupen belandt.

De door de baan van het projectiel verwoeste genitaliën doen er niet toe: de onherstelbare schade aan de ruggenwervel zorgt ervoor dat hij nooit meer zal lopen.

Jammer dat het een schietpop is.

'Heel goed, Andrea, dertig seconden,' zegt Martínez, mijn instructeur.

Ik laat het wapen zakken.

Ondanks de gehoorbescherming zoemen mijn oren. Mijn onderarm doet pijn van de terugslag van het wapen.

Het is een pijn waarvan ik hou. Een goede manier om de dag te beginnen.

Martínez, agent en veteraan van het nationale inlichtingen- en veiligheidscentrum SICEN, inspecteert de resten van de pop. Ze zeggen dat hij heel dicht bij de politicus don Fernando Gutiérrez Barrios stond. Dat hij een boezemvriend van Coello Trejo's vader was.

Niets van dat alles hielp hem toen een van de vele zuiveringen bij de politie begon.

Hij had mazzel. Hij eindigde niet dood of in de gevangenis, zoals veel van zijn collega's.

Hij werd gered doordat hij een eersteklas schutter was. Daarom kreeg hij het baantje van instructeur op de schietbaan.

Volgens de verhalen kon hij een in de lucht zwevende ballon raken.

Geen twijfel mogelijk, de tijd verwoest alles, denk ik, terwijl de oude man de vlakke figuur inspecteert die ik daarnet aan flarden heb geschoten.

Een figuur met menselijke vormen en drie rokende gaten.

De zwavelgeur van het kruit hangt in de lucht. De eerste keer dat ik die rook dacht ik dat iemand met rotte eieren had gegooid. Of dat we ons vlak bij een open afvoerput bevonden.

'Arme kerel.' Voor Martínez staat dit gelijk aan een compliment.

Hij kijkt naar me op terwijl hij een sigaret uit zijn jack haalt. Hij steekt hem aan en inhaleert voordat hij zegt: 'U kunt gaan, agent Mijangos.'

Ik maak een halve draai en loop weg zonder gedag te zeggen. Onmiddellijk voel ik zijn blik op mijn billen. Zoals alle kerels houdt hij ervan grote stevige wijven te pakken.

Nooit om serieus iets met hen te beginnen.

Een keer betrapte ik hem erop dat hij naar mijn tieten loerde toen ik mijn wapen schoonmaakte. Sindsdien kan hij me niet meer in de ogen kijken. Kerels hebben geen vertrouwen in ons. Ze geloven niet dat een vrouw even hard kan zijn als een man.

Tot ze me zien schieten.

Dan pas respecteren ze me. Ik moest het ze van meet af aan bewijzen.

Het ging zo: we patrouilleerden in de straten van de wijk Doctores. Die krijgen beginnelingen altijd toegewezen. Ik was met Bustamante, een agent die een paar maanden van zijn pensioen af zat.

We baalden allebei. Hij omdat hij een vrouw toegewezen had gekregen. Ik omdat ze me bij een oude vent hadden gezet.

'Kutwijven, wat een gezeik ...' mompelde de oude de hele tijd. Hij spuwde zijn verwensing er binnensmonds uit wanneer hij maar de kans kreeg.

Voor de variatie deed hij soms alsof hij een kerel bij zich had.

'Zag je die billen? Geweldig, man, wedden dat je haar zou willen pakken?'

Ik wist nooit wat ik moest antwoorden.

Bustamante was een klootzak. Hij had twee of drie echtgenotes en een heel stel liefjes. Hij had een zwak voor jonge grietjes.

'Wacht effe, ben zo terug,' zei hij voor een appartementen-complex. Hij stapte uit de patrouillewagen en gebaarde naar een vrouw, altijd heel jong, dat ze bij hem moest komen. Nog maar net achttien. Dat wil ik althans graag geloven.

Dan liet hij me daar wachten, met het knetterende geruis van de radio.

Tien, twaalf minuten.

Hij kwam teruglopen en fatsoeneerde intussen zijn stropdas. Naar zaad ruikend.

'Top, man. Je moet in vorm blijven.'

En hij trok op.

Zijn favoriete sport was afpersen. Hij ging naar een bar. Zo-dra de eigenaar hem zag binnenkomen, trok hij wit weg.

'W... wat is er, kapi? Alweer hier?' zeiden ze doorgaans ner-veus tegen hem.

'Doe me een *cubita*, Fermín. En wil jij een glaasje fris, meisje?' vroeg hij me dan.

Hij kende de zaakjes van de eigenaren vanbuiten. Daarom vroeg hij altijd wat er te snacken viel.

Hij vrat als een varken, vertrok vervolgens zonder te betalen.

'Schrijf maar op, makker,' en hij boerde ten afscheid.

Bij oproepen van de centrale drukte hij zich zo veel mogelijk. Telkens wanneer de radio klonk pakte hij de krant – hij las de *Esto* – en deed of hij er helemaal in verdiept was.

Hij reageerde alleen als het om kruimeldiefstalletjes ging: ge-stolen mobieltjes, oude vrouwen die van hun tasje waren be-roofd, dat soort zaken.

Tot er op een keer – we werkten inmiddels een week samen – een oproep klonk. Er was een overval gaande op een wasserij twee blokken bij ons vandaan.

Aangezien ik achter het stuur zat – hij zat een paar gestoomde taco's te eten –, trok ik onmiddellijk op.

'Ho, meisje, waar ga je heen?'

Binnen drie minuten was ik ter plaatse. Toen ik uit de pa-trouillewagen stapte had ik mijn wapen al getrokken, een oude Star 380 die ze me bij het korps hadden gegeven.

Het was mijn eerste overval.

'Godver, nou is alles naar de klote!' schreeuwde die vent, al zwaaiend met een pistool. Het bleek een oude revolver.

'Laat je wapen zakken, klootzak!' beval ik.

'Godver, nou is alles naar de klote, godverdomme ...!' brulde die kerel als een mantra. Hij had een bivakmuts op.

'Haal geen stommiteiten uit, meisje,' siste Bustamante, die zijn pistool niet eens getrokken had.

'Laat je wapen zakken,' herhaalde ik.

De man hield het niet meer. Hij vuurde op onze patrouillewagen; het was zo'n slecht schot dat hij de pit raakte. Daarna rende hij weg.

'Staan blijven, klootzak!' schreeuwde ik hem achterna. Hij was snel.

Hij blafte als een woeste hond.

De mensen gingen voor ons opzij. Die idioot schoot nog een keer.

We renden drie straten.

'Blijf staan! Je bent de lul!'

Hij stond abrupt stil. Draaide zich om. Richtte zijn wapen op me.

De wereld om ons heen viel stil.

Ik zag het gat van de loop recht tussen mijn ogen gericht.

Hij haalde de trekker over, verscheurde de stilte.

De eerste kogel kwam in zijn borst terecht. De tweede in zijn maag.

Ik was sneller dan hij.

Bustamante kwam puffend aanlopen. Hij bleef er bijna in.

Hij zakte op zijn knieën bij het lichaam van de overvaller en trok de bivakmuts van zijn hoofd.

Ouder dan zeventien kon de jongen niet zijn.

'Tering, Mijangos. Je bent goed.'

Hij sloeg zijn ogen op en keek me aan. Daar, geknield op straat, lachte hij voor het eerst naar me.

'Agent Mijangos, voor u.'

Ik zat in de nesten. Strikt genomen had ik hem vermoord. Mijn eerste dode. De enige die je je herinnert.

De officier verzocht een voor mij gunstig rapport op te maken. Ik sta bij hem in het krijt.

Twee weken voor hij met pensioen ging werd Bustamante vermoord.

Iemand moest het zat zijn geworden om hem gratis van eten te voorzien.

Zes jaar bij het leger. Vier bij de antiovervaldivisie voor de noordwestelijke regio van het Mexicaanse OM.

En nu hier.

Waar zou een vrouw als ik anders een plekje kunnen vinden? Als kleuterjuf? Haren knippen in een kapsalon? Op een bureau voor grafisch ontwerpen?

Als huisvrouw?

Te groot. Te hard.

'Erg veel ham voor twee eieren,' zei een imbeciel een keer achter me toen ik op de middelbare school zat, in Cadereyta. Ik hoorde het toevallig.

Op de grond bleef hij maar sorry zeggen, nadat ik hem de tanden uit zijn bek had getrapt.

Daarna zei niemand meer iets over me.

Na de schietoefening ga ik naar de sportzaal om wat te trainen. Dumbs. Twaalf kilo. Zes series van veertig. Op dat tijdstip is er niemand.

Ik eindig met een halfuurtje op de loopband.

Bezweet loop ik naar de damesdouches. In de gang kom ik el Chaparro tegen.

Hij knipoogt.

Ik loop gewoon door, alsof ik niets heb gezien.

'Hoi, Andy,' begroet Karina me als ik de doucheruimte binnenkom.

'Hoi,' antwoord ik automatisch.

Niemand snapt wat zij bij de politie doet. Ze is knap, bijna mooi. Met haar lengte zou ze zo model kunnen zijn. En ze is best aardig. Zelfs ik mag haar wel. Misschien houdt ze ervan omringd te zijn door mannen. En aangezien ik geen concurrentie ben ...

'Hoe ging je schietsessie?' vraagt ze van onder de douche. Zij heeft twee uur gesport.

'Je kent het wel, Martínez. Ouwe zeikstraal,' antwoord ik terwijl ik onder de ijskoude straal ga staan.

'Let maar niet op hem.'

We wassen ons zwijgend. Ik weet nooit wat ik tegen een andere blote vrouw moet zeggen. Karina verbreekt de stilte.

'Jeetje, Andrea, wat een geweldige billen heb je.'

Ik krijg een kop als een boei.

'V... vind je? Ze zijn te groot.'

'Kan, maar wel heel stevig. En je hebt bijna geen cellulitis. Heel weinig maar.'

Als vanzelf gaan mijn ogen naar haar dijen. Zelfs zij had last van cellulitis.

'Je zou er meer van moeten profiteren, joh, want je ziet er heel goed uit,' en ze geeft me een tikje op mijn kont, waardoor ik verstijf. 'Tot later.'

In de deuropening van de doucheruimte draait ze zich om en zegt: 'En er is nog iets wat ik aan je bewonder.'

Ik hoor haar zwijgend aan. Wat kan ze aan mij nou leuk vinden?

'Je stijl. Altijd als ik je zie moet ik aan zo'n heavy rockster denken.'

'Heavy' is een adjectief dat ze altijd al op me hebben geplakt.

'En ik,' gaat ze verder, 'zal altijd de secretaresse lijken. Zakelijk, maar altijd de secretaresse.'

Ik zie haar weggaan.

Er gaan twee of drie minuten voorbij zonder dat ik me kan verroeren. Ik voel de contouren van haar hand nog alsof ze mijn achterwerk gebrandmerkt heeft.

Ik had haar nek moeten breken.

Maar ik moet toegeven dat het me ergens wel beviel wat ze zei.

Iemand vindt mijn stijl leuk.

Een halfuur later, als ik op mijn motor op weg ben naar het bureau, gaat mijn mobiel. Rubalcava, mijn chef.

'Tot uw orders.'

'Mijangos, ga als de bliksem naar laboratorium Cubilsa, in de Miguel Ángel de Quevedo. Een negenenveertig-vijftig.' De code voor een overval met geweld.

'Hoeveel zijn er koud?'

'Twaalf. Allemaal beveiligingsagenten. Robles is al ter plaatse.'

Hij heeft het over el Járcor, mijn patrouillemaatje. Hij is ex-punk, nu fan van hardcore, *járcor* op z'n Spaans. Daarom wordt hij zo genoemd. Ik ben metal. We kunnen goed met elkaar overweg. We wisselen cd's en politieromannetjes uit.

'Ik vlieg al, chef.'

Ik kwam vanaf de schietbaan in Cabeza de Juárez. Ik neem de Zaragoza naar de Viaducto, dan de Tlalpan in zuidelijke richting en ik slinger tussen de auto's door, die vanwege de drukte stilstaan. De bestuurders draaien allemaal hun hoofd om om naar die dikke op de motor te kijken. Ik zou ze graag de vinger geven.

De hele weg luister ik naar Fear Factory op mijn iPod.

4

Negen uur 's avonds. Tabaquito, veertien jaar, rolt met zijn skateboard door de straten van Polígono Almanjayar, de gevaarlijkste woonwijk van Granada. Een van de slechtste buurten van Andalusië. Van heel Spanje.

In het voorbijgaan groet hij verscheidene vrienden. Op elke hoek is een vuurtje te vinden waar de jongens om beurten een slok uit een fles, een hijs van een joint nemen.

Een Mercedes gaat naast de jongen rijden. Vanuit het raampje gebaart een blanke vrouw met groene ogen en gekleed voor een feestje naar hem.

Tabaquito stopt ter hoogte van het raampje.

'Coke?' vraagt ze.

Het zigeunerjoch schudt smalend zijn hoofd.

'Ice,' antwoordt hij. Hij spreekt het uit als 'aigh', met een Andalusisch accent.

'Wat is dat?' vraagt de man achter het stuur, duidelijk een jonge manager van een internationaal bedrijf.

'EMME DEE AA. As jullie dat niet kennen, verdienen jullie 't niet,' antwoordt Tabaquito terwijl hij zich opmaakt weer weg te rollen.

'Hoeveel?' hoort hij achter zich.

Bingo.

'Dertig euro,' zegt hij triomfantelijk.

'Vijftien,' biedt de vrouw.

'Twintig.'

'Deal,' antwoordt de bestuurder.

De vrouw geeft hem een nieuw biljet, net uit de muur getrokken. Tabaquito overhandigt haar een zakje met twee rode pillen.

'Allebei een halfie. Veel water drinken. Geen alcohol. En niet terugkomen.'

De auto en het skateboard verwijderen zich in tegengestelde richting.

Twee uur later, in de disco Mae West, barst het paradijs los in de hoofden van het stel.

Pas om elf uur 's morgens stoppen ze met dansen.

5

Ik kom op de plaats delict. Het krioelt er van de smerissen, forensisch onderzoekers en perslui. De dienders van Openbare Veiligheid zijn al bezig de sporen te vernietigen. Een stel jongens van onze technische recherche is foto's aan het maken. Een paar journalisten doen hetzelfde.

De plek is afgezet. Buiten staat een busje vol lijken; verscheidene deskundigen zijn als nijvere mieren aan het werk. Ik groet er een paar die ik weleens in de gang op het bureau ben tegengekomen.

'Staatspolitie,' mompel ik terwijl ik mijn pasje laat zien. Ze laten me door.

'Andreíta, schoonheid. Wanneer schenk je me eindelijk eens je liefde?' hoor ik achter me zeggen, aan de andere kant van de afzetting. Het is Cabrera, een journalist met een paddenkop van *La Prensa* die altijd met me loopt te flikflooien.

'Nooit, Mario, flikker toch op,' antwoord ik zonder naar hem om te kijken.

Teringlijer.

Er liggen twee lijken bij de ingang, net achter de deur.

Op de vloer zijn een stel hulzen met krijt omcirkeld. Het is een smeerboel, overal bloed.

Zoals gewoonlijk.

Een heleboel mensen lopen en schreeuwen door elkaar heen. Ik meen te kunnen zien wie de wettige vertegenwoordigers van het laboratorium zijn.

Achterin vind ik el Járcor; hij is aan het rotzooien met de jongens van ballistiek.

'Hoestie, maatje, effe doorsmeren?' begroet hij me.

'Mocht je willen. Wat is er gebeurd?' antwoord ik terwijl we de handen tegen elkaar slaan.

'Kutzooi, ze hebben twaalf beveiligingsagenten afgemaakt.'

'Vertel me eens iets nieuws.'

'Ze hebben geweren en steekwapens gebruikt,' hoor ik een bekende stem achter me zeggen. Ik draai me om en kijk in het gezicht van Leonardo, een van de forensisch rechercheurs. Hij is ongeveer van onze leeftijd, van Jar en mij; hij was bassist in een skaband. Toen hij de groep verliet, pakte hij zijn carrière als biochemicus weer op, eerst in Aguas en nu hier in Mexico-Stad.

'Hoe weten ze dat?' vraag ik.

'Die van het busje waren ... hoe zal ik het zeggen? Doorboord als olijfjes. Ik zal het jullie laten zien,' kondigt hij aan terwijl we naar de deur lopen. 'Ze hebben alle lijken in het voertuig achtergelaten, op één na. Ik snap niet hoe ze zes getrainde agenten hebben kunnen neersteken.'

'Daarom juist,' zegt el Járcor, 'die klootzakken waren geen politieagent. Arme drommels, ze hebben praktisch geen opleiding. De meesten kunnen niet eens lezen en schrijven.'

'Zelfs bij ons worden ze niet aangenomen,' voeg ik eraan toe.

'En dat zegt wel wat.'

Vlak bij de deur liggen twee lichamen. Eentje voorover, met zijn voeten naar de ingang. Zijn gezicht ligt op de voeten van het tweede lichaam, dat op zijn rug naar het plafond zou liggen staren, als hij nog een gezicht had gehad.

'Zoals jullie kunnen zien,' zegt León terwijl hij zich over het eerste lijk buigt, 'heeft dit exemplaar het voorwerp waarmee gestoken is nog in zijn lichaam zitten.'

Hij wijst naar een soort vork van zo'n dertig centimeter die uit de achterkant van de nek steekt.

'Het lijkt wel een harpoen. Zo een die met een gaspatroonpistool wordt afgevuurd,' merk ik op.

'Lul niet. Wat een hufters, man. Wie bedenkt nou zoiets, León?'

'De andere vijf zijn met messteken omgebracht; ze hebben steekwonden in de borst, en de chauffeur in het hoofd.'

'Waren de beveiligers ongewapend?' vraag ik.

'Ze hadden het gebruikelijke: knuppels en gas,' is el Járcors antwoord.

'Ze moeten zijn verrast,' zegt León. 'Ik kan het nog niet met zekerheid zeggen, maar deze incisies lijken me heel diep. Alsof ze aangevallen zijn met zwaarden.'

'Zoals door een eskader ninja's?'

'Lul niet, Járcor,' zeg ik zonder mijn ogen van het eerste lichaam af te wenden. 'Ze moeten in een hinderlaag gelegen hebben. Ze uit het busje hebben laten stappen. Was het geblindeerd?'

'Wat denk je zelf?' vraagt mijn maatje. 'Geloof jij dat eigenaren van dit soort bedrijven geld uitgeven om hun personeel te beschermen?'

'Je hebt ze niet echt hoog zitten, hè, maatje?'

'Kijk hier eens naar.' León buigt zich over het tweede lichaam. 'Uit de positie van de lichamen zou je opmaken dat die met de harpoen deze hier heeft neergeschoten.'

'Onmogelijk. Door de terugslag van het wapen zou hij achterover zijn gevallen.'

'Inderdaad, Andrea.'

'Rustig aan, jullie twee, we zitten niet in *Cie Es Ai*,' komt el Járcor ertussen.

'Het gaat om een frontaal schot met een geweer,' gaat León door, alsof hij hem niet hoort. 'De kogel moet ter hoogte van de neus of mond zijn binnengedrongen. De schedel is versplinterd en de hersenmassa tot pulp gereduceerd. Straks bij de autopsie zullen we ongetwijfeld maar weinig hagel in de schedel aantreffen; het grootste deel is via het achterhoofd verdwenen, samen met de botsplinters en het hersenweefsel.'

'Met andere woorden, ze hebben de hersens van die klootzak de lucht in laten vliegen,' zegt el Járcor.

'Ze hebben zijn kop opgeblazen. Luister eens, León, hier hebben we zeven lijken. En de andere?'

'De beveiligers die in het laboratorium waren. Ze zijn net bezig de lichamen vrij te geven. Ze vertonen allemaal schotwonden. Ze zijn als beesten afgeschoten.'

'Is het motief voor de roof al bekend? Dit lijkt me wel heel veel gedoe voor een paar aspirientjes.'

'Dat is het nou net, maatje. Het blijkt wel dat je behalve billen ook hersens hebt,' antwoordt el Járcor. 'Ze hebben twee ton pseudo-efedrine gestolen.'

'En wat mag dat wel wezen?'

'De grondstof voor methamfetamine.'

'Waarvoor gebruiken ze dat in dit lab?'

'Het werkt ontstekingsremmend,' komt León ertussen. 'Het wordt gebruikt voor hoestsiroop, van het soort dat Cubilsa produceert. Best goede, trouwens.'

Hij is de enige die lacht.

'Leg ons de grap eens uit, León.'

'Vroeger, in mijn tijd als ska, kochten we als we krap zaten een fles Vick-siroop en maakten die soldaat. We werden er lekker gestoord van. Om nog maar te zwijgen over die Refractil Ofteno-neusdruppels.'

'Verdomme, León, dus daarom heb je zo'n glazige blik,' zegt el Járcor, en hij geeft hem een mep op zijn schouder.

'Nee, beste Jar, dat doe ik niet meer. Alleen wiet, meer niet. Ik laat jullie nu met rust, ik ga de andere lichamen bekijken. Deze zaak belooft wat.'

'Dat zal niet nodig zijn, dokter,' klinkt het achter ons.

We draaien ons om. Daar heb je hém.

Kut.

Kapitein Gómez Darkseid van het Federaal Onderzoeksbureau komt met een pokerface op ons af lopen, zijn ogen verborgen achter die afschuwelijke Ray-Ban zoals de ... nou ja, de politie draagt.

'Agenten, dit is een zaak van handel in verboden middelen, dus valt hij onder de federale competentie.' Klein en gedrongen als hij is past zijn stem, die schor klinkt van de sigaretten en koude biertjes, niet bij zijn gestalte. 'Daarom neemt onze dienst het nu over. Ik dank u voor uw tijd. Vanaf dit moment behandelen onze agenten de zaak.'

'Voor zover ik weet, gaat het om diefstal. Geen drugshandel,' zeg ik terwijl ik voor hem ga staan. Hij is niet onder de indruk van mijn postuur.

'Agent Mijangos, het is altijd een genoegen u te zien. Ik had al lang niets meer over u gehoord. Bent u nog niet getrouwd?'

Hufter.

'Onze mensen zijn al bezig de plaats delict te onderzoeken, kapitein. Het heeft geen zin dat uw deskundigen van voren af aan beginnen.'

'Mijangos, ik vraag u niets. Het is een bevel. Oprotten jullie, allemaal. Deze zaak is van ons.'

Ik kijk hem aan met een blik die dwars door staal heen zou gaan, maar hij vertrekt geen spier. Ik maak rechtsomkeert. Ik zie dat León verdwenen is. El Járcor staat nog naar de bevelen van de kapitein te luisteren.

'Laten we gaan, maatje. Zeg tegen onze mensen dat ze hun spullen kunnen inpakken.'

Ik loop zwijgend weg zonder nog naar Gómez Darkseid te kijken. Ik voel zijn glimlach in mijn rug prikken.

'En, mijn lieve Andrea, wanneer geef je me nou je jawoord?' zeurt Cabrera als ik het laboratorium uit kom en naar mijn motor loop.

Ik antwoord hem met een trap in zijn maag, waardoor hij dubbelgevouwen op de grond valt.

6

De patrouillewagen staat tegenover een gebouw in Condesa te wachten, even geduldig als een bidsprinkhaan die zijn prooi beloert.

Om de zoveel tijd knettert de radio instructies van de centrale.

Maar die interesseren de twee mannen in het voertuig niet. Het is hun vrije dag.

Agent Armengol zit *La Prensa* te lezen. Van tijd tot tijd neemt hij een slok van het guavedrankje dat ze op de hoek van de Juan Escutia met de Tamaulipas hebben gekocht.

'Dat is hem,' zegt zijn collega achter het stuur als hij iemand uit het gebouw ziet komen.

Naast hem knikt Armengol.

Het gaat om een jonge man; hij ziet er goed uit en gaat gekleed als een Japans sciencefictionpersonage. Hij loopt naar een metallic groene Beetle, start de wagen en rijdt richting de Insurgentes.

'Omar Noriega. Vierentwintig. Aspirant-acteur. Overtredingen tegen de gezondheid en drugsverkoop. Gespecialiseerd in amfeta's,' dreunt el Pollito Alarcón achter het stuur op terwijl hij het doelwit volgt.

'Verdomme, Pollo, dat weet ik zelf ook wel,' gromt Armengol. 'Ik volg hem al drie maanden.'

'Sorry, meneer,' verontschuldigt de agent zich bij zijn meerdere.

Op zijn veertigste-en-nog-wat lijkt Armengol te klein en gedrongen om politieagent te zijn – vandaar zijn bijnaam el Chaparro, onderdeurtje. Zijn corpulentie compenseert hij met geslepenheid. Met zijn gemillimeterde haar en snor waarin de eerste grijze haren zich inmiddels aftekenen, heeft agent Armengol er aardig wat respect bij zijn collega's in geramd.

Eduardo García, bijgenaamd el Pollo, het kuiken, net twintig, is pas een paar maanden eerder als partner aan Armengol toegewezen. Met zijn babyface zou hij niet snel voor een agent worden aangezien als hij geen holster had gedragen. Deel van het verse bloed dat is toegediend om het politiekorps gezond te maken. Bloed dat veteranen als Armengol onmiddellijk besmetten.

De agenten volgen de dealer over de Insurgentes, met twee auto's ertussen. Wanneer hij zijn wagen op de parkeerplaats van een vip neerzet, houden de agenten stil voor de deur.

Noriega heeft niet eens door dat ze hem volgen.

'Zal ik om versterkingen vragen, meneer?'

'Je moet niet zoveel tv-kijken, Pollo, idioot. Bovendien doen we ons eigen dansje.' En Armengol richt zijn aandacht weer op Noriega, die net aan een tafeltje is gaan zitten. 'Ditmaal ontsnap je me niet, vuile hufter.'

Armengol was eind jaren tachtig bij het korps gekomen. Al snel raakte hij vertrouwd met de gang van zaken aldaar. Onder de hoede van kapitein Barajas werkte hij zich binnen de kortste keren in wat de parallelle onderzoeken betrof. Een agent speurt voor eigen rekening naar een crimineel, een dealer, pooier of oplichter. Doorgaans een kleine jongen. Vervolgens gaan ze bij hem langs om hem eens flink te laten schrikken. En dan op naar het volgende slachtoffer.

Op een dag liet Barajas zijn oog op de verkeerde vallen. De dealer die hij opzocht bleek een invloedrijke beschermer te hebben. Verpakt in een stel dekens dook hij op in een doorgangshotel in de wijk Buenos Aires.

Armengol zette de zaak ook na de dood van Barajas voort.

Noriega, leverancier van drugs in de bars van Condesa en bij een paar reclamebureaus, is zijn nieuwe klant.

'Hij pakt zijn mobieltje. Dit is het moment, Pollo.'

Armengol stapt uit de auto. El Pollo volgt. Ze gaan het café binnen. Ze lopen naar de tafel waar Noriega tussen slokjes koffie door in zijn telefoon zit te tieren.

Ze posteren zich allebei aan een kant van hem.

'Meneer Noriega? Politie. We hebben een arrestatiebevel. Wilt u zo vriendelijk zijn met ons mee te komen,' zegt Armengol terwijl hij zijn penning laat zien.

Noriega verstomt. Hij probeert iets te zeggen wanneer de kolf van een pistool krachtig in zijn gezicht belandt. Hij krijgt de kans niet om te reageren.

Armengol sleurt hem het café uit, in de doodse stilte waarin de gelegenheid opeens is gehuld.

'Politie, politie,' mompelt el Pollo terwijl hij zijn baas volgt en zijn insigne omhooghoudt.

Niemand zegt iets. Even later worden de onderbroken gesprekken hervat.

Op het tafeltje dampt de koffie nog.

'Nou ben je toch echt de lul, Norieguita,' zegt Armengol in de patrouillewagen.

'Het is een vergissing, meneer, ik ben acteur,' jammert de jongen.

'O ja? Jij bent niet Rodrigo, wonend in de Cuencamé 14 appartement 201, in bezit van een groene Beetle van dit jaar en met een Argentijns vriendinnetje dat Mariana heet ...?'

'En dat trouwens een lekker ding is,' doet el Pollo een duit in het zakje.

'En is je vader dokter Noriega, gastro-enteroloog, met een praktijk in Pedregal, en je moeder Teresita Zubiaga, die overigens een lekker kontje heeft en naar Sport City in het winkelcentrum Perisur gaat, en een cockerspaniël heeft die naar de naam Candy luistert?'

'Dat ben ik ja! Maar ik heb niets gedaan! Waarom arresteren jullie me?'

'Doe niet zo onnozel, jongen, je verkoopt drugs.'

'Ik ken mijn rechten. U bent gewone agenten van D.F. U bent niet bevoegd om drugshandel te onderzoeken.'

'Dus je wilt dat we een patrouille van de Federal oproepen? Met die heren is het kwaad kersen eten, jochie, en al helemaal met de hoeveelheid drugs waarmee we je hebben betrapt.'

'Hoe bedoelt u? Fouilleer me maar! Ik heb niets!'

'O nee?' Armengol gooit een tas van Superama op de achterbank. 'Wat is dit dan?'

Als hij de inhoud ziet, trekt alle kleur uit Omars gezicht weg.

'Dit ... Dit is niet van mij.'

'Vertel dat maar aan het OM. Tweehonderd gram coke.

Meth. Xtc. Lsd en paddo's. Pillen en hasj,' zegt Armengol terwijl hij een Marlboro light opsteekt.

'Op z'n minst dertig jaar,' vult el Pollo aan.

'In de Reclu Norte. Daar zorg ik wel voor.'

'Hoeveel?' vraagt Noriega.

'Hoeveel wat?'

'Hoeveel om me te laten lopen?'

'Zou jij hem laten lopen, Pollito?'

'Ik ben niet gek. En mijn baan op het spel zetten, zeker.'

'Serieus: hoeveel wilt u?'

'Waarom denkt iedereen toch dat hij zijn problemen met geld kan oplossen, Pollo?'

'Geen idee, baas.'

'Ik kan vijfduizend peso pinnen.'

Beide agenten draaien zich naar hem om. Een paar seconden lang kijken ze naar hem alsof ze een marsmannetje zien. Dan barsten ze in geschater uit.

'Wat vind jij van ons jochie, Pollo?'

'Sommigen schatten hun vrijheid wel erg laag in, chef.'

'Deze klootzak gaat richting Reno, Pollo. Met aanbeveling, daar zal ik persoonlijk voor zorgen.'

'Hij zal op z'n minst een maand niet kunnen zitten.'

'Het is maar goed dat zaad voedzaam is, jochie. Want het eten daar is afschuwelijk.'

'Hoeveel wilt u?'

De agenten vallen even stil. El Pollo volgt de Insurgentes, in zuidelijke richting.

'Je hebt een mooie Rolex,' zegt Armengol, 'in je kluis.'

'En platina manchetknopen. Die met smaragden,' voegt el Pollo eraan toe.

'Inderdaad, en dan hebben we het nog niet gehad over de smak dollars achter je wc.'

'Zeker tienduizend, baas.'

'Bij de volgende links om in jouw straat te komen, jochie?'

Na een paar seconden antwoordt Noriega: 'Eentje verder.'

In het appartement treffen ze een koffer vol handel aan. Rode, blauwe en gele pillen, coke en meth. En wat marihuana.

'Dit moeten we helaas ook meenemen, jochie. Je zou jezelf

kwaad kunnen doen,' zegt Armengol.

'Ja, meneer, goed, meneer,' antwoordt Noriega.

'Luister eens, Omarcillo, mooi plasmascherm heb je daar,' merkt el Pollo op.

'En een prima dvd-verzameling,' draagt Armengol bij.

Een halfuur later nemen de agenten met een volle kofferbak afscheid van de jongen.

'En gedraag je, jochie. Laten ze je niet nog eens betrappen,' preekt Armengol.

'Ja, meneer.'

'Zeker weten dat die cheque gedekt is?'

'Zeker, meneer.'

'Anders kom ik terug en trap ik je helemaal verrot.'

'Zeker weten, meneer.'

'Goed dan. Tot kijk, jochie.'

'En bedankt voor de koffie,' vult el Pollo aan.

Noriega ziet hen in de patrouillewagen stappen en wegrijden. Het aanhoudingsbevel heeft hij nooit gezien.

'We gaan dit even lozen en dan trakteer ik je op een paar taco's, Pollito.'

'Goed, baas.'

'We moeten het snel kwijt. Je weet dat oneerlijk geld niet lang meegaat.'

'Het brengt ongeluk, baas.'

'Verderop aan de Circuito Interior zit een tent waar we nog niet zijn geweest, mijn beste Pollo ...'

Een paar straten achter hen kiest Omar met fonkelende ogen van woede het nummer van zijn nicht op zijn mobieltje.

'Lizzy?'

7

Op vrijdagavond om tien uur zat Alberto Suárez, mede-eige-
naar van de beursfirma Blue Chip, nog online Quake te spelen
in zijn kantoor op de zesentwintigste verdieping van de Torre
Aurum in het zakendistrict Santa Fé.

Opeens hoorde hij een geluid in de hal.

'Wie is daar?' Zijn compagnon kon het niet zijn. Op dat tijdstip zat Óscar thuis, bij Bárbara en de kinderen in Valle de
Bravo.

'Wie is daar?' herhaalde hij terwijl hij de la opentrok waarin
zijn kleine Smith & Wesson .38 lag.

Een gezette man met hoed verscheen in de deuropening van
zijn kantoor.

'Ach, don Pancho.' Hij herkende de lijfwacht van zijn cliënte
aan het piratenlapje dat over zijn ene oog zat. 'U liet me schrikken,' en hij stopte het pistool weer weg.

Zonder een woord te zeggen liep de bodyguard zijn kantoor
in. Achter hem doemde zij op.

Het kersenrode haar van de bazin van het Constanza-kartel
piekte rond haar hoofd. Ze droeg een latexpak in dezelfde kleur
als haar haren, vol kettingen en studs, ontworpen door Jean-
Paul Gaultier, en hoge Dr. Martens.

'Lizzy ... I... ik had je niet verwacht.'

Als een panter die haar prooi belaagt kwam ze op hem af. Ze
sloeg haar armen om Alberto's nek en kuste hem op zijn wang,
waarbij ze een afdruk van haar zwartgestifte lippen achterliet.

'Ik heb een vraag aan mijn financieel genietje,' zei het meisje
terwijl ze plaatsnam in een paarlemoerkleurige leren fauteuil,
bestemd voor Alberto's cliënten.

'Wat je maar wilt.' De beurshandelaar werd altijd nerveus als
de vrouw er was. Ze kon elk moment een woedeaanval krijgen
en dan zijn kantoor kort en klein slaan. Of in huilen uitbarsten

en vervolgens als een klein meisje getroost willen worden.

'Kun je erachter komen op welke rekening een cheque aan toonder is bijgeschreven?'

Alberto dacht even na.

'Alleen in het banksysteem.'

'Als ik je het nummer geef?'

'Niet legaal.'

'Dat heeft me nooit geïnteresseerd.'

'Geef me het nummer van de cheque en de uitschrijvende bank.'

Alberto ging achter zijn scherm zitten. Hij toetste de gegevens in en manoeuvreerde een paar minuten met de muis.

'Dat was makkelijk. Hier is de naam.'

Lizzy noteerde hem in een Hello Kitty-notitieboekje. Ze scheurde het blaadje eruit en gaf het aan Pancho.

De reusachtige kerel, die de lijfwacht van haar vader was geweest tot deze in een vuurgevecht de dood gevonden had, nam het papiertje aan en gaf de informatie door via zijn portofoon.

'Bied je me niets aan, Albertito?' vroeg Lizzy spinnend.

'Whisky, wodka ...?'

'Jack Daniel's met Seven-Up.'

De beursagent maakte het drankje meteen klaar. Zelf nam hij mineraalwater.

Ze dronken in stilte. De sfeer was gespannen.

Een onverstaanbare stem knetterde uit Pancho's portofoon.

'We hebben hem, meisje,' zei de bodyguard; hij klonk als een zombie uit een splatterfilm.

'Heel goed, Pancho. Laat me nu even alleen met Alberto.'

De man trok zich terug in de hal. De vrouw sloeg haar drankje achterover en vestigde haar blik op de beurshandelaar.

'Ik wil spelen, Albertito.'

Een paar minuten later zaten Lizzy en Alberto achter de computer. Pancho bewaakte de deur vanuit de hal en mompelde aan één stuk door in zijn walkietalkie.

'Hoe ben je de parkeergarage in gekomen?' vroeg hij.

'Ik ben met de helikopter. Hier, ik heb een cadeautje voor je meegebracht.'

Uit een van haar zakken haalde ze een zakje wit poeder. Alberto's ogen begonnen te glinsteren.

'Onversneden. Een souvenirtje, voor je meegebracht uit Medellín. Voor jou, omdat je van die zooi houdt.'

Behendig scheurde Alberto het zakje open om de inhoud in een zilveren doosje te schudden dat hij naast zijn pistool bewaarde, eveneens een presentje van Lizzy. Hij had nog wat coke over van de vorige keer.

'Dank je. Dat had niet gehoeven,' zei hij terwijl hij met zijn platina AmEx-card een lijntje op het glazen bureaublad klaarmaakte.

'Geen dank,' antwoordde Lizzy afwezig, die intussen naar het beeldscherm keek. 'Geniet ervan, want ik stop met de handel met de Colombianen. We gaan ons nu helemaal op amfeta's richten.'

Alberto snoof het lijntje op met het rietje dat in de doos lag. Hij voelde de klap onmiddellijk.

'Weinig, want het is heilig. Prima spul, echt.'

'Mij heeft het nooit getrokken. Goed, aan de slag.'

'Eens kijken,' zei Alberto en hij tikte zijn toegangscode voor Lizzy's rekening bij Credit Suisse in. 'Hoeveel wil je investeren?'

'Hmm, honderdduizend.'

'Zeker weten?' Alberto snoof luidruchtig.

'Honderdduizend.' Haar toon verhardde.

'Oké, oké, niet boos worden.' De opname was slechts een fractie van wat er op de rekening stond.

'Investeer het in Hongkongse dollars.'

'Dat is geen goed idee. Die is aan het wegglijden.'

'Maakt niet uit. Ik was er vorige week en het beviel me daar.'

Hij kocht ze.

'Wissel ze in voor yens.'

De handelaar gehoorzaamde.

'Wat ik zei, Lizzy, we hebben al een smak ...'

'Verloren.' Ze schaterde. 'Eens kijken, maak er nu euro's van, en dan wachten we een paar minuten.'

Bij de deur leek de lijfwacht liefkozende woordjes te fluisteren in zijn portofoon, waaruit gehuld in statisch geruis eenlettergrepige antwoorden klonken die alleen hij begreep.

'Zullen nu we roebels kopen?' vroeg Lizzy tegen twee uur 's nachts.

'Die bestaan niet meer.'

'Meen je dat? Wat hebben ze dan voor munt in Rusland?'

'Dollars. Amerikaanse.'

'Hebben ze geen centrale bank?'

'Dat wel, maar sinds Gorbatsjov gebruiken ze roebels alleen nog om de muur mee te behangen. Het is alsof ze niet bestaan.'

Lizzy dacht aan Anatoli Dneprov, haar wapenleverancier. Ze had hem inderdaad altijd in dollars betaald.

'Wat kunnen we dan voor valuta kopen?'

'Op dit tijdstip Australische dollars.'

Zo gingen ze nog twee uur door.

'We verliezen heel veel geld, Albertito.'

We? Het is jouw poen, dacht de handelaar, ik wit het alleen maar ...

'Meisje,' Pancho's donkere stem met een sterk noordelijk accent daverde door het kantoor, 'we moeten gaan.'

'Nu al, Panchito? We zijn net zo lekker aan het spelen.'

De lijfwacht gaf geen antwoord.

Dat betekende nee.

'Vijf minuten nog, Pancho.'

'Drie.'

Lizzy richtte zich weer tot Alberto.

'De Federal is behoorlijk aan het etteren. Ze hebben een nieuwe procureur.'

'Wordt die om de twee jaar vervangen?'

'Nee. Ze geven het op.'

Lizzy stond op en liep naar de deur. In de verte waren een paar helikopters te horen.

'De tijd vliegt wanneer je het naar je zin hebt, Albertito, dat is een feit. Stort je het geld terug op mijn rekening?'

'Ja.'

Pancho kwam aanlopen. Vanuit de deuropening gebaarde hij dat ze moest opschieten.

'Tja, soms verlies je en soms win je. We zien elkaar, Alberto.' Ze wierp hem een kushandje toe. 'Tot kijk,' en ze verdween.

'Dag,' zei Alberto tegen de lucht.

8

Met de *goggles* van de virtuele simulator op, verplaatste el Médico een hydroxylgroep in het driedimensionale model dat voor zijn ogen zweefde.

Van buiten leek het laboratorium het verlaten casco van een haciënda, ergens verloren in het gebergte van Jalisco, vlak bij de grens met Colima. Van binnen was het een gigantische ondergrondse kubus van gewapend beton en staal.

Vanuit een militaire helikopter voor drugsopsporing zou niemand vermoeden dat zich daar beneden een chemisch laboratorium bevond waarin op grote schaal amfetamine werd gedistilleerd, een proces waar veertig medewerkers in drie ploegen aan werkten.

Een industrieel chemiecomplex van acht verdiepingen onder de grond.

Alle processen werden gecoördineerd door el Médico, een blanke kerel met een kaalgeschoren schedel, van ondefinieerbare leeftijd, altijd in het zwart gekleed, die schreeuwend praatte.

Op dat moment probeerde hij een alkaloïdenmolecule te ontwerpen op de moderne virtuele moleculensimulator.

El Médico was op zoek naar een psychomimetisch middel.

Hij verdubbelde een verbinding om het geheel te versterken.

Trots observeerde hij de molecule.

'Simulatie,' zei hij zacht in de hoofdmicrofoon.

PROCESSING CHEMICAL ENVIRONMENT, las hij op het scherm van de goggles. Toen het proces gereed was, leek de molecule stabiel.

'Heel goed, schoonheid, dat is mijn schatje,' mompelde hij gebiologeerd. Maar na enkele seconden begon de gracieuze structuur gevormd door gekleurde bolletjes die verbonden waren door metalige staafjes hevig te vibreren.

'Nee, nee ...' zei de man angstig.

Voor hij iets kon doen spatten de bollen van de molecule uiteen in verscheidene kleine bolletjes, die in de ruimte bleven zweven.

'Te zwak. Het valt binnen enkele seconden uiteen in OH-radicalen,' sprak hij teleurgesteld in op zijn audiobestand. 'Kutzooi ...' voegde hij eraan toe.

INCOMING CALL, verscheen er opeens op het scherm van zijn goggles. Hij gaf een teken om het gesprek aan te nemen. Hij hoefde niet te kijken wie het was; slechts één iemand belde hem op dat nummer.

'Lizzy,' zei hij zodra het gezicht van zijn bazin op de monitor verscheen.

'Ik heb je hulp nodig, Médico.'

'Heb je hoofdpijn?'

'Hou op met dat gezeik, klootzak.'

'Ik luister.'

Aan de andere kant van de lijn zag Lizzy op het schermpje van haar iPhone het hoofd van el Médico met de goggles. Net een marsmannetje, dacht ze.

'Iemand trapt ons op de tenen.'

'En wat heb ik daarmee te maken?'

El Médico was de enige die de bazin van het Constanza-kartel zo'n antwoord durfde te geven. Hij wist dat hij onvervangbaar was.

Lizzy slaakte geërgerd een zucht.

'Het is een speciale opdracht. Een diender.'

'Waarom neem je geen contact op met een van je huurmoordenaars? Met die oude vent in Mazatlán, bijvoorbeeld?'

'Luister je nu naar me of niet?'

Haar stem had zich verhard. Zelfs el Médico kende zijn grenzen.

'Het is een ernstige zaak. Die kerel heeft iemand van wie ik hou een slecht moment laten beleven. Hij weet niet met wie hij zich heeft ingelaten.'

'O ...' Dat wekte el Médico's belangstelling. 'Je wilt dat hij lijdt?'

'En hoe, verdomme. Laat maar zien dat je neurochirurg bent.

Geen wonder dat ze je er bij de faculteit uit hebben gesmeten, ik krijg het idee dat je niet goed snik bent.'

'Ze hebben me weggestuurd,' – hij kauwde vol haat op elke lettergreep – 'omdat ze mijn experimenten niet begrepen.'

'Flikker toch op, man!' Lizzy schaterde het uit. 'Ze hebben je daar weggestuurd omdat je in de labs van de faculteit synthetische heroïne vervaardigde.'

Stilte.

'Goed, niet kwaad worden, Médico. Je weet dat ik van je hou.' Ze smakte twee keer met haar lippen en zond hem kusjes.

Nu was het zijn beurt om te zuchten.

'Je weet dat ik er een hekel aan heb het lab te verlaten.'

'Alleen voor deze ene keer. Doe me een lol. Ik laat je ophalen, je wordt naar het vliegveld gebracht en je neemt ons vliegtuig. Vanavond ben je in D.F., je doet je klusje en over een paar dagen ben je op dit uur alweer terug.'

'Ik haat de stad.'

'Doe het voor mij.'

Weer een zucht.

'Wat moet ik nou? Je weet dat ik je niets kan weigeren.'

'Je vermaakt je wel, dat beloof ik je.'

De geërgerde uitdrukking van el Médico verdween niet.

'Herinner je je dat verhaal nog dat je me vertelde over een figuur met wie je ruzie had bij Ciudad Universitaria? Die vent wiens longen je liet klappen?'

Het gezicht van el Médico veranderde.

Hij glimlachte.

9

'Mag ik weten wat je probleem is, Andrea?' dondert een furieuze Rubalcava voor mijn bureau.

'Ik hou ook van jou, kapitein,' antwoord ik zonder mijn ogen van het beeldscherm te halen, want ik ben Doom aan het spelen.

'Als de Federal op de plaats delict arriveert en zegt dat jullie moeten wegwezen, dan doen jullie dat. Dan ga je geen ruzie zoeken. Ik heb een klacht ontvangen van kapitein Gómez Darkseid.'

Ik quit het spel. Dit is ernstig.

'Die vent is een klootzak. Hij heeft ons eruit gesmeten, chef. Alsof we een stel achterlijke idioten waren. Weet je wat zijn forensisch onderzoekers doen? Ze verpesten het beetje bewijs dat die lui van Openbare Veiligheid hebben overgelaten. Het was daar één grote klerezooi.'

'Je begrijpt me niet, Mijangos. Er ligt een formele klacht tegen je.'

Stilte. Iedereen op de afdeling kijkt naar ons.

'Zo behandel je iemand gewoon niet, chef,' zegt el Járcor vanachter zijn bureau, waar hij net porno zat te downloaden. 'Die vent deed alsof we een stel randdebielen waren.'

'Hoe dan ook, Járcor, bevel is bevel. En al helemaal als het van een van die klootzakken komt. Waarom heb je eigenlijk zo'n hekel aan hem, Mijangos?'

'Híj is degene die een hekel aan míj heeft. Door mij is hij het leger uit gedonderd.'

'Had je een aanklacht wegens seksuele intimidatie tegen hem ingediend?' vraagt die eikel van een Járcor.

'Natuurlijk niet, idioot.'

'Nou, wat dan?' Rubalcava is echt pissig.

Ik zucht. Weer dat verhaal.

'Ik heb ervoor gezorgd dat hij in de gevangenis belandde.'

'Wegens corruptie? Drugshandel?' vraagt mijn maatje.

'Nee, man. Hij zat stomdronken in zijn auto en reed en passant een paar straatkinderen overhoop. Maar met de pech dat ik net mijn nachtpatrouille met Bustamante afsloot.'

'Bustamante, het Zwijn? Degene die vermoord is?' draagt Milagros haar steentje bij. Ze is een van de secretaresses aan wie niets ontgaat van wat we bespreken, in plaats van dat ze gewoon haar werk doet.

'Die, ja. Het geval wil dat Gómez Darkseid straalbezopen rondreed in een oude Grand Marquis met nummerplaten van Jalisco. Bustamante en ik reden op de Eje Central toen we ter hoogte van de Hidalgo dat bakbeest van de andere kant zagen aankomen. We gingen ervan uit dat het een dronken vent was die terugkwam van de Plaza Garibaldi.'

'En jullie hielden hem aan?' Zijn nieuwsgierigheid werkt kalmerend op Rubalcava.

'Natuurlijk niet. Dat lieten we over aan een stel van de verkeers dat op de hoek van Bellas Artes stond. Ze beduidden hem te stoppen, maar in plaats daarvan keerde hij om, richting Reforma, en gaf plankgas.'

'En zoals gewoonlijk wisten die blauwen niet wat ze moesten doen,' komt Jar ertussen.

'Waarschijnlijk dachten ze dat het een machtig man was en bemoeiden ze zich er liever niet mee,' zegt de chef.

'Hetzelfde waren wij van plan. "Laat maar gaan, meisje," zei Bustamante tegen me. "Het heeft geen zin." En ik had vast naar hem geluisterd als die kerel toen hij keerde niet twee van die jochies die ruiten schoonmaken had aangereden.'

'Dus toen hield je hem aan?'

'Nee, chef. Die vuile hufter stopte niet eens. Zonder naar Bustamante te luisteren stapte ik uit en ging kijken. Eentje lag er te stuiptrekken. "Bel een ambulance, krielkip," beval ik een van de blauwen, "en snel een beetje, kerel," en ik stapte weer in de patrouillewagen. "Ho, meisje, doe geen stomme dingen," hoorde ik Bustamante zeggen.'

'Hij was een schijtluis. Hij wilde alleen nog maar met pensioen,' stelt Milagros vast.

'Tja, bij Mijangos kun je geen kleintje pakken,' zegt el Járcor. Iedereen lacht.

'Het is helemaal niet lollig, klootzakken. Hebben jullie geen kinderen?'

Ze vallen stil.

'Ikzelf niet,' verduidelijk ik, 'maar ik heb wel twee neefjes. Het geval wil dat ik de sirene aanzette en achter hem aan ging. Hoewel het bijna drie uur 's nachts was, reden er op de kruising van de Hidalgo met de Reforma genoeg auto's om de Grand Marquis de doorgang te beletten.'

'En daar pakte je hem?' vraagt Mauro van Financiële Controle, die zich net bij ons heeft gevoegd om naar het verhaal te luisteren.

'Was het maar waar. Die kerel ging achter een taxi, een kever, staan en duwde hem naar de zijkant zonder dat de bestuurder van die kar iets kon doen. Zodra die opschoof, boorde zich een pick-uptruck in de taxi en duwde hem voor zich uit. Nu hij verder kon stoof de Marquis weg en zigzagde tussen de auto's door die op de Reforma reden. Hij veroorzaakte een aantal botsingen.'

'En jij deed het hem na, maatje?'

'Dat ging niet, vanwege de pleuris die uitbrak. Toen het me gelukt was ter hoogte van Guerrero te komen, lag hij al een heel eind voor. "Stop nou toch, meisje," verzocht dat mietje van een Bustamante me. "Mijn rug op," zei ik tegen hem. "Het is een kwestie van trots," en ik trapte het gaspedaal tot de bodem in. Ter hoogte van de Secundaria Anexa-school reed ik naast hem.'

'Was hij dronken, Andrea?'

'Straalbezopen, chef. Toen ik hem sommeerde te stoppen stak hij zijn middelvinger naar me op en scheurde weg. Hij kwam bij de afslag Circuito Interior, maar met zoveel pech dat een trailer van Corona die van opzij kwam hem vol aan de achterkant raakte, en hij begon te tollen. Aan de andere kant van de grote weg kwam hij tot stilstand, tegenover bioscoop Cosmos, drie rijbanen verder; onder de motorkap kwam rook vandaan; ik dacht niet dat hij nog kon wegrijden. Op dat moment zei ik: "Die is van mij," en ik stapte uit onze patrouillewagen, trok mijn pistool en liep naar de auto.'

'En je zei tegen hem: "Handen omhoog, in naam der wet"?'

'Zeik niet, Jar. Ik ging met getrokken pistool op hem af. Maar voordat ik iets kon zeggen schoot hij op me. En denk je dat Bustamante me dekte?'

'Echt niet,' antwoordt Milagros verontwaardigd. 'De lafbek.'

'Flikker, zeggen we hier op het bureau, doña,' reageert mijn maatje.

'Ik wierp me op de grond, al was die vent zo ver heen dat hij nog geen olifant op twee meter afstand had kunnen raken. Maar toch was hij zo brutaal hem in z'n achteruit te zetten, een halve draai te maken en de weg naar het Colegio Militar op te rijden. Ik rende naar de patrouillewagen en scheurde achter hem aan, tegen het verkeer in, maar niet zonder die verdomde Bustamante verrot te schelden.'

'Laat maar. Twee maanden later werd hij vermoord,' zegt de chef.

'Hij is niet gewoon doodgegaan. Hij is naar de hel gegaan. Omdat het een smeerlap was,' voegt el Járcor eraan toe.

'Tegen die tijd zaten er al zes wagens van het Ministerie Openbare Veiligheid, twee van ons en verscheidene auto's die door zijn schuld waren gebotst achter ons aan. Toen viel het kwartje en ik begreep dat die hufter een legerofficier moest zijn, dat hij het Colegio Militar binnen wilde. Dan hadden we het nakijken.'

'Was hij in uniform?'

'Nop, chef, in burger. Later kwam ik te weten dat hij bij La Nueva Internacional vandaan kwam, op de Plaza Garibaldi, waar hij rotzooi had getrapt omdat hij de rekening van een stel temeiers met wie hij had lopen krikken niet wilde betalen. Hij trok zijn wapen en schoot daar in het bordeel een paar keer om zich heen voordat hij de benen nam en op de Lázaro Cárdenas tegen het verkeer in wegreed.'

'Het mooiste is hoe je hem te pakken kreeg. Vertel het ze eens, maatje.'

'Ik was inmiddels woest. Die vent had overal schijt aan. Hij zou zich in het Colegio verschansen en zelfs Onze-Lieve-Heer zou hem daar niet uit krijgen. Op dat moment zei ik tegen Bustaman-te: "Grijp het stuur, klootzak." "Maar we gaan over de honderd, meisje." "Grijp het, zeg ik je." En ik ging uit het raam hangen.'

'Was dat niet moeilijk?' vraagt Mauro, met een argeloze nieuwsgierigheid. Alleen al daarom timmer ik hem niet op zijn smoel, want ze beginnen allemaal te schateren, en ik vervolg: 'En zonder erover na te denken schiet ik op zijn banden. Alles ging heel snel. Ze klapten en die vent verloor de macht over het stuur en knalde tegen de muur van het Colegio, een paar meter bij de ingang vandaan. Ik nam het stuur over om te remmen en sneed hem de pas af, al betwijfel ik of hij nog weg kon komen. Ik ging voor hem staan. "Je bent er gloeiend bij!" schreeuwde ik terwijl ik op hem richtte. Achter me hoorde ik de patrouilles van de blauwen en die van ons aankomen. Maar nog voor ze konden uitstappen had de militaire wachtpost ons al onder schot. Voor ik het wist bevond ik me tussen twee vuren.'

'Lul niet, maatje, zeker zoals in *Law and Order*. Of *Miami Vice*.'

'En toen brak de pleuris uit. Iedereen schreeuwde, met een wapen in zijn hand. Er kon elk moment een schot vallen, en dan was alles inderdaad naar de klote. Ik schreeuwde dat ze hun bek moesten houden ...'

'Daar heb je geen moeite mee, hè, Andrea?'

'Wat moest ik anders, chef? En ik sleurde die vent uit zijn wagen. Je snapt wel hoe verbaasd ik was toen ik erachter kwam dat die kleine dikke een hoge pief van het leger was. De militairen wilden hem niet aan ons overlaten, maar aangezien ik hem buiten hun gebied had aangehouden, hadden ze het nakijken en ik duwde hem onze patrouille in. Ook toen verzette die klootzak zich nog hevig.'

'Die kleine dikke ... was dat Gómez Darkseid?'

'Precies, chef. Ik wist niet dat het zo'n zwaargewicht was, anders had ik hem misschien niet meegenomen, maar dat van die aangereden kinderen maakte me witheet. Eentje stierf er, waardoor die hufter zijn privileges kwijtraakte en twee jaar de bak in moest. Ik had nooit meer iets over hem gehoord, tot hij laatst bij de Federal is opgenomen.'

'Hij is vrijgepleit, maatje. Connectie met de rechter.'

'Een van de grote bazen is zijn beste vriend, Andrea. Ze zijn jaargenoten van het Colegio Militar. Alleen zo valt het te verklaren.'

'Verdomme, chef ...'

'Dat soort dingen gebeurt nou eenmaal.'

'Dat is het verhaal, chef. Daarom hebben we een bloedhekel aan elkaar. Ik had hem toen graag neergeschoten omdat hij over de schreef was gegaan, maar die dode van de wasserij was nog heel vers. En ik wilde geen gelazer.'

'Nou, ik ook niet,' hervat Rubalcava zijn standje terwijl degenen die bij ons waren komen staan om naar mijn verhaal te luisteren terugkeren naar hun plek. 'Dus, Andrea, hou die ballen van je in toom, ook al heb je ze niet. Blijf uit de buurt van kapitein Gómez Darkseid, want hij wil je hoe dan ook te grazen nemen en zodra hij zijn kans schoon ziet, zal hij dat ook doen. Begrepen?'

'Ja, chef,' mompel ik kwaad.

'En jullie,' schreeuwt Rubalcava tegen mijn wegvluchtende publiek, 'hebben jullie soms niets te doen? Vooruit, stelletje zakkenwassers, aan het werk!'

Ik hoor hem mopperen: 'Daarom komt Mexico geen stap verder,' waarna hij de deur van zijn kantoor met een klap dichtsmijt. Ik start net Explorer weer op om op mijn ziel getrapt Doom te gaan spelen als Leonardo bij mijn bureau komt staan.

'Ik heb een verrassing voor je, Andrea.'

'Hou op, ik ben niet in de stemming.'

León laat zijn stem dalen en zegt: 'Wil je de beelden van het gesloten camerasysteem van laboratorium Cubilsa niet zien?'

Als hij ziet dat ik ogen als schoteltjes krijg, knipoogt hij en voegt er fluisterend aan toe: 'Die heb ik vanochtend gescoord. En zoveel mazzel gunde ik die lui van de Federal natuurlijk niet.'

10

Akira zit al twee uur naar het beeldscherm van de tv te staren. Stomme jap, je kunt wel merken dat hij nooit Afghaanse hasj had gerookt.

Druuna kleedt zich langzaam uit. Ze heeft haar rode Felix de Kat-slipje aan. Ze weet dat ik daar dol op ben; daarom draagt ze het altijd als ze me komt opzoeken.

'En, bevalt het je?'

'Ja hoor,' antwoord ik verstrooid terwijl ik het sms'je bekijk dat is binnengekomen. Tegen die tijd heeft ze mijn gulp al opengemaakt en is ze met haar ding bezig.

WE HEBBEN ZES MEISSIES NODIG, luidt het bericht op mijn telefoon.

Ik antwoord dat we elkaar over een uur op de hoek van Beak en Warwick zullen zien. Dat ze dertig pond moeten meenemen, en ik concentreer me weer op datgene wat Druuna's lippen daar beneden doen.

Druuna is Italiaans. Ze is gaan werken achter de bar in een disco. Net als wij allemaal. Behalve Akira, die miljonair moet zijn, want hij zit al zes maanden in ons appartement hasj te roken en naar Cartoon Network te kijken.

Ik had haar leren kennen op een afterparty, in de buurt van Piccadilly Circus. Ik was met Ian en Michelle. Het verbaasde me dat ze zo mager was en toch zulke grote tieten had.

Ze kwam dichterbij om mijn rasta's te strelen toen ik aan de bar twee flesjes mineraalwater bij haar bestelde. '*I like 'em,*' zei ze tegen me. Als een echte junk ruikt ze drugs al op een kilometer afstand.

Die dag waren we behoorlijk stoned.

Ian zat Michelle op te geilen, dus gingen ze er al snel vandoor om thuis te gaan neuken. Ik had zin om verder te feesten.

'Om vijf uur ben ik klaar,' vertelde Druuna me. Ze had daarna nog een party in de buurt van Earl's Court.

Het bleken allemaal immigranten te zijn. Net als ik. Italianen, Spanjaarden, een paar superlekkere Poolsen en een Mexicaan. We herkenden elkaar meteen. 'Te gek, man, wat doe je hier?' 'Nou, niks, gewoon wat rondkijken.'

Hij had prima coke.

Die gast bleek Omar te heten. Hij kwam uit Mazatlán. Een soort backpacker. Hij was net in Amsterdam geweest. Draaide platen. Hij was een goede dj. Dat draaien en mixen had hij bij Señor Frog's geleerd.

Hij mixte iets van progressive trance met een beetje goa. Daarna bleef hij steken bij house om de boel weer wakker te krijgen.

Om zeven uur 's ochtends sloot hij zijn iPod aan en stortte een stel *narcocorridos* gemixt met een ritmische basis van psycho over hen uit. En die stomme blanken maar springen op Los Tucanes de Tijuana en de superband Marrano. 'Dit werkt altijd, makker,' zei hij tegen me terwijl we een paar lijntjes namen. Druuna stond al hartstikke strak en ze lachte om alles wat we zeiden, al begreep ze er geen hout van.

Om negen uur belandden we met z'n drieën in mijn appartement. In mijn bed.

Omar was dankbaar. Hij gaf me de naam van een neef van hem die in het groot handelde. 'Mexicaanse pillen, kankerzooi,' zei ik tegen hem. 'Geloof dat maar niet, kerel, daar maken ze geweldig spul. Die lui van ons zijn top bezig.'

Druuna was van haar kant eveneens dankbaar. Zij betaalde in natura.

In die dagen trok Michelle in een ander appartement en kwam Hrundi bij ons wonen. Maar die vervloekte pinda's zijn echt zwijnen en we moesten hem eruit gooien.

Omars neef kwam ook uit Sinaloa, uit welk klotegehucht weet ik niet. 'En vanwaar ben jij, jongen?' vroeg hij me. Hij was al oud, zeker dertig. Kunstenaar, hij woonde vlak bij Soho. 'Ik? Uit Guanatos,' antwoordde ik.

Hij woonde in een supervette flat, helemaal zwart. De muren en de vloer, de meubels en zelfs zijn geluidsinstallatie. Hij had overal gigantische foto's van verdomd rare dingen hangen.

Hij was fotograaf.

'En wat doe je hier, jongen?' 'Tja, ik werk als ober.' 'Kan. In welke tent?' 'In de Gojira-Shon.' 'Super. Bevalt het?' 'Jawel, laatst was Madonna er.' 'Die Madonna die Guy heeft laten zitten? Wat goed, jongen, cool, man,' en hij schonk me nog een tequila in. Hij zei dat het de echte was, uit mijn streek, uit Jalisco. En hij was goed, niet zoals die Cuervo-kattenpis die ze hier verkopen.

Ik nam nog een lijntje. Ik had nog nooit zulke goede coke gesnoven als dat spul van deze familie.

'En, zou je niet wat willen bijverdienen, jongen? Ik ben bezig een nieuw product op de markt te zetten. En ik heb vertegenwoordigers nodig.' We lachten. 'Echt wel. Wat moet ik doen?' 'Je hoeft het alleen maar af te zetten. Je betaalt me het spul en de rest is voor jou. De verkoopprijs bepaal je zelf, zolang het maar niet te gek wordt.'

Dat spul deed het echt goed. Zelf wilde ik het niet zomaar proberen, dus gaf ik het eerst aan Druuna, die door het dolle heen raakte.

'*This is it, this is it, luv!*' riep ze terwijl ik haar op z'n hondjes pakte.

Toen ik zag dat ze niet doodging, begon ik het in de bar te slijten.

Het was niet de eerste keer dat ik iets verkocht. In Guanatos dealde ik wiet; ik kreeg het in het centrum en bracht het per motor naar Chapala, naar een paar *gringos*, maar op een dag verneukte een stel federalen me en pakte me alles af. Stelletje kankerlijers.

Akira reageerde op een advertentie die we in *Time Out* hadden gezet. Hij kwam net uit Hiroshima om hier bedrijfskunde te studeren. 'Lul niet, bestaat Hiroshima dan nog?' vroeg ik hem. 'Echt wel,' antwoordde hij. En toen kwam die verdomde Ian en draaide een joint voor hem met de hasj die ze voor hem uit Afghanistan meebrachten. Ik ben niet meer zo gek op dat spul, maar echt, van die afghaan word je helemaal wous. Veel meer dan van die uit Acapulco of Michoacán. Wie weet pissen ze erover, of ze stoppen er god mag weten wat in.

Intussen bleef ik de pilletjes dealen. 'Hoe noemen ze dit eigenlijk?' vroeg ik aan Omars neef. 'Nuke. Buzztard. Efedrona.

Wat jij wilt,' antwoordde hij.

Al ging Druuna niet dood, toch nam ik die zooi zelf niet; ik was al een paar maanden clean, want Didier, een neger uit Haiti die bij ons in de bar werkte, werd platgereden door een busje op Albany Road, tegenover Burgess Park, toen hij hartstikke stoned was. Kutzooi.

Van die dingen krijg je het wel even te pakken.

De handel liep goed. Iedereen was er gek op. Ik betaalde Omars neef stipt. Af en toe deed hij me wat coke of tequila cadeau. Tot ik op een dag bij hem langsging en hij zelfmoord bleek te hebben gepleegd. Volgens de buurvrouw van tegenover, een ouwetje, had die vent zichzelf in de fik gestoken en was hij toen uit het raam gesprongen, schreeuwend dat er in zijn hele lijf spinnen zaten.

Nog voor hij begraven was, dook er al een stel Roemenen op die het spul in Londen aan de man brachten. Ze woonden in Hounslow, vlak bij Heathrow, zo'n vijftien gasten opgestapeld in een flat. En eerlijk, ik scheet bijna in mijn broek als ik naar ze toe moest, het waren echt ruwe klootzakken.

Ik kwam er een keer toen ze in de woonkamer een of andere eikel hadden vastgebonden en met naalden bewerkten die ze met een kaars heet maakten. Hij had een prop in zijn mond. 'Wat heeft die klootzak gedaan?' vroeg ik. 'Nou, hij is ons wat schuldig,' antwoordden ze. Later bleek dat ze het spul via Dover kregen; ze lieten het per koffievrachtschip uit Tampico komen. Maar echt, veel zin om met die gasten te werken had ik niet meer. Daarom prees ik de dag dat de Chileen verscheen.

Het was zo'n rijkeluisjoch, zoon van een docent aan King's College, die het spul ergens anders vandaan haalde. Het was wel duurder, maar hij martelde tenminste niemand in zijn woonkamer.

Tegen die tijd was Druuna, die stomme Italiaanse, al *totally hooked*. Ze werkte nog wel als serveerster, maar gaf echt alles uit aan Nuke. Soms had ik zin nee te verkopen, tegen haar te zeggen: 'Nop, jammer dan, vandaag heb ik niks', maar zodra ze mijn gulp opendeed om me in natura te betalen had ze me weer overgehaald.

Zoals vandaag, nu ze met die teringkou zowaar verkleed als

Japans schoolmeisje hierheen is gekomen en zich in de eetkamer is gaan uitkleden, zonder zich er iets van aan te trekken dat Akira tv zit te kijken. Maar goed dat Ian met zijn Canadese grietje in Vietnam zit.

En Akira vond het volgens mij niet erg dat ik haar op de tafel neukte.

Vandaag heeft Druuna haar fooi wel verdiend, lijkt me.

11

Geen enkele bezoeker had zich kunnen voorstellen dat het gebied waar nu wolkenkrabbers en kantorencomplexen verrijzen nog maar een paar jaar eerder een stinkende vuilnisbelt was geweest, bevolkt door afvalrecyclers die tussen de vele tonnen stadsafval wroetten.

'Het lijkt Toronto wel,' zei Iménez, een van de Colombianen, in de geblindeerde limo tegen el Paisano.

'Kan, ja,' antwoordde de Sinaloaan. Hij was de enige in het voertuig die er niet als een zakenman uitzag. Het pak van giraffenleer wedijverde om de aandacht van de toeschouwer met de rasta's die vanonder zijn zwartvilten stetson over zijn schouders vielen.

'Speel je in een band?' vroegen ze hem meestal wanneer hij in een disco verscheen. 'Ik ben zanger geweest bij Los Hijos de la Bestia, maar ik ben solo gegaan,' loog hij dan geamuseerd.

Nu zou hij optreden als bemiddelaar tussen de Colombianen en Lizzy, zijn petekind, die aan het hoofd van de zaken was komen te staan na de dood van haar vader, don Eliseo Zubiaga, een boezemvriend van el Paisano.

Anders dan haar vader had Lizzy een bedrijf dat het geld van haar clandestiene praktijken witwaste: Media Development Associates, ofwel MDA.

Haar kantoor besloeg de bovenste verdieping van een gebouw uit staal en glas dat net een gigantische robot uit de Japanse serie *Macross* leek.

Een gespannen stilte vulde de limo. El Paisano speelde wat met zijn iPad, terwijl Iménez, de leider van de Zuid-Amerikanen, zijn e-mail checkte op zijn BlackBerry.

Voor hen maakte een Suburban afgeladen met Mexicaanse lijfwachten de weg vrij. Achter hen zorgde een andere, stampvol Colombiaanse huurmoordenaars, voor rugdekking.

'We zijn er,' zei el Paisano om het ijs te breken toen de auto via een van de poten van de robot de parkeergarage in reed.

Het escorte ging voorop om te inspecteren of het terrein schoon was. Elk eskader kamde het gebied zorgvuldig uit, terwijl ze met elkaar in contact bleven via portofoons en mobieltjes. Toen alle twijfel omtrent de veiligheid was weggenomen, begaven de zes Colombianen en el Paisano zich in de richting van de vip-lift van MDA. 'Wie is dat?' mompelden de receptionistes in het gebouw.

Zwijgend gingen ze de dertig verdiepingen omhoog terwijl de klanken van loungemuziek in hun oren dwarrelden. Toen de liftdeuren opengingen, verbaasden ze zich over de minimalistische inrichting van het kantoor.

De indirecte verlichting van de wanden, geschilderd in blauwgroene pasteltinten, riep de sensatie van een aquarium op. Een grote hoeveelheid planten werd bewaterd door een circuit dat als een beekje door het kantoor stroomde. Het gemurmel zorgde voor een serene rust.

Daarom was het een verrassing om bij de receptie verscheidene stukken uit Lizzy's sinistere kunstverzameling aan te treffen, die daar volstrekt uit de toon vielen.

Eén foto trok Iménez' aandacht in het bijzonder: het beeld van een oude man die met een hamer een spijker door zijn neus sloeg.

'Beter niets vragen, zeker?' fluisterde hij tegen Wílmer, zijn assistent.

'Klopt, beter van niet.'

Een blondine verscheen uit het niets en kwam naar de bezoekers toe.

'Meneer, fijn u te zien,' begroette Bonnie, de secretaresse, el Paisano.

'Hoe is het met je, meisje?' Hij gaf haar een kus op de wang. 'Is mijn petekind er?'

'Ze verwacht u. Komt u maar mee.'

De zeven mannen liepen achter de vrouw aan. Niet een van hen liet na zich aan haar achterwerk te vergapen. Bonnie opende de deuren van een vergaderzaal, waar een tafel voor veertig personen stond.

'Welkom. De señorita is met een paar minuten bij u. Wilt u iets drinken?'

Ze bestelden water, koffie, thee. El Paisano gaf de voorkeur aan een Jack Daniel's met Seven-Up. Een ondeugd die hij op zijn peetdochter had overgedragen.

'Is dat niet wat vroeg?' vroeg Iménez.

'Bij de laatste die me dat vroeg heb ik zijn neus eraf geschoten,' antwoordde de Sinaloaan.

Ze lachten.

Bonnie, die eerder een fotomodel dan een secretaresse leek, serveerde de drankjes. Heupwiegend glimlachte ze koket. Daarna verdween ze, een discrete vleug Touch of Pink achterlatend.

Ze wachtten een poosje en bekeken de schilderijen die aan de wanden hingen. Het waren afbeeldingen van de zeven dwergen en van Bambi, geschetst met de vaardigheid van een basisschoolkind dat een plaatje natekent.

Na een kwartier maakte Lizzy, voorgegaan door haar eenogige lijfwacht Pancho, haar entree in de vergaderzaal. De Colombianen stonden ervan versteld hoe jong ze was. Geen van hen kon de verleiding weerstaan ten minste een paar seconden diep in haar decolleté te gluren.

Pancho was als enige in de zaal gewapend.

Lizzy had haar purperkleurige haar in twee staartjes gebonden, die een schril contrast vormden met haar poederkleurige double-breasted kostuum, waar Robert Mitchum stikjaloers op zou zijn geweest.

'Peet,' begroette ze el Paisano met een kus op zijn wang.

'Meisje. Ken je de heren al?'

Ze stelden zich aan elkaar voor, waarna Lizzy aan het hoofd van de tafel plaatsnam.

'Wie heeft dit geschilderd?' vroeg Iménez terwijl hij naar een van de primitieve Disney-figuren wees.

'John Wayne Gacy,' antwoordde de vrouw met een kille glimlach, 'maar ik moet toegeven dat hij als clown beter was dan als kunstenaar.'

Alleen zijzelf lachte om haar grapje.

'Goed, ter zake.'

Ze haalde diep adem alvorens het woord te nemen. Allen

hielden hun adem even in. Inclusief el Paisano.

'We hebben uw diensten niet meer nodig,' snauwde ze. 'U kunt ons genootschap als opgeheven beschouwen,' voegde ze eraan toe nog voor haar eerste zin goed en wel tot de aanwezigen was doorgedrongen.

De monden van de zes Colombianen vielen open. Ook van het gezicht van el Paisano was ondanks zijn spiegelende glazen de verbazing af te lezen.

'Meisje, wat is dit nou? We zijn al bijna twintig jaar zakenpartners van onze broeders. Je vader ...'

'Mijn vader' – haar toon werd nog killer, Lizzy leek vanaf een gletsjer te spreken – 'is dood, peet. Nu neem ik de beslissingen.'

Ze liet een ijzige blik over haar bezoek glijden. Daarna ging ze verder: 'Van oudsher produceert u de handelswaar en vervoert die naar ons land. Wij brengen hem veilig en wel naar de grens. U betaalt ons in natura. Wij distribueren in onze straten. De gringos brengen hem van San Diego of Brownsville naar Chicago en New York. En iedereen is gelukkig.'

Voor het eerst glimlachte ze. Zo leek ze nog woester.

'Dat is voorbij. Door de toenemende kosten is uw product steeds minder lonend voor ons. De operationele risico's, evenals uw onvermijdelijke prijsverhoging, hebben een dramatisch effect gehad op de verhouding kosten-baten, die u de afgelopen twintig jaar tot een aantrekkelijke investering maakte.'

Ze zweeg om het effect van haar woorden te bestuderen. In stilte genoot ze van het ongeloof op de gezichten die haar gadesloegen. Ze maakte het af met een pneumatische hamerslag.

'Heren, het Constanza-kartel, dat nu onder mijn leiding staat, stapt uit de cocaïnehandel. Het is niet langer rendabel voor ons.'

De zeven mannen barstten los in protesten.

'Meisje, ben je gek geworden? Waar denk je dat je mee bezig bent?' lukte het el Paisano boven de stemmen van de Colombianen uit te komen. De gemoederen raakten verhit.

'En nu, als u me toestaat ...' – Lizzy tikte iets aan op haar iPhone; vanaf het plafond rolde een scherm voor een powerpointpresentatie naar beneden – '... ga ik u de productdiversificatie laten zien die Media Development Associates in onze laboratoria in Jalisco heeft ontwikkeld. Ik weet zeker dat zelfs u, als u dit gezien hebt, geïnteresseerd zult zijn een ommezwaai te maken naar de opkomende markt van de methamfetamine.'

Lizzy vergiste zich niet. Na vijftien minuten keken allen aandachtig naar de grafieken waarin de toename van de productiekosten van opiaten tegen de ridicule tarieven van designerdrugs werden afgezet.

Twintig minuten later was Lizzy's publiek nog altijd in de ban van haar exposé over de eindeloze mogelijkheden van chemische combinaties die in haar laboratoria gefabriceerd konden worden.

Na verloop van een uur herdefinieerde de koningin van het Constanza-kartel de zakelijke relatie met haar Zuid-Amerikaanse partners.

Op zijn stoel glimlachte el Paisano trots.

'Zo ken ik je weer, meisje.'

12

Er was een tijd dat el Médico een naam had.

Voor hij besloot geneeskunde te gaan studeren. Voor hij zelfs zijn eerste vergelijkingen leerde oplossen.

Vandaag de dag is die naam niet belangrijk. Hij betekent niets. Die persoon, als hij ooit heeft bestaan, is slechts een herinnering.

Maar er was een tijd, voor zijn experimenten met honden en zijn colleges farmacologie, voordat hij voor het eerst het scalpel in een kloppend lichaam liet verdwijnen, nog voor de experimenten en de illegale substanties, voor dat alles was er een tijd dat el Médico kind was.

Veel herinnert hij zich daar niet van. Veel interesseert het hem ook niet.

Maar altijd komt hij terug bij de baby.

Bij het zoontje van het dienstmeisje, het kind dat lag te huilen in een van de dienstvertrekken in zijn ouderlijk huis.

Bij het gehuil dat hem aantrok, zijn eenzame spel in de tuin onderbrak.

Bij het kind dat de moeder liet huilen terwijl ze druk bezig was bedden op te maken en lakens uit te schudden.

El Médico, het kind dat later el Médico zou worden, kwam bij de dienstvertrekken achter in het huis van zijn ouders, waar drie of vier kamers een legertje dienstmeisjes herbergden.

Hij sloeg de baby gebiologeerd gade. Hij liep de broze anatomie van het kindje na, van de piepkleine voetjes tot de tere vingertjes die de handjes kroonden. Van het labyrint van de oortjes tot het neusje in het midden van het gezichtje.

Het gebeurde toen hij bij het mondje kwam. Bij dat gat in het vlees waaruit het gejammer opsteeg dat hem daarheen had gelokt.

Hij observeerde het huilende kind verscheidene minuten, zijn fascinatie groeide en groeide. Hij bewonderde de volmaakte reproductie op schaal van een mens. Met zijn vingertoppen streelde hij de wangetjes van de baby. Hij speelde met het neusje van het kind.

Op dat moment kreeg hij het idee. Hij drukte de neusgaten even dicht, tot het kind begon te spartelen. Hij haalde zijn vingers weg. Liet de baby even ademen. Bedekte zijn neusje opnieuw.

Hij herhaalde zijn spelletje verscheidene malen.

Het kind dat later el Médico zou worden glimlachte.

Hij had een nieuw speeltje ontdekt.

Toen de baby weken later levenloos gevonden werd, bepaalde de arts die de overlijdensakte opstelde dat het kindje in zijn slaap was overleden. Hij vond het niet nodig een autopsie uit te voeren.

Had hij dat wel gedaan, dan zou hij een knikker in de luchtpijp van de baby hebben aangetroffen.

13

In het onderzoekslab bekijkt el Járcor aandachtig de camera-
opnamen op Leonardo's computer.

'Wel verd...' mompelt hij met zijn blik strak op het beeldscherm gevestigd.

'Geen kattenpis, hè?' zegt León als we samen binnenkomen.

'Laat eens zien,' en ik ga naast Jar zitten.

'Ik spoel hem even voor je terug, maatje.'

Het in vieren verdeelde beeldscherm toont lageresolutiebeel-
den van de verlaten gangen in laboratorium Cubilsa. Elke zes
seconden worden ze vernieuwd.

'Toen we bij het lab aankwamen, was het eerste wat ik deed
de video van het centrale camerasysteem kopiëren,' legt León
trots uit. 'Je kunt er wel van uitgaan dat dit materiaal vertrou-
welijk is en dat het alleen door de technici van het beveiligingsbedrijf mag worden teruggehaald.'

'Maar één bezoekje aan de Plaza Meave en het is gepiept,
toch?'

'Zo is het maar net, mijn beste Járcor. Dat doe ik altijd met
gesloten circuits. Ik download de opname meteen op mijn lap-
top. Dat moet je snel doen, voor het geval er zoiets als van
vandaag gebeurt. Toen de Federal ons eruit gooide, waren de
opnames van de laatste twaalf uur net gekopieerd.'

Plots worden de vier beelden op het scherm vervangen door
andere. Daarop zijn een paar donkere schimmen te zien die
wazig door de gangen glijden.

'Wat gebeurde daar?'

'Zo werken gesloten circuits. Ze maken om de twee minuten
een reeks opnamen, zodat je de hele opstelling op een enkel
scherm kunt zien. Anders zou je een vracht computers nodig
hebben.'

'Wat zijn die gedaanten?' vraag ik.

'Dat is het interessante,' antwoordt León, en met een muisklik zet hij het beeld stil. 'Kijk eens naar het tijdstip, hier onderaan.' '23.57.'

'De wisseling van de wacht was om twaalf uur precies,' merkt Jar op.

'Juist. Daarvoor is de opname heel rustig. Er gebeurt niets; je ziet de bewakers hun ronde maken en verder niets. Opeens verschijnen deze figuren.'

Hij wijst naar het scherm. Het beeld is slecht, je kunt alleen wat zwarte gestalten onderscheiden die doen denken aan weerwolven. Ik zeg het niet, want ze verklaren me vast voor gek.

'Hebben jullie de film *The Howling* gezien?' vraagt el Járcor.

'Nou en of. Deze hier lijken op de weerwolven in die film,' antwoordt León geëmotioneerd. 'Als kind scheet ik in mijn broek van angst toen ik die film zag.'

'Doe niet zo idioot, jullie. Weerwolven bestaan niet.'

'Natuurlijk niet. Ik spoel een stukje verder. Je weet niet wat je ziet.'

Met de muis schuift hij de tijdsbalk een stukje naar rechts. De taferelen volgen elkaar vormeloos op.

'Het is ... hier.'

Op het scherm zie je duidelijk een gorilla naar de camera kijken.

'Krijg nou wat,' zeg ik tegen niemand in het bijzonder.

'Dat is nog niets, Andrea,' en hij spoelt de opnamen nog wat vooruit tot hij bij een andere aap komt, die een geweer op een van de bewakers richt.

In het volgende vierkant ligt de bewaker op de grond, met zijn kop aan flarden geschoten.

'Ik heb de opname heel nauwkeurig bekeken. Het was een commando bestaande uit zes gorilla's. Een voor iedere bewaker. Blijkbaar kenden ze de gang van zaken in het lab precies, want ieder van hen ging regelrecht op zijn veiligheidsagent af om hem uit te schakelen.'

Op het scherm volgt de sequentie van de moorden, als een slecht geproduceerde fotoroman. De beelden zijn heel wazig.

'Ze hadden vast hun radio's onderschept,' luidt el Járcors commentaar.

'Maar waarom verkleed als gorilla's? Ik begrijp het niet.'

'Zou jij het niet in je broek doen als er midden in de nacht een gorilla met een geweer voor je stond, maatje?'

'En ook nog op rolschaatsen, Andrea.'

Jar en ik moeten elkaar stomverbaasd aankijken, want León voegt eraan toe: 'Echt, ze gingen het hele lab door op rolschaatsen.' Hij spoelt nog een klein stukje verder. Nu geeft de klok 00.18 uur aan. 'Hier zie je dat ze de rolschaatsen uitdoen nadat ze de zes bewakers uit de weg hebben geruimd.'

'Plus die van het busje,' merk ik op, 'al hebben ze die met messteken omgebracht.'

'En dan laden diezelfde als gorilla verklede klootzakken de roemruchte pseudo-efedrine in een goederenlift – kijk, hier zie je het – en brengen ze die naar buiten, waar, zo neem ik aan, een vrachtwagen stond waarin ze het spul meenamen, maar dat antwoord moet ik jullie schuldig blijven want het cameracircuit reikt niet tot buiten.'

'Er was alleen een camera in het bewakershok, dat heb ik wel gezien,' zegt mijn maatje.

'Dit is wat er is, jongens,' zegt León gefrustreerd. 'We kregen niet eens tijd voor een ballistisch onderzoek. We konden nog net wat hulzen markeren en een paar foto's maken. En daar valt niet mee te werken.'

'Geeft niet, León,' antwoord ik terwijl ik opsta. 'Het is toch onze zaak niet meer.'

'Kutzooi,' mompelt el Járcor.

'Wat voor idioot bedenkt nou zo'n overval?' vraagt León met zijn blik op de monitor gericht.

'Logisch, toch? Een narco,' antwoordt el Járcor.

'Uiteraard. Maar het is een heel rare gang van zaken. Eerst dacht ik dat een van de kartels erachter zat, maar het is niet hun stijl. Dit is heel subtiel gedaan.'

'Bijna als een choreografie,' zeg ik.

'Ja, ja, Andrea,' zegt el Járcor, 'zoals *Het Zwanenmeer*, en dan met drugs. En gorilla's.'

We lachen alle drie.

Al is het niet geestig.

14

buiten stort de vloeibare hemel zich uit over Parijs de stad gaat als een dolle tekeer voor de deuren van de club binnen dreunt de beat in Julies oren ze voelt de beats in haar borstkas zinderen het ritme van de stroboscooplampen maakt haar duizelig haar handen zijn kletsnat ze scheiden een koud zweet uit telkens wanneer de lichten tegelijk met de bas uitbarsten doen haar grote pupillen pijn hoe gaat het? vraagt Vincent naast haar maar Julie is ver heen ze had het poeder dat ze hun bij de ingang aanboden niet moeten snuiven *que c'est ça merde?* vroeg Vincent *glace* antwoordde de dealer terwijl hij met het hersluitbare zakje schudde eersteklas Mexicaanse drugs wil je of niet? hoeveel? twaalf euro ze betalen en gaan om beurten naar de wc de flash komt een paar minuten nadat ze de zooi gesnoven hebben eenmaal high concentreert ze zich op de rasta's die van de jongens kruin tot halverwege zijn rug lopen na al die tijd verbaast ze zich nog steeds over zijn huidskleur Vincent is zoon van Algerijnse immigranten toen ze klein was volgde haar moeder nog een vertaalopleiding elke middag was Julie alleen als ze thuiskwam uit school ze warmde het eten op en maakte haar huiswerk soms kwam haar moeder pas thuis als het meisje al op bed lag ze werkte parttime als caissière bij een Carrefour op de universiteit duikelde haar moeder een vriend op meneer M'bow heette hij je sprak het uit als *omboe* hij was een Afrikaanse prins in ballingschap dat zei hij althans hij studeerde moderne letterkunde aan de Sorbonne hij was stapelgek op haar moeder zij nam het niet al te serieus soms hoorde Julie ze 's avonds na het werk van haar moeder thuiskomen het meisje deed alsof ze sliep wat moet ik in Afrika? zei haar moeder schaterend tegen Omboe je zult de koningin van mijn volk zijn je zult over bijna drie miljoen onderdanen regeren we zullen een prachtige bruiloft vieren duizenden zullen je komen bewonderen vanuit alle hoeken van mijn rijk antwoordde de neger schaterend gehuld in het prikkelende aroma van een dikke joint vele jaren later herkende Julie die geur in de omgeving van het Bataclan toen ze bij een bloc partyconcert voor het eerst wat nam voel je je wel goed? vraagt Vincent je beeft helemaal ze kan hem alleen maar omhelzen en over zijn wang likken is je huid van chocola? had ze Omboe gevraagd toen ze hem voor het eerst zag natuurlijk niet luidde het antwoord van de prins mag ik je wangen eens proeven? vroeg het achtjarige meisje ja hoor zei de toekomstige monarch met een sterk Zuid-Afrikaans accent Julie likte over zijn wangen maar net zomin als die van Vincent smaakten ze naar chocola Omboe verdween haar moeder werd nooit koningin van welk Afrikaans land dan ook sindsdien heeft Julie vier vaders gehad voel je je wel goed Julie? hoor je me? schreeuwt Vincent terwijl hij haar heen en weer schudt ik dacht dat de wangen van negers naar chocola smaakten denkt Julie net zoals ze dacht het in de disco geweldig te hebben met Vincent er is iets fout gegaan ze wil haar vriend geruststellen ze maakt zich zorgen over de angst in Vincents ogen zijn mooie negerogen ze zou graag willen zeggen dat het goed met haar gaat dat hij zich geen zorgen moet maken maar het is heel moeilijk dat te doen als je op de vloer ligt kotsend.

15

Verslag van doen en laten:

Om zeven uur verliet het geobserveerde object zijn huis.

Hij liep naar het park, twee straten bij zijn woning vandaan, waar hij een warming-up deed alvorens hij driemaal om de groene zone jogde.

Tegen halfacht beëindigde het object zijn oefening. Hij wandelde weer naar huis. Onderweg stopte hij bij een sapstalletje, waar hij een chocomel met twee eieren bestelde. Hij dronk het in één teug op, betaalde de consumptie en vervolgde zijn weg.

Hij ging zijn woning weer binnen, gelegen in de Calle de Saratoga, vanwaar zijn echtgenote en zijn drie kinderen al eerder waren vertrokken om naar het werk en naar school te gaan. Het object werd geobserveerd terwijl hij zich schoor voor hij een douche nam en een jasje met stropdas aantrok.

Om negen uur kwam een man geïdentificeerd als zijn partner hem ophalen met een patrouillewagen van de staatspolitie van Mexico-Stad, D.F. Ze gingen op weg naar het hoofdbureau, waarbij ze de sirene gebruikten om zich een weg over de Viaducto te banen, zonder daar ogenschijnlijk een reden voor te hebben.

Rond halftien installeerde het object zich achter zijn bureau, op de zesde verdieping van het gebouw. Hij vroeg de vrouw geïdentificeerd als zijn secretaresse hem een kop koffie te brengen, waarvan hij kleine slokjes nam terwijl hij het dagblad Metro *las. Hij onderstreepte enkele berichten in de krant, maakte aantekeningen in een boekje, dronk zijn koffie op, vroeg een tweede kop en zette zijn computer aan.*

Hij bekeek zijn e-mail. Beantwoordde een paar berichtjes. Tegen elf uur 's ochtends belde hij via de vaste telefoon de man geïdentificeerd als zijn partner, die twee verdiepingen lager werkt. Hij sprak met hem af in een eettentje in de Calle de Niños Héroes en tien minuten later verorberden beiden gevulde taco's vergezeld van twee flessen Titán bessen.

Het object at twee taco's met rundvlees in groene saus, een met bonen en ei, en nog een met varkensvlees met postelein.

Betalen deed hij niet; hij vroeg de vrouw van het tentje het op te schrijven. Hij gaf ook geen fooi.

Om halfeen 's middags liet zijn directe superieur hem naar zijn kantoor komen. Ze babbelden een poosje over een gezamenlijke kennis, een Cubaanse die in de wijk Obrera in een table dance club werkt (zie het desbetreffende verslag over de eerste week van deze maand) over wie beiden letterlijk zeiden dat ze haar graag een goeie beurt zouden willen geven. Na een kwartier over koetjes en kalfjes te hebben gepraat, vroeg zijn meerdere hem naar de voortgang van het onderzoek in drie zaken die het object waren toegewezen.

Wat de eerste ervan betreft, meldde hij een Venezolaanse bende die pinautomaten skimt op het spoor te zijn. Hij vertelde zijn leidinggevende over de vreemde modus operandi van de onderzochte personen, die valse frontjes voor pinautomaten laten maken om betaalpasjes te klonen. Op de vraag van zijn superieur naar de identiteit van de bendeleden antwoordde het object met een schouderophalen.

De tweede zaak, de verdwijning van een leeuw uit een pakhuis aan de Correo Mayor, het huisdier van een Libanese zakenman uit de textielbranche, ontlokte beide mannen een schaterlach. Het object zei zich beledigd te voelen dat hij de verdwijning van een dier moest onderzoeken. Zijn superieur herinnerde hem eraan dat de gedupeerde een boezemvriend was van de procureur-generaal, dat het een bevel was van hogerhand, heel hoog zelfs, en dat het niet ter discussie stond. Het object deelde tandenknarsend mee dat zijn mensen navraag deden op de markt Sonora, bij de handelaren in exotische dieren. Hij voegde er zachtjes aan toe dat de afvalrecyclers van de Merced het dier wat hem betrof al in mootjes mochten hebben gehakt.

De toon van het gesprek werd bijtender.

De derde zaak was de neteligste, voor allebei.

De superieur vroeg het object naar de vermeende distributie van drugs in een appartement in de Calle Gutemberg, vlak bij Polanco. Hij keek het dossier door en zei toen dat het geen twijfel

leed dat het een drugspand was, maar hij bracht het object in
herinnering dat kwesties inzake drugshandel de bevoegdheden
van de staatspolitie te boven gingen, dat je je daarmee op het ter-
rein van de federale agenten begaf.

Het object antwoordde dat hij heel goed wist waar zijn superi-
eur het over had, dat hij niet achterlijk was. Hij vertelde dat hij
doorging met het onderzoek om de zaak aan de Federal over te
dragen zodra was vastgesteld dat het spul in het spel was. De
superieur antwoordde met een grom en drong er bij het object op
aan zich met de andere zaken bezig te houden die zich op het
bureau van het object opstapelden.

Het object gaf hem te verstaan dat hij, ook al was hij zijn superi-
eur, hem niet hoefde te vertellen wat hij moest onderzoeken en hij
verzocht hem niet te vergeten dat ze tegelijk van de academie wa-
ren gekomen en dat het bij het vergelijkende examen slechts een
kwestie van decimalen was geweest dat hijzelf die baan niet gekre-
gen had. Zijn superieur wilde net reageren toen zijn mobiel ging.

Hij sprak een paar eenlettergrepige woorden in zijn telefoon.
Hij verontschuldigde zich bij het object en zei dat hij werd ver-
wacht op het kantoor van de gebiedscoördinator voor Iztapalapa
en hij verliet zijn kantoor. Controle naderhand toonde aan dat
de superieur was gebeld vanuit een table dance club in Obrera,
hiervoor reeds genoemd, om mee te delen dat de Cubaanse hem
over een halfuur voor de lunch verwachtte.

De twee mannen namen koeltjes afscheid van elkaar.

De bijeenkomst eindigde om halftwee 's middags. Het object
beantwoordde nog een paar e-mails en verliet om vier uur zijn
kantoor om zich bij de man geïdentificeerd als zijn partner te
voegen.

Ze reden in de patrouillewagen naar een visrestaurant op de
Mercado Hidalgo, waar ze lunchten. Het object bestelde drie in
aluminiumfolie gestoofde visjes met groentemix, een gemari-
neerde rauwe vis en een abalonecocktail vergezeld van een Dos
Equis-biertje. Als nagerecht bestelde hij Napolitaanse pudding.

Toen ze de markt verlieten, nam het koppel de Chapultepec,
sloeg de Lieja in, ging via de tunnel onder de Circuito Interior
door om uit te komen op de Leibnitz en reed verder tot de Gu-
temberg, alwaar ze rechts afsloegen.

Op de hoek van de straat die de Herodoto wordt genoemd, hielden ze een jongeman met een zonderling uiterlijk aan die ze onder het mom van een routinecontrole sommeerden in de wagen plaats te nemen. De jongen verzette zich, waarop het object hem een trap in zijn kruis gaf waarna hij hem naar de patrouillewagen sleurde.

In het voertuig bracht een snelle fouillering aan het licht dat de jongere een sealtje coke bij zich had. Het object dreigde de jongen mee te nemen naar het bureau wegens drugsbezit. De jongen, zichtbaar bang, bood het object aan hem naar de plek te brengen waar hij de drug had gekocht. Hij zei dat zijn dealer daar veel geld had, dat ze een grote slag konden slaan.

Het object en zijn partner namen de jongen mee naar het gebouw dat laatstgenoemde had aangeduid. Ze gingen omhoog naar een appartement op de derde verdieping, alwaar ze op de deur klopten.

Een slanke zwartharige vrouw deed open en begroette het object hartelijk. Ze vroeg wat hij daar al zo vroeg kwam doen. Of hij de jongen kende, die een klant van haar was.

Het object raadde de vrouw aan niet van die kutklanten (sic) te nemen, want deze had haar verraden. Ze duwden de jongen het appartement in, waar ze hem gedrieën een halfuur lang in elkaar sloegen.

Toen ze hem lieten gaan, met de waarschuwing zich daar nooit meer te vertonen, haalde de vrouw een fles mescal tevoorschijn. Ze schonk een paar glaasjes vol, die ze het object en zijn partner aanbood. Daarna maakte ze op de tafel in het midden enkele lijntjes coke klaar. Ze snoof er eerst zelf een met een rietje op, om dat vervolgens door te geven aan het object, die het met genoegen accepteerde. De partner deed het zijne.

De verdere middag brachten ze mescal drinkend bij de vrouw door.

Om zeven uur nam de man afscheid; hij beloofde de vrouw 'een dezer dagen' weer eens langs te komen en vertrok met zijn partner.

Het koppel volgde de Circuito Interior tot de Thiers, nam de afslag Mississippi en zette koers naar de Álvaro Obregón, waarna ze de Cuauhtémoc in zuidelijke richting namen.

Op de Xola sloegen ze een straat in, waar het object uit de patrouillewagen stapte. Hij zei tegen zijn partner dat deze hem drie uur later weer moest ophalen en drukte op de bel van een gebouw.

De deur ging open en het object verdween naar binnen.

'Hoe is het, Chaparro?' vroeg Andrea aan Armengol toen deze haar appartement binnenkwam.

'Kut, meisje, klote. Heb je tequila?'

'Bier.'

'Dan zuipen we dat maar.'

Ze zat Quake te spelen op de Xbox. In haar uniformbroek. Ze zette het spel op pauze, liep naar de koelkast en kwam terug met twee blikjes Tecate.

Armengol nam een slok.

'Dit smaakt naar kattenpis. Het moet wel uit het noorden komen, net als jij.'

Andrea verkocht hem een stomp in zijn maag. El Chaparro wist hem te ontwijken, greep de vuist van het meisje, draaide haar om en verraste haar met een judogreep.

Hij legde haar plat op de vloer van het appartement en bleef boven op haar liggen. Zo liggend maakte het lengteverschil van bijna vijftien centimeter tussen hen niet uit.

De vrouw liet haar handpalm tegen de wang van de agent kletsen. De klap galmde door de gang en kleurde Armengols gezicht rood. Ze keken elkaar even strak aan.

Ze trok het hoofd van de agent naar zich toe en beet hard op zijn lippen. Ze voelde een bult achter Armengols gulp tegen haar schaamheuvel drukken.

'Ik heb je gemist, idioot ...' mompelde hij.

Om tien over halfelf 's avonds verliet het object het gebouw. De man geïdentificeerd als zijn partner zat al in de patrouillewagen op hem te wachten.

Het object vroeg zijn partner hem naar huis te brengen, waar zijn echtgenote op hem wachtte. Ze namen afscheid bij de deur van zijn woning en hij ging met een eenlettergrepige groet naar binnen.

Zijn drie kinderen lagen te slapen en zijn vrouw zat tv te kijken. Het object kleedde zich onverschillig uit, liet zijn kleren op de grond liggen en stapte in bed.

Een kwartier later was hij in slaap.

De routine, met kleine variaties, is niet substantieel gewijzigd gedurende de twee weken dat hij is geobserveerd.

De conclusie van deze waarnemer: makkelijke prooi.

16

Zoals elke ochtend liep agent Armengol zijn vijf kilometer in het park, op twee straten van zijn huis.

Precies drie ronden om ze vol te maken. Al bij de eerste had hij de man op een bankje opgemerkt.

Je hoefde geen Sherlock Holmes te zijn om te weten dat die figuur met bolhoed in een zwart maatpak en wollen jas daar in dat park niet op zijn plaats was.

Maar wat de agent verontrustte was dat hij dat gezicht eerder had gezien, maar het niet kon thuisbrengen.

Na de tweede ronde merkte hij dat de man met bolhoed hem onafgebroken gadesloeg.

Na de derde ging hij naast hem zitten.

'Hermosillo, 1994,' zei Armengol bij wijze van begroeting.

'Toen was ik heel jong. Studeerde ik nog,' antwoordde Pijp en Handschoen.

'Was het in Mazatlán? In '97?'

'Goed geheugen. Inderdaad, we hebben elkaar gezien in een laboratorium. Maar daar was het niet.' Al pratend blies hij rookpluimen uit.

'Ik vergeet nooit een gezicht. Je haar is uitgevallen, toch?'

'Een beetje. U bent zwaarder geworden, agent.'

'O, het is "u"?'

'Als u me dat plezier wilt doen.'

'Dat wil ik.'

Bolhoed glimlachte zoals haaien dat zouden doen. Vervolgens zei hij: 'Ik zal uw geheugen een beetje opfrissen. Het was Colima, in '99.'

'Onmogelijk. Die operatie was van de DEA. Ik zat al bij de staatspolitie, hier in D.F.'

De twee mannen zwegen een poosje. Ze keken voor zich uit. Ze zagen een stel kinderen langskomen die op weg waren naar school.

'Ik heb even nagedacht, agent,' zei de man met hoed. 'Was het dan in Guadalajara? In datums vergis ik me eigenlijk nooit.'

'Er is altijd een eerste keer. Punt is dat iemand in de gevangenis kan eindigen. Of dood.'

'Dood heeft mijn voorkeur, agent.'

'Waarom houdt u niet op met die kolder en vertelt u me waar het om gaat?' Armengol verloor zijn geduld.

'Word nou niet nerveus, agent. Beetje snel op uw pik getrapt?'

Plots stak de man zijn hand in zijn jas. Even stonden Armengols zenuwen op scherp. Hij betreurde het dat hij die ochtend ongewapend was gaan hardlopen. De man met bolhoed sloeg zijn jas open. De agent zag dat hij geen wapen droeg.

'Zo doe je niet tegen vrienden. Dit is een sociaal bezoekje. Zonder verplichtingen.'

'U bent geen vriend van mij.'

Armengol sloeg hem zwijgend gade. De man ging verder: 'Luister eens, agent, het gaat om een serieuze zaak.'

'Dat zijn ze allemaal.'

'Deze is het echt. Het gaat om een groot contact. Pillen en hasj. Houdt u van meth?'

'Nee. Waarom geeft u geen anonieme tip?'

'Hier valt niet mee te spotten. Kent u het Constanza-kartel?'

Armengol lachte. 'Dat valt onder de Federal. Wij van de lokale politie mogen geen narcozaken onderzoeken. Doen we dat wel, dan zijn wíj degenen die een misdaad begaan!'

'Niemand hoeft iets te onderzoeken, agent.'

De twee mannen zwegen een tijdje. In de verte waren vogels te horen. Op de grote verkeersweg maakte een tram een draai. Een straatventer kwam langs terwijl hij zijn karretje voortduwde.

'Ze staan flink bij me in het krijt. Dat wil ik nu vereffenen,' voegde de man met bolhoed eraan toe.

'Dat is niet eenvoudig. Het zijn zware jongens; ze worden geleid door een vrouw. Er wordt gezegd dat ze geen minirok draagt omdat je dan haar ballen zou zien.'

'Ze draagt wel degelijk minirokken. Ze heeft prachtige benen.' De man keek strak naar de politieagent. Armengol besefte dat hij geen grapje maakte. Maar heel weinig mensen wisten dat het een jong meisje betrof.

Onopvallend keek de agent om zich heen, speurend naar eventuele metgezellen van zijn gesprekspartner. Of camera's. Hij zag niets.

'Hoor eens, ik heb heel weinig tijd. En hier word ik pischagrijnig van. Wat wilt u?'

'Rustig maar, agent. We staan aan dezelfde kant.'

'Klets geen onzin. U hebt te veel films gezien.'

Opnieuw die roofdiergrijns. De pijp was uitgegaan. Hij klopte ermee tegen het bankje om de as eruit te schudden.

'Het is eenvoudig. Ik vertel u waar de deal gaat plaatsvinden, snel, zonder complicaties.'

'Ik zei al dat dat niet mijn terrein is. Ga maar naar die lui van de Federal.'

'U weet best dat je het met die klootzakken niet op een akkoordje kunt gooien, agent.'

Razendsnel doorzocht Armengol zijn mentale archief. Hij kende het gezicht van die man. Maar een klein detail, een onbeduidende verandering, was genoeg geweest om het niet meteen te kunnen thuisbrengen.

'Er valt niets op een akkoordje te gooien.'

'Ik zeg,' ging de man verder zonder op het negatieve antwoord van de agent te letten, 'dat ik u de plaats en het exacte tijdstip van de deal geef. U stort zich op hen. Neemt ze te grazen. Laat ze flink schrikken, geeft ze een pak op hun sodemieter. Het zijn mietjes, u weet wel, dealers in yuppendisco's ...'

'U ziet me voor iemand anders aan.'

'... u pakt ze alles af. U weet wel hoe u tweehonderd pillen moet kwijtraken. U verkoopt ze her en der, of u geeft ze aan el Pollo, als doopgeschenk voor zijn kind ...'

Hij overviel Armengol. Zijn gezicht verried het.

'U verdient een aardig bedragje, ik ben die doorn in mijn vlees kwijt en we zijn allemaal tevreden. Niemand komt te weten wie de informatie heeft gelekt.'

'U zei? Dat hoofdstuk heb ik afgesloten. Nee, beste kerel.' De agent stond op. 'Ik denk dat u de verkeerde te pakken hebt. U kunt beter een federaal zoeken. Ik ben een rechtschapen politieman.'

Armengol was al op weg naar huis toen hij de man hoorde mompelen: 'Cuautla, 2001.'

De agent versteende. Opeens wist hij het.

De abortuskliniek.

Hij draaide zich langzaam om.

Op het bankje glimlachte el Médico.

'Dat dossier is nog niet gesloten. En u zult vast niet willen dat de rechter een envelop ontvangt met de video waarop te zien is dat u van een nog altijd voortvluchtige arts die jonge meisjes liet doodbloeden geld aannam om hem te laten ontsnappen.'

Nu wist hij weer wie de man was. Hij was afgevallen en kaal geworden. Maar het was dezelfde vent.

El Médico stond op. Een auto, een zwarte Honda Civic, was op de hoek tot stilstand gekomen.

'Maakt u zich geen zorgen, ik geef u de gegevens door. Op uw mobiel, dat nummer heb ik immers al.'

Armengol stond daar als verlamd.

'En als speciale gunst, omdat u het bent, zal ik u de originele video's geven. Zodat u ze kunt vernietigen.'

El Médico liep naar de auto, waarvan de chauffeur het portier al voor hem openhield.

'Hoe weet ik dat er geen kopieën zijn?'

'U zult me moeten vertrouwen, agent.' Hij draaide zich half om voor hij instapte. 'Maakt u zich geen zorgen, ik vertrouw u ook.'

De auto verdween in het ochtendverkeer.

Het verbaasde Armengol niet dat hij geen nummerplaten had.

17

Toen el Médico in de puberteit kwam, ontdekte hij een verzameling pornoblaadjes op de bovenste plank van een kast in zijn vaders bibliotheek.

Wekenlang bestudeerde hij de beelden aandachtig, alsof hij elke lijn, elke plooi in zijn geheugen wilde opslaan.

Zijn vader, een vooraanstaand chirurg, ontdekte hem op een dag in zijn studeerkamer, gehypnotiseerd naar foto's starend van een neger die een roodharige penetreerde. De lege blik waarmee zijn zoon de foto's bekeek, alsof hij behekst was, verontrustte hem hevig.

Zijn eerste opwelling was hem een pak slaag te geven.

In plaats daarvan feliciteerde hij hem, zei tegen hem dat hij een jongeman werd en hij nam hem mee naar een chic bordeel.

De jongen keek onverschillig naar een tiental meisjes dat voor hem langs paradeerde in de salon van een groot oud pand in de wijk Juárez, terwijl zijn vader met de madam aan de bar een whisky dronk.

Zonder iets te zeggen stond degene die el Médico zou worden op en verliet het bordeel, waarmee hij iedereen verbijsterd achterliet.

Vrezend dat zijn zoon homoseksueel was, nam de vader hem in zijn Jaguar mee naar zijn praktijk in Polanco, beiden gehuld in een ongemakkelijke stilte.

Toen Azucena, de secretaresse, hen zag binnenkomen, dacht ze dat haar baas bij een dodenwake vandaan kwam.

Het gezicht van de arts veranderde onmiddellijk toen hij zijn zoon hoorde zeggen: 'Ik wil dat Azucena zich uitkleedt.'

De vader draaide zich om en stuitte op de uitdrukkingsloze blik van zijn zoon, wiens voorkomen hem al zo vaak aan dat van arachniden had doen denken, terwijl de jongen de secretaresse met dezelfde passie bestudeerde als waarmee hij zijn opa's verzameling exotische kevers gadesloeg.

'U zegt?' vroeg Azucena.

'Ik wil dat Azucena zich uitkleedt,' herhaalde de jongen zonder een spoor van emotie in zijn stem.

'Kleed u uit, Chuchena,' beval de vader.

'Wat?!'

'Kleed u uit. Verstaat u geen Spaans meer?' Alles was beter dan een nicht als zoon hebben.

'Dokter, ik ...'

'Ga naar mijn spreekkamer en kleed u uit.' De blik van haar baas vervulde de secretaresse met ontzetting.

Azucena stond op en gehoorzaamde. De jongen volgde haar zonder een spier te vertrekken.

De vader wachtte in de hal. Hij hoorde de secretaresse zijn zoon smeken haar niet met de chirurgische instrumenten te onderzoeken.

Toen het meisje begon te gillen, pakte de arts een tijdschrift en bladerde het door.

Een halfuur later kwam de jongen tevoorschijn en verliet de praktijk zonder iets te zeggen. De vader ging zijn werkkamer binnen. Hij trof zijn secretaresse op de vloer liggend aan, huilend.

Hij vulde een cheque in ter waarde van drie maandsalarissen en liet die bij haar achter.

'Voor het ongemak,' mompelde hij.

Diezelfde avond pleegde Azucena zelfmoord.

18

Zelfs zijn studiegenoten noemden hem el Médico.

Bij aanvang van de studie arriveerde hij met een kaalgeschoren hoofd en een zorgvuldig getrimd ringbaardje. Hij was van ondefinieerbare leeftijd en had een uitdrukkingsloos gezicht. Hij lachte nooit in het openbaar en droeg meestal een belachelijke bolhoed. Iemand stak er de draak mee, een student uit het laatste jaar. El Médico wierp hem een scalpel in het gezicht. Daarna dreef niemand meer de spot met hem.

Iedereen wist dat hij van rijke komaf was, zoon van een befaamd chirurg, die inmiddels met pensioen was.

Hij praatte met niemand. Ze vroegen hem eens waarom niet. 'Omdat er gelukkig nog maatschappelijke klassen bestaan,' antwoordde hij.

Algauw blonk hij uit in anatomie, farmacologie en neurologie.

Uiteindelijk besloot hij zich te specialiseren in neurochirurgie.

Hij was de enige van zijn jaargenoten die niet aarzelde toen ze voor het eerst het scalpel in een patiënt op de operatietafel moesten zetten. Ze zeiden dat hij sneed met de precisie van een machine.

Er deden verhalen over hem de ronde. Dat hij homo was, dat hij graag necrofilie bedreef, dat ze hem nog nooit een glas alcohol hadden zien drinken, dat hij altijd onder invloed was van iets ...

Zeker is dat hij het hoogste gemiddelde van zijn jaargang had.

Hij zou met de eervolle onderscheiding Gabino Barreda zijn afgestudeerd, ware het niet dat hij in een lab van de faculteit was betrapt op het distilleren van heroïne. Dankzij zijn vaders invloed belandde hij niet in de gevangenis, maar door dat schandaal werd hij wel van de universiteit getrapt.

Een maand later werd zijn vader, al verscheidene jaren weduwnaar, dood aangetroffen in zijn woning in Lomas de Chapultepec.

'Cardiopulmonaal falen,' oordeelde de arts die de overlijdensakte opmaakte. Het kwam bij niemand op een lijkschouwing te laten verrichten.

Dan zouden ze een alarmerende hoeveelheid cyanide in zijn bloed hebben aangetroffen.

Kort na de begrafenisplechtigheid verdween el Médico spoorloos.

Hij had een abortuskliniek te runnen.

19

Armengol was wat te vroeg op de afgesproken plek, de hoek van de Bruno Traven en de Avenida Mexico Coyoacán, tegenover het nationale filmarchief Cineteca Nacional, vlak bij het Xoco-ziekenhuis.

'Alleen, zonder el Pollo,' had el Médico aangegeven.

De agent keek speurend om zich heen. Op dat tijdstip was het een donkere, verlaten straat. Zo'n dertig meter verderop leek de deur van de Spoedeisende Hulp een oase van licht.

Kwart voor elf. Hij had nog vijftien minuten.

Hij stak een Marlboro light op met zijn Zippo. Een roestvrij-stalen geval, met het wapen van de Pittsburgh Steelers op de ene kant. Hij had hem zo'n narcootje afhandig gemaakt. Die liefde voor American football had hij nooit begrepen.

Hij nam een lange trek, probeerde een beetje smaak aan de rook te ontlokken. De dokter had tegen hem gezegd dat hij moest oppassen met roken en drinken, vet en cholesterol. 'En de vrouwtjes?' had hij schelms gevraagd. De dokter had alleen maar gelachen.

Vierenveertig jaar. Een ware veteraan. Politieagenten worden zelden oud. Althans niet in actieve dienst. Sommigen nemen ontslag. Anderen worden gedood. De meest onfortuinlijke agenten komen in de gevangenis terecht, waar ze een warm onthaal wacht.

Misschien werd het tijd aan de toekomst te denken. Hij kon niet eeuwig narcootjes te grazen nemen.

Hij nam een laatste trek, gooide de peuk weg en plette hem onder zijn schoen. Zijn mobiel ging.

PRIVATE NUMBER, stond er op het schermpje.

'Ja?'

'Handen omhoog,' zei een stem achter hem.

Het was el Médico.

Op dat moment voelde Armengol het koude metaal van de loop van een wapen in zijn nek drukken.

Hij gehoorzaamde.

Verdomme, Armengol, nou ben je echt de lul, omdat je hebt lopen kloten, dacht de agent. Hij sloot zijn ogen en het eerste beeld dat voor hem opdoemde was het gezicht van Andrea, die luidruchtig kreunde tijdens haar orgasme op het kleed van haar appartement in Navarte, de vorige avond nog.

Alleen uit schuldgevoel dacht hij aan zijn kinderen.

'Het pistool,' zei el Médico achter hem. Armengol overhandigde het hem.

'Doe je jasje uit.' De agent gehoorzaamde en dacht intussen razendsnel na over hoe hij de dans kon ontspringen.

'Heel goed. En nu mooi stil blijven.'

Armengol transpireerde. Vergeefs keek hij naar beide kanten van de weg, zoekend naar hulp. Het had geen zin; áls iemand hen al zag, zou hij denken dat het om een beroving ging. Ze zouden hem niet te hulp schieten.

Armengol wilde iets zeggen.

'Stil, alstublieft,' zei el Médico rustig. 'Deze wereld behoort toe aan de klootzakken, toch, agent?'

De politieman knikte. Zijn hart dreigde uit zijn borstkas te springen.

'Maar je mag niet over de schreef gaan, mee eens?'

'J... ja.'

'Feit is dat ieder zijn eigen gevecht levert, agent. Neem mij nou, met mijn kliniek. Weet u nog? Ik deed er niemand kwaad mee.'

'N... nee.'

'Feit is dat ze je in dit land niet laten werken. Zoals u, met uw bisnis.'

'W... waar hebt u het over?'

'Vertel me nou niet dat u dat niet weet, agent. Een winkeltje hier, een dealertje daar. Om uw salaris aan te vullen.'

'...'

'Iedereen, of bijna iedereen, weet dat de lokale politie daar niet het recht toe heeft, toch?'

Armengol stond daar als verlamd.

'Maar al met al is het bijna een maatschappelijke dienst. Wie wil nu dat dat tuig onze jongeren vergiftigt? Hebt u dat spul wat u confisqueert weleens geprobeerd?'

'N... nee.'

'Natuurlijk niet. U hebt liever een cubita, met Bacardi. Nietwaar?'

'...'

'"Wie de smaak van rum met Coca-Cola heeft geproefd, kent de smaak van de ondergang," heeft een door mij bewonderde schrijver ooit gezegd. Ik drink niet, wist u dat?'

'Nee. Dat wist ik niet.'

'Ik gebruik ook niets. Het is slecht voor de gezondheid, agent. Maar het is mijn handel, wist u dat?'

'Dat ... Dat dacht ik al.'

'Je hoeft niet dood te zijn om doodgraver te zijn. Maar wat ik zonder meer doe, is voor mijn handel zorgen. En voor de belangen van mijn bazin. U weet over wie ik het heb?'

'Nee.'

'Hang niet de idioot uit. Lizzy Zubiaga.'

Armengol voelde een leegte in zijn borst toen hij de naam hoorde.

'Ik ... heb haar niets gedaan. I... ik jaag alleen af en toe zo'n snotneus de stuipen op het lijf.'

'Ik weet het, ik weet het. Zoals ik al zei: bijna een maatschappelijke dienst, toch? U beschermt niet alleen de Mexicaanse jeugd, u zorgt er ook voor dat de prijs van onze producten stijgt. We winnen er allemaal bij.'

'Wat is dan het probleem?'

'Een van de dealertjes die u te grazen hebt genomen, heeft heel goede connecties. Te goed.'

'Waar hebt u het over?'

'Een jonge knul, een van die juniors die is gaan dealen. Het zou niets bijzonders zijn geweest als hij niet het lievelingsneefje van Lizzy Zubiaga was.'

Armengols adem stokte even.

'Omar Noriega. Zoon van Teresita Zubiaga. De jongste zus van de inmiddels verscheiden Eliseo Zubiaga, beter bekend als el Señor.'

Badend in het zweet en met zijn handen omhoog wenste Armengol dat het eindelijk voorbij zou zijn. Dat hij hem twee kogels in zijn lijf zou jagen en hem daar zou laten liggen. Hij had foto's gezien van de wraak van het Constanza-kartel. Het was beter om meteen te sterven.

'Dood me.'

'Wat zegt u, agent?'

'Dood me. Eindelijk. U staat bij me in het krijt. Ik heb u laten gaan, destijds bij die kliniek. Dood me, nu.'

'Ach, mijn beste Armengol. Zoveel geluk hebt u niet. Mijn orders waren heel specifiek: "Die klootzak moet lijden." Het spijt me, agent.'

Armengol voelde twee prikken in zijn rug. Een tweetal stiletten gleed schuin omhoog naar zijn longen, zo snel dat ze er alweer uit getrokken waren voordat hij zijn armen van pijn had kunnen laten zakken.

'Goedenavond, agent,' zei de stem van el Médico terwijl hij in een steeg verdween en de politieman kronkelend op de hoek achterliet.

20

Om zeven uur 's ochtends klonk de junglemuziek die Lizzy als wekker op haar iPod had geprogrammeerd. Ze rekte zich uit tussen de zwartzijden lakens van de kingsize futon.

Toen ze haar ogen opendeed, zag ze zoals elke dag als eerste het schilderij van Julio Galán dat in haar appartement in Polanco hing.

Vijftien minuten later wachtte Helga, haar personal trainer, haar in het belendende vertrek op met een energiedrankje in haar hand. Ze was Duits en voormalig olympisch finalist, haar armen en benen leken van gevlochten staal.

'*Guten Tag*,' zei de blonde vrouw. Lizzy antwoordde met een grom.

Lizzy deed veertig minuten aerobics en een uur krachttraining.

Om negen uur, na een koude douche, ontbeet de bazin van het Constanza-kartel met magere yoghurt met muesli en groene thee terwijl ze berichtjes op haar iPhone checkte. Ze was de enige in de immense eetkamer, waarvan de grote ramen uitzicht boden op het kasteel van Chapultepec. Pancho bracht haar alles vanuit de keuken, waar hij het persoonlijk klaarmaakte.

Om tien uur 's ochtends stapte Lizzy uit haar auto, een zwarte Impala 1970 met vlammen op de zijkanten gespoten, in de parkeergarage van haar kantoor in Santa Fe.

Haar mensen hadden de auto gevonden in een werkplaats in Perros Muertos, Coahuila, en hem in Los Angeles laten restaureren, zonder dat iemand wist waarom ze zo verknocht was aan de wagen, en evenmin waarom ze bevel gaf de monteur van wie hij was te doden.

De eerste uren op kantoor handelde ze financiële zaken af. Beu als ze de administratieve chaos van haar overleden vader was, had ze zich laten voorlichten door Alberto Suárez, een financieel deskundige die haar adviseerde haar kapitaal te diversifiëren in verscheidene investeringsinstrumenten.

Ze vond het heerlijk om de dividenden op haar rekeningen te bekijken. Het fascineerde haar te weten dat ze elke morgen weer wat rijker was.

Om twaalf uur nam ze een tussendoortje: vers fruit, vezelkoekjes en thee. Om twee uur 's middags, nog voor de lunch, kreeg ze een telefoontje van een van haar galeristen in Europa. Hoewel ze in Toronto aan de School of Visual Arts had gestudeerd, had ze haar scheppende carrière opgegeven om zich te concentreren op de uitbreiding van haar verzameling hedendaagse kunst.

'Lizzy, darling, ik heb iets wat je zal boeien,' zei haar vriend Thierry vanuit Parijs, in een nasaal klinkend Spaans.

'Dat zie ik niet snel gebeuren, Tierritas. Wat je me de laatste keer aanbood was pure rotzooi.'

'Je zult steil achteroverslaan, *mon amour*. Ik heb zeven stukken van David Nebreda.'

Na een gespannen stilte vroeg Lizzy: 'Hoeveel?'

Geld was nooit een probleem.

Om halfdrie ging ze de vip-salon van het Blanc des Blancs aan de Reforma binnen en groette don Renato, een oude zakenvriend van haar vader, die daar met de minister van Sociale Zaken en Werkgelegenheid zat te lunchen.

De oudere heren nodigden haar uit bij hen te komen zitten, een voorstel dat ze minzaam afwees. Ze nam afscheid en liep naar haar stamtafeltje, achter in het restaurant.

Onderweg stuitte ze op Marianito Mazo, zoon van een soapproducer, die er zat te eten met een paar popzangeressen die van hun *fifteen minutes of fame* genoten. Marianito begroette haar met een kus, stelde haar voor aan de twee meiden – 'Dit zijn Lola en Dayanara' – en nodigde haar uit voor een party die 's zaterdags zou plaatsvinden in zijn ouderlijk huis in Pedregal.

'Dan ben ik geloof ik op reis,' zei Lizzy glimlachend, 'maar ik kijk het even na en geef het aan je kantoor door.'

Ze namen hartelijk afscheid.

Eindelijk kon Lizzy plaatsnemen.

Ze bestelde een rucolasalade met een carpaccio van zalm en een witte wijn. Nog voor ze haar eerste hap kon nemen ging haar mobiel.

Het was el Médico.

'Wat moet je?'

'Sorry dat ik je stoor. Ik bel even om te zeggen dat de cirkel zich sluit.'

'Wat ben jij melodramatisch zeg, vreselijk. Daarom konden ze je zelfs op de UNAM niet verdragen.'

'...'

'Luister, Médico, bel me zodra het is gebeurd en val me niet lastig als het niet belangrijk is.'

Ze verbrak de verbinding zonder zijn reactie af te wachten.

Ze at in stilte terwijl ze haar e-mail checkte. Ze chatte wat met haar neef Omar, die als dj in een disco op Ibiza werkte.

'Mademoiselle?' onderbrak de maître haar. 'Dit drankje wordt u aangeboden door de heer aan die tafel daar.'

Ze keek op.

Aan de andere kant van het restaurant knipoogde de persoonlijk secretaris van de procureur-generaal der Republiek naar haar.

's Middags vroeg ze Bonnie, haar secretaresse, al haar afspraken af te zeggen omdat ze een moddertherapie wilde nemen in een spa in Santa Fe, slechts een paar straten bij haar kantoor vandaan.

'Vergeet niet dat je nog naar het magazijn moet,' waarschuwde de gringa haar met een Texaans accent.

'Is goed. Ik ga vanavond,' antwoordde Lizzy.

Ze ging te voet naar de spa, tot wanhoop van Pancho, die niet wilde dat ze op welk moment dan ook ergens zonder bescherming was. Het lukte haar altijd weg te glippen.

Het meisje dat de modder op haar rug aanbracht, een onlangs uit Lyon gearriveerde Française, kon niet nalaten te zeggen: 'U hebt een gheweldieghe *derrière*. Steviegh en zaght als perzik.'

'Dank je,' antwoordde Lizzy.

Om halfnegen 's avonds arriveerde ze bij het Museum Tamayo, in haar vaders oude geblindeerde BMW met Pancho achter het stuur. Ze werden geëscorteerd door twee Windstar-busjes met lijfwachten.

Ze was volledig in zwart leer gekleed, en haar haar was opgestoken in een knot met Chinese stokjes erdoorheen.

Ze zag er bijna mooi uit.

'Wacht buiten op me. Ik wil geen aandacht trekken,' beval ze bij de ingang van het museum.

'Meisje ...' protesteerde de lijfwacht.

'Doe wat ik zeg.'

Pancho beval zijn ploeg bestaande uit acht in Israël getrainde bodyguards – onder hen twee vrouwen – op strategische plekken rond het museum post te vatten. De oude huurmoordenaar hield voortdurend radiocontact met hen.

De grillen van het meisje maakten hem nerveus, maar hij had haar vader, el Señor, gezworen op haar te passen. Dat had hij gedaan toen de man lag te zieltogen na een vuurgevecht in een bordeel in Ciudad Lerdo, Durango. Bij diezelfde schietpartij was Pancho zijn oog kwijtgeraakt. Dat waren bloedbanden.

Binnen, zich niet bewust van de overpeinzingen van haar lijfwacht, deelde Lizzy kusjes uit aan galeristen, kunstverzamelaars, curatoren, critici en kunstenaars.

Ze was een beroemdheid in de kunstwereld. Iedereen was op de hoogte van haar verzameling en haar bijzondere smaak. Velen verbaasden zich over de middelen waarover ze beschikte. Slechts weinigen vroegen waar die vandaan kwamen.

Die avond vond de officiële opening plaats van het retrospectief van de Armeens-Amerikaanse schilder Rabo Karabekian. Acht van de stukken behoorden tot Lizzy's verzameling. Steevast verzocht ze om de vermelding 'privécollectie'. Ze wilde absoluut geen publiciteit.

Ze moest door een zee van mensen om de kunstenaar te kunnen begroeten, die haar al van verre herkende.

'*Lizzy, baby!*' Het gelaat van de oude kunstenaar lichtte op toen hij zijn favoriete verzamelaar zag.

'*How you doing, Rab?*'

Ze babbelden een halfuurtje geanimeerd. Toen de aanwezige

pers foto's wilde maken, weigerde Lizzy vriendelijk.

De schilder zei dat er een afterparty zou zijn in het appartement van de curator van de expositie, in Condesa. Dat hij het geweldig zou vinden als ze ook kwam. Ze verontschuldigde zich. '*Got some business to take care of, sorry,*' en ze zei iedereen gedag.

Op weg naar haar auto ging haar mobieltje. Opnieuw el Médico.

'Het is gebeurd,' zei hij met trillende stem aan de andere kant van de lijn.

Even bleef het stil.

'Heeft hij flink geleden?'

'Ik zou zeggen van wel.'

'Je krijgt een lekker koekje van me,' antwoordde Lizzy voor ze de verbinding verbrak.

Ze stapte in de BMW en gaf opdracht naar het magazijn te rijden.

Zonder iets te vragen ging Pancho op weg naar het gebouw dat MDA op een industrieterrein in Vallejo had. De hele weg zeiden ze geen woord.

De bewakingsploeg van het magazijn verwelkomde hen, verbaasd over het tijdstip van het bezoek. Een zware stalen deur gleed moeizaam open om de BMW en de Windstars door te laten.

El Bwana, luitenant van Lizzy in het noorden van de stad, kwam aanlopen om hen te begroeten. Hij was een halfbloed *cholo* en voormalig lid van een rechtse knokploeg die gedurende zijn verblijf op de faculteit Exacte wetenschappen iets van chemie had opgestoken. Een gewelddadig figuur, gepokt en gemazeld in de straten van East LA.

Heimelijk vond Lizzy hem aantrekkelijk, gefascineerd als ze was door de woeste schoonheid van zijn inboorlingentrekken en zijn atletische basketballerslijf, doorgaans gehuld in wijde jeans met ontbloot bovenlijf, de ringetjes door zijn tepels en tatoeages van de Maagd van Guadalupe en de Heilige Dood die over zijn hele huid kropen.

Soms, in haar stoutste dromen, stond Lizzy het zichzelf toe

over het gespierde lichaam van de donkere gangster te fantaseren. Een fantasie die haar bewustzijn wegduwde zodra ze wakker werd.

'Wat een verrassing, bossie,' zei el Bwana bij wijze van begroeting op de patio van het magazijnpand. Er zat een Escuadra .38 in zijn broek gestoken en hij had een groene doek om zijn geschoren hoofd geknoopt.

'Ik wil hier een eind aan maken. Waar zijn ze?'

'*This way.*' En hij ging de loods binnen. Lizzy volgde hem; ze liet haar escorte en de revolverhelden die het magazijn bewaakten buiten wachten.

El Bwana leidde haar verder door smalle gangen vol stapels dozen met Chinese en Koreaanse opschriften. Een paar meter achter hen volgde Pancho, met een canvas rugzak over zijn schouder, die de nieuwsgierigheid van el Bwana wekte.

Lizzy had opgedragen die gangen als een labyrint te ontwerpen. Slechts enkelen kenden de weg naar het midden ervan. De architect, een vrijgezelle homo die altijd met zijn honden in de Avenida Amsterdam ging wandelen, was een tijdje na de oplevering dood aangetroffen op de weg naar Toluca.

De cholo was zijn bazin iets aan het vertellen, maar ze kon het onmogelijk verstaan door het mengelmoesje van spanglish en slang van de grensstreek dat hij rapte. Telkens wanneer ze bij een deur kwamen tikte el Bwana een toegangscode in op het elektronische paneel dat de doorgang beveiligde.

Toen ze bij het centrum waren, tikte el Bwana een andere code in. Ditmaal ging er een luik in de vloer open, waardoor een trap zichtbaar werd die naar een ondergronds vertrek leidde, geïsoleerd van de buitenwereld als een opnamestudio.

Achterin was gekerm te horen. Nauwelijks hoorbaar, bijna een fluistering.

'*Welcome to* Speciale Zaken,' zei el Bwana.

Lizzy daalde de treden af. De kelder was donker. Door een schakelaar om te zetten ging het licht aan en werd de bron van het gekreun onthuld.

Een man en een vrouw op vinyl stoelen, vastgebonden met prikkeldraad en monddood gemaakt met bruine verpakkingstape. Zij had een kapotgeslagen oog. Ze zaten onder de bloedkorsten en met hun voeten in hun eigen uitwerpselen.

'Ze stinken,' mompelde Lizzy.

Onmiddellijk besproeide Pancho de twee lichamen met een spuitbus lysol die hij uit de canvas rugzak haalde. De man en de vrouw kronkelden onder het bijtende goedje.

Lizzy liep naar het meisje. Ze bekeek nieuwsgierig de lege oogkas.

'Je zei dat ze bij hem was toen ze hem oppikten?'

'*Yeah, man.* Ze is zijn neukertje. *Bad luck.*'

De bazin van het Constanza-kartel keek naar de man.

Het was Wílmer, de assistent van Iménez, de Colombiaanse capo met wie Lizzy nog maar een paar weken eerder een deal had gemaakt. El Bwana's mensen hadden ontdekt dat ze op eigen houtje Braziliaanse amfetamine in haar territorium introduceerden. Daarbij hadden ze verscheidene lijken achtergelaten, leden van Lizzy's kartel, wreed vermoord.

Slecht idee.

Wílmer was met de operatie belast. Voorheen: een echte klootzak. Nu: een jammerend hoopje.

Lizzy zag een traan over zijn besmeurde wang glijden.

'Eenmaal in de stront zijn ze allemaal hetzelfde.'

Ze gaf de man een aikidotrap tegen zijn kaak. Ze voelde het bot onder haar zool breken. Door de schop belandde de man op de grond. Zijn gejank zou door het vertrek gegalmd hebben als zijn mond niet dichtgeplakt was.

Het meisje begon te kronkelen en probeerde te schreeuwen vanonder de tape die haar stukgeslagen lippen verzegelde.

Lizzy rukte het plakband weg. Er kwam een flinke lap huid mee.

'Wat zeg je?'

'Ge... genade ... i... ik heb ... een ... dochter ...'

Op de grond lag de man te huilen. Met de neus van haar laars draaide Lizzy hem op zijn rug.

'"Huil als een vrouw om wat je als man niet kon verdedigen",' declameerde ze. Meteen daarop vroeg ze Pancho haar het bat te geven.

Uit de canvas rugzak haalde haar lijfwacht een houten honkbalknuppel met het logo van de Venados de Mazatlán waar een dozijn stalen vierduimers in gedreven was. Een voorwerp ge-erfd van Lizzy's vader.

'Hier controleren wij de amfetamine,' zei ze tegen de man op de vloer. 'Ik hou niet van bemoeizieke Zuid-Amerikanen. Dit gebeurt er nou met degenen die zich op mijn markt begeven. Beschouw het maar als een oorlogsverklaring.'

Met het bat in haar hand ging ze op de man af. In stilte was Pancho dankbaar voor het feit dat hij maar één oog had en dat dat net aan de andere kant zat. El Bwana draaide zich discreet om naar de deur.

Toen de vrouw op de stoel zag wat er te gebeuren stond, be-gon ze uitzinnig te gillen.

21

Het vervelendste van zaterdagen is dat ik me dan eenzamer voel dan op andere dagen.

Maar die middag zou ik bij mijn broer in Satélite gaan eten. En mijn neefjes zien maakt me gelukkig.

Voor ik naar Santi's huis ging, kocht ik speelgoedpistolen voor ze.

'Tante, tante!' riepen ze toen ze me vanuit de tuin op de motor zagen aankomen.

Ontroerd omhelsde ik ze. Achter hen aan liep Amy, hun moeder, met haar eeuwig afstandelijke glimlach.

'*Hey ...*'

'*Hello, sis-in-law*. Ik heb een verrassing voor de jongens meegebracht.'

'Wat is het, tante, wat is het?' vroeg Santiago, de oudste.

'Wassut, wassut?' brabbelde de kleine Diego.

'*Guns? Did you bring guns for my kids?*' vroeg het blondje terwijl ze haar kille, blauwe blik op me richtte.

'Het is oké, Amy,' zei Santi vanuit de deuropening. 'Het is maar speelgoed.'

'*You know I hate guns*,' antwoordde mijn schoonzus, en met een gezicht dat op onweer stond verdween ze in het huis.

'Foutje gemaakt, broertje?' vroeg ik aan Santi toen hij me omhelsde.

'Trek het je niet aan, zusjelief. Je weet hoe de gringa is. Met ballen kan ze niet uit de voeten.' We lachten. Ik voelde me nooit welkom bij haar.

Ze waren aan het barbecueën in de achtertuin.

Toen we door de keuken kwamen, pakte hij een Tecate uit de koelkast en gooide me die toe.

'Vooruit, neem een biertje.'

Hij maakte zijn blikje open. Samen liepen we de tuin in. De

kinderen waren elkaar al zogenaamd aan het beschieten. Een furieuze Amy kneedde het vlees voor de hamburgers.

'Laat nou maar, blondje,' zei Santi.

Ze gaf geen antwoord.

'Ook goed. Vertel eens, meisje, hoe staat het ervoor bij de smerissen?'

Toen ik hem daar zo lachend zag staan, ging het onwillekeurig door me heen dat we niet meer hadden kunnen verschillen.

We waren altijd erg fors geweest. Op de lagere school noemden ze ons de familie Grizzly. Maar Santi was een goedzak, altijd al. De andere kinderen pestten hem, ook al was hij groter dan zij.

Ik moest hem altijd verdedigen. Ik, twee jaar jonger.

Papa, voormalig mecanicien bij de luchtmacht, werkte in de hangars van het vliegveld bij Ramos Arizpe, in de staat Coahuila. Wij woonden met mama in Cadereyta. Mijn pa was er alleen in het weekend.

Die tijd bracht hij dan door met bier drinken en honkbal of American football kijken. Soms verplichtte hij Santi hem een handje te helpen met de auto.

Mijn broer had een hekel aan sleutelen.

'Hé, vetzak!' schreeuwde mijn vader dan tegen hem. 'Ben je soms een mietje of zo? Hou je niet van auto's?'

En hij stuurde hem voor straf naar zijn kamer. Waarmee hij Santi juist een plezier deed, want daar kon hij urenlang Batman en Green Lantern tekenen.

Dan zocht ik toenadering tot mijn vader.

'Ik help je wel, pap.'

Dat vond hij helemaal niets.

'Geen denken aan, meiske. Wijfies zijn voor in de keuken en de slaapkamer,' gromde hij dan, en hij concentreerde zich op de mysteries van de motor.

Ik bleef gewoon zitten, in zijn buurt, muisstil.

Na een tijdje vroeg hij me steevast een biertje voor hem te halen.

Uren later vroeg hij me knorrig hem die en die sleutel aan te geven. Of die ene schroevendraaier.

Uiteindelijk legde hij me altijd van alles over het mechanisme uit.

Mama sloeg ons vanuit de keuken gade, achterdochtig.

Santiago was haar lieveling. Dat had ze nooit onder stoelen of banken gestoken; ze nam hem altijd wat zijn tekeningen betrof altijd in bescherming.

Hetzelfde gebeurde als papa ons meenam naar het honkbalveld. Hij speelde bij een buurtteam. Zijn grote droom was dat Santi zijn hand zou gebruiken als pitcher, niet om Spiderman te tekenen.

Maar het had geen zin. Die jongen was de slechtste sporter die er op aarde rondliep.

Ik kon daarentegen prima met de knuppel overweg.

Voor de rest leidden we een normaal leven. Zo normaal als het leven van een broer en zus kan zijn die vanaf hun dertiende boven de een meter tachtig waren.

En Santiago tekende. Altijd. Als we op school waren. Thuis. Als we naar mijn oma gingen. Zelfs in de bus, wanneer we mijn neefjes en nichtjes in D.F. gingen opzoeken.

Ik werd er wanhopig van, ik had niemand om mee te spelen.

Tot onze tienertijd aanbrak.

Toen sloten we ons non-agressiepact. Vanaf die tijd zouden we ons best doen een goed team te vormen.

Hij stopte nooit met tekenen. Op zijn achttiende werkte hij een hele zomer om naar San Diego te kunnen gaan, naar een stripcongres.

'Ik neem een portfolio met mijn werk mee,' vertelde hij enthousiast.

'Wat een gelul, dikke, ga toch studeren,' blafte mijn pa.

'Laat hem nou, Ernesto, de jongen heeft talent,' onderbrak mijn ma hem scherp.

Dat was dezelfde zomer dat ik het leger in ging. Ik was graag met hem meegegaan naar San Diego, om me bij de marine aan te melden.

Het ongelofelijke was dat ze hem werk gaven. Hij kwam dolgelukkig terug.

'Ze hebben me een script van vier pagina's gegeven voor *Secret Origins*!' vertelde hij me opgewonden over de telefoon, de eerste keer dat ik vanaf de basis naar huis belde.

Dat deed me veel plezier.

Al snel verwierf hij naam en faam. Een paar jaar later stelden ze hem aan als officiële tekenaar bij een superheldenblad.

'Het script is van Paul Kupperberg, die eerlijk gezegd maar matig is, maar het is heel belangrijk een vaste tekenaar te zijn,' zei hij terwijl hij me een exemplaar overhandigde toen ik een keer op bezoek was. Ik bladerde het zonder veel belangstelling door; eigenlijk was ik meer geïnteresseerd in zijn leven dan in zijn stripfiguren.

Maar stripfiguren wáren zijn leven.

Binnen de kortste keren gaven ze hem een van de Batman-albums. En leerde hij Amy kennen, die zijn tekeningen inkleurde.

Het was liefde op het eerste gezicht.

Het was vreemd hen samen te zien, die eerste keer dat hij haar meenam naar ons ouderlijk huis. Ze was een onderdeurtje uit Vermont dat tot halverwege zijn borst kwam. Maar ze hielden veel van elkaar.

Dat zei hij althans. Ik ergerde me aan de financiële eisen die ze aan mijn broer stelde: een nieuwe suv, dure scholen, uitstapjes naar Disneyland.

Het was maar goed dat hij geld had.

Na een paar jaar trouwden ze. Ze wilde wel in Mexico komen wonen, zolang het maar in een grote stad was en niet bij ons op het platteland. Santi koos voor Mexico-Stad omdat daar veel tekenvrienden van hem zaten.

Tegen die tijd had hij al een eigen titel bij Image, een uitgeverij waar de kunstenaars personages schetsten die ze zelf in het leven hadden geroepen en waarvan de rechten bij de auteur lagen.

PsySquad, zijn groep superhelden, was een succes. Al snel kwamen er speeltjes, T-shirts en zelfs een game op de markt. Met het voorschot dat hij kreeg om een tekenfilm van de serie te maken kochten ze hun huis. Santi had zijn leven op orde en deed wat hij het liefst deed.

Intussen had ik het leger verlaten, had ik deel uitgemaakt van een politie-eenheid gespecialiseerd in bankovervallen en werkte ik nu voor de staatspolitie in Mexico-Stad.

We waren weer vlak bij elkaar. En ver van elkaar verwijderd, zoals altijd.

'Dus, hoe gaat het daar met señorita Andrea Bauer?' vroeg Santiago om de ongemakkelijke stilte te doorbreken.

'Wel goed. Maar het is niet zoals op tv, dat heb ik je al eerder verteld.'

Amy legde een paar T-bonesteaks op de barbecue. Ze liet het vlees altijd verbranden.

De kinderen waren elkaar nog steeds aan het beschieten.

Mijn schoonzus bediende ons chagrijnig.

'Als je zo doorgaat, blondje, kun je beter naar je kamer gaan.'

'Watch your mouth, Santy. Don't treat me like that!'

'Doe dan verdomme normaal.'

Ze smeet het dienblad met vlees van zich af.

'Don't you ever talk to me like that, stupid! I'm not a Mexican bitch!'

'Effe dimmen, Amy, de kinderen kunnen je horen.'

Die zaten nog midden in hun schietpartij, zich niet bewust van de volwassen wereld.

'Go fuck yourself, Santy.'

Huilend ging ze naar binnen.

Mijn broer probeerde gewoon verder te eten.

'Je weet hoe ze is, zusje. Ze kan slecht tegen wapens. Haar vader heeft in Vietnam gezeten. En een van mijn zwagers zit in Irak ...'

'Hoor eens, Santi, ik denk dat ik beter een ander keertje kan terugkomen.'

Ik wachtte zijn antwoord niet af. Ik ging weg zonder de kinderen gedag te zeggen.

Ik klom op mijn motor en trok op. Die avond zou el Chaparro langskomen, had hij me beloofd.

Ik wilde snel thuis zijn.

Ik wilde niet dat hij me zag huilen.

Maar die avond kwam el Chaparro niet.

22

Vanuit de luxe hotelsuite tegenover het vliegveld waar hij op zijn vlucht naar Guadalajara wachtte, toetste el Médico een nummer op zijn mobieltje in. Het was drie uur 's nachts.

'Lady Travers? Ik wil een speciale dienst bestellen. Aan huis.'

'U bent bekend met de voorwaarden?' vroeg de Ierse koppelaarster aan de andere kant van de lijn. Op de achtergrond was het eeuwige feestgedruis te horen dat elke nacht in haar zaak weerklonk, een groot pand in Lomas de Chapultepec.

'Die ken ik. Ik ben weliswaar een gelegenheidscliënt, maar wel een trouwe.'

El Médico glimlachte en liet zijn tong over het puntje van zijn hoektanden gaan. Hij noemde de naam van het hotel en het kamernummer. Hij deed zijn bestelling en gaf zijn creditcardnummer door.

Toen Varenka, de Russische meesteres van bijna twee meter, twintig minuten later op de deur klopte, begroette el Médico haar spiernaakt, met een paar veiligheidsspelden door zijn tepels gestoken.

'Welkom,' zei de man, en hij hield haar een metalen blaadje met drie lijntjes coke voor.

Rond zes uur 's ochtends verlieten de vrouw en el Médico het hotel, zij met een sappige fooi en hij met een stel diepe striemen over zijn rug. Bij de deur namen ze afscheid. Zij nam een taxi; hij liep naar de tunnel die het hotel met de luchthaven verbond.

De hele weg naar Guadalajara genoot hij van de pijn.

23

'Armengol is vermoord.'

Het bericht vibreert tegen mijn trommelvliezen nog voor ik helemaal wakker ben.

'Armengol ... is vermoord?' stamel ik.

'Hij is dood aangetroffen voor de deuren van het Xoco-ziekenhuis of zoiets,' zegt el Járcor aan de andere kant van de lijn. 'Ik weet nog niet wat er precies is gebeurd. Ze hebben me net gebeld. Ik ga erheen. Wil je mee?'

Werktuiglijk antwoord ik. Hij zegt dat hij me over een kwartier komt halen. Ik verbreek de verbinding, en op dat moment besef ik dat ik in het donker zit, dat ik mijn uniformbroek aanheb, die ik als pyjama gebruik, dat het drie uur 's nachts is en dat el Chaparro dood is.

24

El Járcor haalt me op met de patrouillewagen. Automatisch stap ik in, met de pistoolholster onder mijn leren jack. Het jack dat je me cadeau deed op de dag dat ik de motor kocht op een politieveiling van geconfisqueerde voertuigen.

'Wat is er gebeurd?' vraag ik aan el Járcor zodra ik zit.

'Ze hebben hem voor het ziekenhuis aangetroffen. Blijkbaar is hij neergestoken.'

De rest van de weg zeggen we niets. Het traject over de Avenida Cuauhtémoc, van Xola tot Río Churubusco, lijkt eindeloos. Het is niet nodig het zwaailicht aan te zetten. De straten zijn zo goed als verlaten.

'Het was een klootzak,' zegt Jar wanneer we bij het ziekenhuis aankomen. 'Een hufter. Nul kans dat hij oud zou worden.'

Ik weet niet wat ik moet zeggen. Hij heeft gelijk. Zou hij weten wat jij en ik hadden?

We zetten de auto op het parkeerterrein van het ziekenhuis, op een van de gereserveerde plekken voor de afdeling die het OM daar heeft. We lopen naar Forensische Pathologie. We kennen de weg; die hebben we honderden keren afgelegd.

Ik hou niet van ziekenhuizen. Mijn oma voerde een lange doodsstrijd in een staatsziekenhuis in Monterrey. Haar kinderen verzorgden haar bij toerbeurt. Mijn moeder en wij kregen de weekends, omdat we uit Cadereyta moesten komen. Een halfjaar lang zagen we mijn oma beetje bij beetje uitdoven, liggend aan de zuurstof op een geriatrische afdeling met elf andere oudjes. De dag waarop we te horen kregen dat ze was overleden, huilden we bij ons thuis niet. We kwamen tot rust.

'Wil je koffie?' vraagt Jar wanneer we langs een automaat komen.

'Chocomel.'

In de deuropening van Pathologie staat dokter Prado ons al

op te wachten. Zodra hij ons in het oog krijgt glimlacht hij, met zijn gezicht van een Mexicaans kerstmannetje dat nog niet grijs wil worden.

'Wat is er, jongens? Jullie had ik hier niet verwacht.'

'Tja, dok. Nu hebben ze er een van ons koud gemaakt,' zegt el Járcor.

De glimlach verdwijnt van Prado's gezicht.

'Was het een vriend van je? Wat vertel je me nou!'

'Hebben ze hem flink te grazen genomen?'

'Ik vermoed dat je maat hem heel wat schuldig was. Hierheen.'

Voor we naar binnen gaan zie ik je vrouw. Hoe heet ze ook weer? Silvia? Claudia? Ik herken haar van de foto op je bureau, ook al is ze nu niet opgemaakt. Een klein dikkerdje met geblondeerd haar. Haar ogen zijn rood van het huilen. Ze praat met een van die aasgieren van de begrafenisondernemingen die hun diensten in ziekenhuizen aanprijzen. We hebben elkaar nooit ontmoet, maar als onze blikken elkaar kruisen lijkt ze me te herkennen. Geen twijfel mogelijk, ze weet meteen wie ik ben. Wat ik met haar man heb gedaan. Ik zie de haat in haar ogen, en hoewel ik bijna dertig centimeter langer ben dan zij wend ik mijn blik af.

'Breng de laatste even die is binnengebracht, Alvarito. De man met de incisies,' beduidt Prado de afdelingsassistent.

'Armengol López, Mauricio Jesús Mario?' vraagt Alvarito op mechanische toon vanuit de koelruimte terwijl hij de naam op het kaartje leest dat aan je grote teen hangt.

'De enige man, Alvarito, doe niet zo lullig. Koffie?'

'Dank je, dok, ik heb nog.'

Ik geef geen antwoord.

Ik heb tientallen lijken uit die koelcel zien komen. Neergeschoten, neergestoken, geëlektrocuteerd. De eerste herinner ik me nog; het was een vrouw. Doña Magdalena heette ze. Zelfmoord met pillen. Ze leek te slapen. Zelfs dood dwongen haar harde trekken respect af. Na haar volgden er zoveel dat ik niet meer weet hoeveel ik er gezien heb. Je went aan lijken. Je ziel verhardt, de grens van je weerzin wordt opgerekt. Maar voor het eerst in al mijn dienstjaren wil ik niet dat die deur opengaat.

Ik wil niet dat ze je languit op een plank komen brengen.

Ik doe mijn ogen dicht als ik de piepende wieltjes van de brancard dichterbij hoor komen. Ik besterf het wanneer ik ze opendoe en je daar zie liggen, bleek, met een dichtgenaaide Y-vormige incisie op je borst.

'Hij is gestikt,' zegt de dokter opeens.

Op ons gezicht moet verbijstering te lezen zijn. Prado vraagt Alvarito hem te helpen je lichaam om te draaien. Lijken – ik heb er vele gezien – maken geen indruk op me, maar jou durf ik niet aan te raken.

Je rug is paarsblauw. De lichaamsvloeistoffen zijn naar beneden gezakt nu je hart niet meer klopt. Net boven elke bil is een wondje te zien. Twee kleine sneetjes, en toch vind ik ze weerzinwekkend, obsceen.

'Kijk, dit zijn de oppervlakteverwondingen. Uit de vorm kunnen we opmaken dat ze zijn toegebracht met twee scherpe, gepunte voorwerpen die exact gelijk zijn.'

'Twee dolken?' vraagt el Járcor.

'Nee, kijk eens naar de schuinte van de snede. De huidopening is relatief klein, maar de incisie is heel diep. Dat doet denken aan een vlijmscherp stilet.'

'Zoals een ninjazwaard?' vraag ik, en meteen voel ik me een idioot omdat ik zoiets stoms zeg.

'Iets in die geest,' antwoordt dokter Prado tot mijn verbazing. 'Een moderne versie, wat gestileerder, zeg maar. Kijk eens naar de onderranden van de verwonding. Zelfs op het eerste gezicht kun je zien dat ze gerafeld zijn. Deze wond werd gemaakt met een scherp steekvoorwerp waarvan de onderkant van het lemmet gekarteld is. De punt dringt door in de huid en splijt die open, en bij het terugtrekken verscheurt het lemmet het weefsel, net als de tanden van een haai.'

Ik doe mijn ogen dicht om niet te huilen. Ik kan je pijn bijna voelen. De twee mannen hebben niets door.

'Maar nu volgt het indrukwekkendste van de zaak: jullie vriend heeft bijna niet gebloed. De steken hebben hem niet gedood.'

Wanneer hij ziet welke uitwerking zijn woorden op ons hebben, gaat hij verder: 'De kwetsuur liep schuin omhoog naar de thoraxholte. Dat wil zeggen dat het een zuivere incisie is die bij de onderrug naar binnen ging, om vervolgens recht op zijn doel af te gaan: de longen.'

Terwijl hij het ons uitlegt, tilt hij de wondranden op, zodat we de groef in je vlees kunnen zien.

'Stel je voor,' zegt hij terwijl hij zijn grote handen ter hoogte van zijn wangen brengt, alsof hij in de tieten van een grote dikkerd als ik wil knijpen, 'dat de longen twee ballonnen zijn die worden opgeblazen en weer leeglopen op het ritme van onze ademhaling.' Al pratend kromt en strekt hij zijn worstvingers. 'Uiteraard moet de druk in het alveolaire circuit constant zijn om de gaswisseling in het respiratorische systeem stabiel te houden, dat wil zeggen dat de longen twee drukvaten zijn die ...'

'Gemaakt zijn van zacht weefsel,' ben ik hem voor.

'Precies! En net als bij een ballon is een prikje voldoende om ze te laten leeglopen.'

Met een klap sluit hij zijn handen, alsof hij de lucht wil vangen, en kijkt ons hartstochtelijk aan, met die typische blik van lijkschouwers als ze een doodsoorzaak uitleggen.

'Het is wat we een traumatische pneumothorax ofwel klaplong noemen. Bij jullie vriend, jongens, was het voldoende geweest de incisies af te sluiten en hem aan de beademing te leggen tot de longdruk gestabiliseerd was. Maar hij kwam aanstrompelen met die twee incisies in zijn rug. En praten kon hij niet; niemand wist dat hij stikte. Ze konden niets voor hem doen.'

Er gaat een rilling door me heen.

'Hij stierf voor de deur van een ziekenhuis zonder dat iemand hem kon helpen.'

25

Sommigen noemden hem Güero, anderen zeiden Mister tegen hem, maar de meesten hadden het over de Gestoorde Gringo. En zelf stelde hij zich mompelend en met zijn eeuwige glimlach – omkaderd door zijn kreeftkleurige gezicht, getaand door de zon – voor als Banana Smith.

Hij was een slonzige gringo, veteraan van het tweede Woodstock en de laatste jaren van de neohippie-scene in Los Angeles. Slungelig en gebogen, vettig vlashaar, twee schichtige saffieren als ogen.

Hij kwam van een universiteit in Californië, niemand wist precies welke. Hij zei dat hij een paar jaar in Baja California met een van zijn docenten, een zekere dr. Fletcher – nog zo'n afvallige gringo – aan een paleobotanisch onderzoek had gewerkt, maar levende planten waren meer zijn ding en hij had al snel besloten verder zuidwaarts te trekken.

Hij werkte voor een paar saptrekkers in Sinaloa en bood aan genetisch gemodificeerde papavers voor hen te ontwikkelen. Hij zei dat hij de opiumproductie kon verdubbelen als ze een bescheiden lab in Badiraguato voor hem zouden inrichten, maar die *gomeros* vertrouwden de blowende gringo niet en schoten hem zo ongeveer hun terrein af.

Hij woonde een tijdje in Michoacán, waar hij hydrocultuursystemen installeerde op een stel marihuaranchos in de buurt van Pomacuarán. Dankzij hem verviervoudigde de oogst, maar toen de narcos ontdekten dat wat ze wonnen aan hoeveelheid verloren ging aan sterkte van het spul, zetten ze een prijs op zijn hoofd en moest hij er in het holst van de nacht vandoor, beneveld door een halve fles *charanda* en zeven joints uit eigen teelt, die inderdaad nul effect hadden.

Mazzelaar als hij was, liep hij in een bar in Colima een stel *meth cookers* tegen het lijf, lui die gespecialiseerd waren in de huis-tuin-en-keukenbereiding van methamfetamine. Hij stelde een handeltje voor: hij zou hun laten zien hoe ze hun labs konden optimaliseren en professionaliseren, in ruil voor onderdak, eten, bier en wiet. Gretig accepteerden ze zijn aanbod.

Iedereen die op de middelbare school in een scheikundelab is geweest, kan als cooker aan de slag. Punt was dat de meesten de elementairste veiligheidsmaatregelen aan hun laars lapten, en wel om twee redenen. De eerste was de glamour die het hun bij collega's gaf door op het scherp van de snede te leven. De tweede dat in een omgeving met een temperatuur van 42 graden Celsius en een luchtvochtigheid van 90 procent niemand zin had om handschoenen, veiligheidsbril en beschermende kleding te dragen.

Daarom herkende je cookers meteen: door giftige dampen afgetakelde kerels bij wie het haar met bossen tegelijk uitviel, waardoor hun schedel vele kale plekken vertoonde en ze eruitzagen als overlevenden van een kernramp.

'Doe verdomme niet so suf, man,' zei Banana Smith. Het eerste wat hij in het Spaans had geleerd was schelden, opgepikt in de Mexicaanse bars van East L.A. 'Bescherm jeself tegen de *toxic waste*. Voor je het weet lig je onder de groene soden, eikels!'

Het was zonneklaar wie Banana Smiths leerlingen waren. Binnen de kortste keren professionaliseerden de cookers hun labs, hadden ze geleerd dat ze hun chemische stoffen bij professionele laboratoria in Guadalajara moesten kopen in plaats van accuzuur en gebluste kalk te gebruiken. Velen waren de mening toegedaan dat het een goede investering was.

Het was een deugdzame kring gewijd aan de ondeugd. De cookers produceerden grote hoeveelheden meth en speed, die de lokale capo's weer van hen kochten. Banana bleef overeind, rookte goed spul en lag praktisch de hele dag in een hangmat naar zijn cd's van Sublime te luisteren, en iedereen was gelukkig.

Zo'n idyllische situatie kon niet lang duren.

Het probleem was, zo ontdekte Banana al snel, om de efedrine te pakken te krijgen. Een tijdje konden ze die uit kippenvoer halen, maar ze beseften dat het wel heel veel werk was voor de hoeveelheid die ze zo verkregen (en ook dat de politie haar oog had laten vallen op die lui die vreemd genoeg tonnen voer kochten zonder een boerderij te bezitten).

In de cookersscene had hij la Vaca, de koe, leren kennen, een plattelandsleraar die verzot was op wiet en na zijn lessen vaak in de buurt van cookers, huurmoordenaars en Banana te vinden was, onder meer omdat ze altijd topspul hadden. Hoewel Banana niet goed Spaans sprak en la Vaca geen woord Engels brabbelde, konden ze als ze eenmaal flink stoned waren urenlang kletsen.

Toen ze op een avond samen een joint rookten, maakte Banana hem deelgenoot van zijn probleem. Zolang er geen efedrine was, zou de amfetaminehandel een onoverkomelijke bottleneck hebben.

'Dat is toch geen probleem, kerel?' zei la Vaca tussen de hijsen door. 'Niet voor een specialist als jij.'

'*Whaddaya mean?*'

'Waarom zaai je het niet?'

Banana Smith legde zijn drugsbuddy uit dat het niet zo eenvoudig was, dat het om een heel teer plantje ging dat alleen in een bepaald klimaat voorkwam, en dat de benodigde hoeveelheid zo groot was dat ...

'Stop, stop, stomme gringo. Daarom zeg ik het juist. Wat jij nodig hebt is een kapitaalkrachtige compagnon.'

'*An entrepreneur?*'

'Helemaal goed, beste klootzak. Als je de middelen had, zou je dan niet machtig veel kilo's efedra kunnen telen?'

'*Well, yeah, but ...*'

'Zanik niet. Ga nou niet de zak uithangen. Het bedrijfsgebeuren hier heeft behoorlijk opgeleverd, toch?'

'*Maybe, but ...*'

'Niks geen gemaar. Je moet het bandje verwisselen, mijn beste klepzeiker. Je weet dat al die klootzakken hier binnenkort het loodje leggen, of niet soms?'

'*Yeah. Most of them, at least.*'

'Heb je al eens nagedacht over wat je gaat doen als de laatste cooker doodgaat?'

'Eh ... nou ... niet echt, nee.'

'Nou, het is tijd om de benen te nemen. Je gelooft toch niet dat dit stel klootzakken ook maar één vinger voor je uitsteekt als er klappen gaan vallen?'

'*I'm not sure ...*'

'Goed. Wat jij nodig hebt is je op grotere hoogten bewegen. Weg van deze gore smeerlappen, en gebruikmaken van alles wat je op school hebt geleerd. Ga me nou niet vertellen dat je niet in staat bent een van die genetische modificaties van je te ontwikkelen waardoor je een super-efedra kunt kweken.'

'*Well, theoretically, it is possible, yeah.*'

'Dus wat je moet doen is de theorie in praktijk brengen. En ik ga je een tip geven. Ken je dat dorpje Pagano, in Jalisco?'

'*Yeah.*'

'Nou, veertig kilometer daarvandaan is een toplab, man. Ondergronds. Daar produceren ze vrachten van die zooi.'

'*You mean drugs?*'

'Tuurlijk, slome, je lijkt wel een groentje, mijn beste banaantje. Ik weet zeker dat die lui heel graag van je diensten gebruikmaken, en tegen een goeie prijs.'

La Vaca nam een lange hijs van zijn joint. Hij hield de rook een tijdje binnen en zei toen, terwijl hij wolkjes rook liet ontsnappen: 'Wat heb je hier nog te zoeken? Je talent een beetje verspillen aan dat stel uitzuigers?'

Uitzuigers. Schoften. *Mean people*, dacht Banana.

'*You're right. I'll do that.*'

'Tuurlijk.'

Dankbaar gaf Banana Smith de plattelandsleraar een lsd-zegeltje dat hij had bewaard voor een speciale gelegenheid.

'Tss, man. Een Fat Freddy? Zomaar een trip?'

Banana Smith legde uit dat la Vaca hem die avond het licht had laten zien.

'Ga nou gauw. Wreed, man.'

Twee dagen later werd la Vaca op een landweggetje doodgereden; hij zat heerlijk trippend op zijn fiets. Hij stierf met een gebroken nek en een glimlach om zijn lippen.

Na de begrafenis stopte Banana Smith zijn bezittingen in een ransel en ging op weg naar Pagano.

26

Het was een schaars bezochte wake, de jouwe, diezelfde avond. Een paar familieleden. Je oude moedertje. Je zus.

Weinig agenten.

Je twee zoons huilden bij de kist. Brenda, het meisje, zat in een hoek. Stilletjes. Met een woedende blik.

'Gecondoleerd,' mompelde ik terwijl ik vooroverboog om je weduwe te omarmen. Ik voelde haar onder mijn aanraking verkrampen, nadat el Járcor haar zijn deelneming had betuigd.

'Hoer,' siste ze in mijn oor.

Ik had haar ter plekke de nek kunnen breken. Had ze het altijd al geweten? Had je haar iets verteld?

'Tot ziens, mevrouw,' zei ik terwijl ik me losmaakte. Ik draaide me om en verliet het vertrek zonder nog naar je te kijken, naar je door kaarsen en rouwende mensen omgeven lichaam. Ik zei Rubalcava en el Járcor niet eens gedag.

Ik klom op mijn motor en gaf even vol gas voordat ik wegspoot. Ik zocht troost in de brullende motor.

'Het is een Cagiva Mito 125. Goeie motoren,' zei je op de dag dat ik hem kocht, op de voertuigveiling. Eigenlijk wilde ik de Harley, maar dat raadde je me af. Het zijn er heel wat die een verbeurd verklaarde motor hebben gekocht en die vervolgens zijn doodgeschoten omdat ze voor de vorige eigenaar werden aangezien.

De motor was van een fraudeur geweest. Een bankemployé die te slim had willen zijn. Niemand zou iets hebben ontdekt, als hij niet vijftien motoren en een Corvette had gekocht.

Hij kreeg twintig jaar. Jij moest hem arresteren. Vanaf dat moment had je een oogje op de motor. Je vrouw had het nooit goedgevonden. Daarom zei je tegen mij dat ik hem moest kopen. Het was een manier om hem toch te hebben.

En mij te hebben.

Diezelfde middag gingen we naar een winkel die je ergens wist. Om mijn leren jack te kopen.

Hetzelfde dat ik nu aanheb, hier, in de woonkamer, midden in de nacht, terwijl ik een van jouw biertjes drink.

Huilend.

Ik denk aan je, en ik kan het niet accepteren dat je hier niet meer bent. Dat ik je nooit meer in het holst van de nacht mijn appartement zal horen binnenkomen, onbegrijpelijke zinnen grommend terwijl je me vertelt wat je op je vrije dag samen met el Pollo hebt gedaan.

Je praatte een poosje met me en nam grote slokken van een biertje, tot je opeens, alsof je het niet wilde, je hand naar de mijne liet glijden en met de toppen van je ruwe politievingers mijn knokkels streelde.

Het was een onhandige streling, bijna verlegen. Alsof je bang was dat ik je zou afwijzen.

Vervolgens sprong je hand als een tarantula naar mijn knie. Je trok er cirkeltjes overheen. Toen je merkte dat ik niet protesteerde, liet je je hand naar mijn dijen glijden. Vergeten was de schroom. Tegen de tijd dat je vingers zich om mijn borsten sloten, zoenden we elkaar al heftig, beten we elkaar. Deden elkaar pijn. De wilde voorbode van een snelle coïtus op de vloer van mijn woonkamer, onze zwetende lichamen verstrengeld in een omhelzing die veel weg had van vrij worstelen.

Toen we elkaar hijgend losileten, staarden we een hele tijd naar het plafond en moesten weer op adem komen. Mijn onderlijf vol blauwe plekken, jouw rug onder de diepe schrammen.

'Hoe lang is het geleden dat we chinees hebben gegeten?' vroeg je. Of iets in die geest. We praatten nog een poosje voor je opstond om je aan te kleden.

'Tot later,' zei je altijd vanuit de deuropening voordat je vertrok.

Ik was alleen. Ondersteboven. Wachtte tot je weer kwam.

Dat zul je nu nooit meer doen.

Waar heb ik je leren kennen? Waarom is het opeens zo moeilijk me je gezicht te herinneren? Je trekken veranderen in een wazige vlek. Een Ray-Ban, een snor zoals miljoenen Mexicanen hebben. Je gemillimeterde haar.

Maar je ogen kan ik me niet herinneren. Je mond evenmin.

Het is alsof je daar altijd al was geweest. In elk geval vanaf de eerste dag dat ik bij de politie ging werken. Je was gewoon de zoveelste. Niet bijzonder aantrekkelijk om te zien, intelligent evenmin. Belegen was je nog niet, maar ook niet meer zo jong als el Járcor of ik.

Hoe raakten we de eerste keer aan de praat? De herinneringen ontglippen me; ze lijken weg te vluchten om de pijn van de wetenschap dat ik je nooit meer zal zien enigszins te verzachten.

Je was getrouwd. Had drie kinderen. Twee jongens en Brenda. Ik herinner me haar goed omdat je doorlopend op haar zat te foeteren, alsof je het haar niet kon vergeven dat ze als meisje geboren was.

Zoals papa bij mij.

Je dochter belde naar het bureau om je dingen voor school te vragen. Je gezicht werd rood, je ging woedend tegen haar tekeer. Wat kon zij eraan doen?

Je twee zoons waren rotzakken. Al van kleins af aan. Net als jij.

Over je vrouw praatte je nooit. Niet met mij.

Gingen we naar een cursus? Of iemand ergens afleveren?

Ik wil het me herinneren. Een onbeduidende narco die gezongen had. Hij moest naar Ciudad Juárez worden gebracht. Daar wachtte de DEA hem op. Niemand wilde het doen.

Rubalcava droeg het jou en mij op.

Verdomme, dacht ik. Of geloof je dat ik niet doorhad dat je de hele tijd naar mijn kont keek? Dat je de hele tijd naar de kont van alle vrouwen keek?

Maar naar mij keek je anders.

Niet gevoeliger. Niet minder wellustig. Gewoon anders.

De DEA wilde geen vliegtuig van hen sturen. Volgens artikel 21 van het uitleveringsverdrag tussen Mexico en de Verenigde Staten waren ze verplicht het transport van de gevangene te betalen, maar niet dat van ons, de agenten die hem moesten escorteren. Justitie nam die kosten voor haar rekening.

We brachten hem van de Reclusorio Norte naar onze hangar. We gingen met jouw patrouillewagen, geëscorteerd door het leger. Het werd geacht een geheime operatie te zijn, maar soms lekt er informatie. In Los Mochis ging er eens een busje met zo'n getuige en zes agenten in vlammen op.

De hele weg reden we in stilte. We zeiden niets, jij niet, ik niet, en de beschermde getuige evenmin. Alleen de radio verbrak af en toe de stilte.

Het was een vlucht van vier uur. We werden omringd door soldaten en twee agenten van de DEA. Blijkbaar was het een grote vis. Hij leek eerder een universitair docent dan een narco. 'Ik ben weer op judo gegaan,' zei je tegen me zodra we waren opgestegen. 'Mijn poten zijn helemaal kapot.' 'Voeten,' zei de getuige. 'Sorry?' vroeg ik. 'Geen poten. Het zijn voeten,' verduidelijkte hij. Zijn zachte stem, zonder enig accent, verbaasde me. Later kwamen we te weten dat hij de financieel adviseur van een van de kartels was. Hij zei verder niets meer tot we hem aan de gringos overdroegen.

Kort nadat we uit het vliegtuig waren gestapt, kwamen we op het kantoor van het OM in de Avenida Lincoln. Daar wachtte een stel plaatselijke agenten ons op die ons escorteerden. Je kende er verscheidene van.

'Hé, Chichicú, ik dacht dat je bij het Juárez-kartel zat.'

'Sodemieter toch een end op, Armengol.'

'Mijn beste Daffy Duck, ik dacht dat je een geslachtsoperatie in Tuscon had ondergaan.'

'Wat nou, kleintje, heb je 'm al om?'

De agenten van de DEA wachtten ons op. Een klein escorte tot de tanden bewapende smeerlappen. Een gringo en een latino hadden de leiding.

'Nee maar, Henry Dávalos in eigen persoon,' begroette je onze landgenoot.

'*Howya doin, Army?*' antwoordde hij.

'Donder op, man, ben je je Spaans soms vergeten?'

Dávalos gaf geen antwoord.

De gringo gaf ons een stel uitleveringsformulieren om te tekenen. We wisselden papieren uit. Al die tijd zei niemand iets.

'*Mister Saldaña,*' zei de latino-agent tegen de gevangene, '*you are now under the custody of the federal authorities of the United States. You may remain in silence ...*'

'Lul niet, Dávalos,' antwoordde de gevangene. 'Herinner je je de snuifjes niet meer die we bij el Señor namen, in zijn huis in Mazatlán?'

De agent werd rood als een tomaat. De gringo begreep er blijkbaar niets van.

Toen alles was afgehandeld, checkten we in bij een Fiesta Inn vlak bij de brug van het Chamizal-park. Aparte kamers. We hadden recht op een diner op kosten van het bureau.

'Het eten hier smaakt naar kots,' zei je. 'Kom mee, ik trakteer je op taco's.'

Je nam me mee naar Shangri-La.

Je bestelde voor ons allebei. Algensoep. Gewokte groente. Pekingeend en lycheegelei. Alles weggespoeld met Tsing Tao-biertjes.

'Ik wist niet dat je van oosters eten hield,' zei ik.

'Je weet ook niet veel van me,' antwoordde je bijna grommend. Uren later begreep ik dat je met me flirtte.

We proostten. Op de overdracht.

Het eten beviel me. Nog een rondje bier en ik voelde me wat relaxter. Ik had niet in de gaten gehad hoe gespannen ik was onder de overdracht van Saldaña.

'Waar ken je Dávalos van?'

'Het is een vuile hufter. Hij heeft een paar jaar in D.F. gewerkt, spreekt perfect Spaans en kan het accent van iedere Latijns-Amerikaan nadoen. Hij was in een paar organisaties geïnfiltreerd, en als hij geen dienst had was hij geweldig. Dan gingen we naar Sótano's, een club in het centrum, om te zuipen en de Roemeensen die daar werkten te naaien. Hij was best oké als er geen andere gringos in de buurt waren.'

Ik stelde me je daar even voor, in die tent. Ik kende hem wel; el Járcor had me een keer meegenomen toen hij een pistool ging kopen bij el Tiburón Gómez, een gepensioneerde agent die de Haai werd genoemd en allerhande wapens verkocht. Jar is links, hij zat achter een CZ 2075 aan, een polymeer semiautomatisch Tsjechisch pistool voor zowel links- als rechtshandigen. El Tibu had er een voor hem bemachtigd. De aflevering vond daar plaats, blijkbaar de favoriete tent van gepensioneerde agenten. Van de enkeling die dat haalt.

Toen ze het nagerecht serveerden, vanille-ijs met munt, bestelde je een pot jasmijnthee. Je zei dat ik die zonder suiker moest drinken, dat de smaak dan beter tot zijn recht kwam.

'Je bent een echte kenner van de Chinese keuken. Waar heb je dat allemaal geleerd?'

'In de Chinese buurt, in de Calle Dolores.'

Die is om de hoek bij Sótano's.

We verlieten Shangri-La om middernacht. Onze terugvlucht was om negen uur 's ochtends. We liepen naar de Avenida om een taxi te zoeken toen je me bij de arm pakte, zo teder als ik bij jou nooit voor mogelijk had gehouden. Je moest op je tenen gaan staan om in mijn oor te fluisteren: 'Je wilt toch niet al gaan slapen?'

Mijn eerste opwelling was je een hoek geven. Maar iets hield me tegen.

Om preciezer te zijn, de zachtheid waarmee je vingertoppen mijn onderarm streelden.

'Waar gaan we heen?'

La Cucaracha is een bar in de luidruchtige Avenida Juárez, op slechts enkele meters van de internationale brug. Het eerste wat je ziet van Mexico. Of het laatste; het hangt ervan af waar je vandaan komt.

Als we naar binnen gaan, lijkt het straatrumoer buiten te blijven, alsof het niet is uitgenodigd. Ik was dankbaar voor de stilte. Anders dan in de andere tenten waar we wat hadden gedronken, was hier geen klant te bekennen.

De schaars verlichte ruimte was een langgerekt gewelf waarin zich een lange bar uitstrekte. In het midden twee biljarttafels. Achterin een jukebox. Aan de wanden hingen muziekinstrumenten en posters van oude films.

De kastelein, een grote, norse kerel die me aan een kwaaie grizzly deed denken, begroette je met een grom, en zonder iets te vragen zette hij met een klap twee glaasjes tequila voor ons neer op de bar.

'Proost, Roberto,' zei je en je bracht het glas naar je lippen.

Grom.

Toen hij me naar een poster van de gebroeders Marx zag kijken zei Roberto: 'Groucho kwam eens een pastoor tegen op een luchthaven. De priester kwam naar hem toe en zei: "Neem me niet kwalijk, meneer Marx, maar zou ik een handtekening van u mogen? Voor mijn moeder, ze is een groot bewonderaar van u.'"

Pauze om een slok van zijn drankje te nemen. Jij en ik keken hem aan, verwachtingsvol.

"'Ik wist niet dat priesters een moeder hadden," antwoordde Groucho toen,' en hij schaterde het uit. Dat verbaasde me; hij zag er niet uit alsof hij kon lachen.

'Proost, proost,' toostte je weer.

'Op Groucho,' zei Roberto.

Ik dronk zwijgend en glimlachte.

Een groepje opgeschoten gringo-jongeren kwam binnen. Ze waren bezopen, lachten als een idioot, schreeuwden. Roberto liep naar ze toe. Ik zag dat hij mank was.

'*No service. Out!*' riep hij tegen ze.

'*Sez who?*' vroeg een sproeterig gringo-joch uitdagend.

'Ai, maatje, je weet niet wat je doet,' mompelde je alsof je het tegen mij had terwijl je je tequila achteroversloeg.

'*Says me, asshole,*' antwoordde Roberto, en hij haalde een geweer onder de bar vandaan en grendelde het. Die blanke luitjes waren op slag nuchter. '*Now, fuck off* en ga je moeder neuken.'

Ze dropen af. Roberto borg het wapen weer op en kwam bij ons terug.

'Verdomde rotjochies, ze trappen alleen maar rotzooi,' zei hij binnensmonds en hij vulde onze glazen weer.

Hoeveel we hebben gedronken? Ik weet het niet meer. Op een bepaald moment zette je de jukebox aan. Iets van discomuziek. We dansten, terwijl Roberto druk doende was de bar met een doek op te poetsen. Later arriveerden er twee stelletjes. De kastelein begroette hen met diezelfde norse ongedwongenheid en gaf ze een drankje.

Twee van hen waren verslaggever van een krant uit El Paso; de redactie was net gesloten. De andere twee studeerden letterkunde aan de UTEP, de universiteit van Texas in El Paso. Ze waren jonger dan ik. Veel jonger dan Roberto en jij.

We zaten een tijdje met z'n allen te kletsen als vrienden die een onderonsje hadden. Om de zoveel tijd probeerde er een toerist binnen te komen, om er even hard weer door de eigenaar uit gesmeten te worden.

Op zeker moment begonnen Roberto en een van de meisjes te biljarten. Er was flink wat tijd voorbijgegaan. Uit de jukebox klonk *Nereidas*.

We dansten alleen, daar in die grote ruimte. We moeten een mooi plaatje hebben opgeleverd; ik stak minstens een kop boven je uit.

Ik was duizelig. Te veel tequila.

'Tijdens de drooglegging was dit een beroemd bordeel,' fluisterde je in mijn oor terwijl je me leidde. Ik ben nooit een ster in dansen geweest. 'Ze zeggen dat er elke avond een trapeze met een naakte vrouw naar beneden kwam.'

'Helemaal waar,' zei de kastelein vanaf de biljarttafel; hij moet een bionisch gehoor hebben gehad. 'De muziek stopte nooit.'

Je legde je handen op mijn schouders. Vandaar gleden ze traag naar mijn middel. We dansten steeds langzamer. De muziek en het geluid van de ketsende biljartballen vormden een geruis, een zacht gekabbel op de achtergrond.

Je keek me met een intense blik aan. Telkens wanneer je dichterbij kwam om iets tegen me te zeggen, rook ik je alcoholadem. Ik vond het prettig.

Je fluisterde iets in mijn oor. Daarvoor moest je op je tenen gaan staan.

'Wat?'

Met een zachtheid waartoe ik je niet in staat had geacht, overbrugde je de afstand tussen onze lippen. Ik sloot mijn ogen om te genieten van je vochtige tong.

'Ik zei: laten we ergens anders heen gaan.'

En je verkende mijn mond weer.

Je nam me bij de hand. We liepen naar de bar om jouw jasje en mijn leren jack te pakken. Je haalde een biljet uit je portemonnee om te betalen.

'Je beledigt me. Rondje van het huis, kerel,' zei Roberto zonder van zijn doek op te kijken.

Je stak je hand op en we vertrokken zwijgend.

'Waar leeft die vent van?'

Je gaf geen antwoord. Buiten verwelkomde de Avenida Juárez ons luidruchtig.

We mengden ons onder de pooiers, travohoeren, Oaxacaanse verkopers van ambachtskunst, gothics, emo's, metalheads, als cowboy verklede Mexicanen, gepensioneerde gringos met glazige ogen en gezwollen aderen op hun armen, cokedealertjes, honkbalfanaten die een of andere overwinning vierden, gringojonkies van de middelbare scholen in El Paso die zich wilden bezatten, cumbiafans, cholos, postmoderne *chicanos*, lesbische stelletjes, arbeiders van de weinige fabrieken die over waren, plaatselijke dichters die gek waren op de rosse buurt, piepjonge bloemenverkoopstertjes en de toekomstige dode vrouwen van Juárez.

We eindigden dansend in een tent voor jonkies waar je twee biertjes voor de prijs van één kreeg. 'MAANDAG UNIFERSITEITS-DAG', stond er op een bord. Precies zo, met een 'f' en tussen aanhalingstekens.

Ik had een hemdje met spaghettibandjes en Converse-gympen aan. Van jou weet ik alleen nog dat je eruitzag als een afgeleefde agent. We dansten tussen pubers. Een donker grietje kwam heupwiegend op me af. Het gezicht dat ze trok toen ik haar kont greep en jij haar tieten!

Om vier uur gooiden ze ons eruit. 'En nu, waar gaan we nu heen?' zeiden een paar jochies. 'Laten we met hen meegaan. Die lekkere dikke kan ons allemaal wel hebben,' antwoordde er eentje. Met één mep sloeg je hem de tanden uit zijn smoel en lag hij op de stoep.

'Die lekkere dikke heeft al een kerel, teringlijer.'

Je sloeg je arm om mijn middel en we liepen weg. Geen van zijn vriendjes waagde het hem te verdedigen.

Hoe kwam het dat we elkaar uiteindelijk in de hotelkamer zoenden? Op welk moment haalde je 'm tevoorschijn, om de schade te ontdekken die de alcohol aan je erectiele vermogen had aangericht? 'Het is de eerste keer dat dit me gebeurt, de eerste keer, de eerste keer,' herhaalde je mompelend, terwijl je de woorden sloom uitsprak.

Het overkwam je nooit meer.

Het eerste licht viel over ons heen toen we naakt op het bed lagen. Je arm over mijn heup, als lepeltjes tegen elkaar.

'K... kom ...' fluisterde je. Ons vliegtuig vertrok een paar uur later. We hadden nog net tijd voor een douche voordat we op weg gingen naar het vliegveld. Onderweg vroeg je de chauffeur van de plaatselijke politie te stoppen bij een loterijkantoortje.

Je stapte uit om een Melate te kopen. Zo'n lot met willekeurige cijfers.

'Alsjeblieft,' zei je, 'voor de mazzel.'

En je viel in slaap.

'Lul niet. Wanneer wint er nou een Melate met de 23, de 33 en de 53?'

Maar je gaf de hele weg geen antwoord meer. Je was net een standbeeld.

Uiteraard viel er niets op je Melate. Maar vanaf die tijd kocht je er elke week een, met willekeurige cijfers, en deed me hem cadeau. 'Voor de mazzel,' zei je altijd. En vanaf die avond kwam je me elke week opzoeken. Je zorgde er wel voor dat je dan niet te veel gedronken had.

Vandaag, terwijl ik het laatste biertje opdrink dat je in mijn koelkast had staan, kijk ik naar de laatste Melate die je voor me had meegebracht: 15, 47, 30, 52, 68, 23. Een even hopeloze combinatie als alle voorgaande loten die je maandenlang voor me had gekocht.

Maar om een of andere vage reden kan ik het papiertje niet loslaten; door mijn tranen worden de nummers wazig en als ik het glas van het bierflesje kus, op zoek naar jouw zinnelijke lippen, merk ik dat de vloeistof lauw geworden is in mijn handen, en voor ik nog een slok neem – me er heel goed van bewust dat ik jouw kussen er niet in zal vinden – vouw ik het papiertje op en stop het in mijn portemonnee, een handeling waartoe ik alleen stomme pubers in staat zou achten, en ik huil mezelf op de bank in slaap, slechts vergezeld door de zekerheid dat je nooit meer zult komen.

Terwijl de woonkamer van mijn appartement oplost in een wazige spiraal die de scherpe herinnering aan je gezicht lijkt mee te voeren, danst er een woord in mijn hoofd rond.

Wraak.

27

De Hummer reed door een straat die el Paisano aan Torreón deed denken, als Torreón aan zee gelegen had.

'William Burroughs verbleef een hele tijd in dat hotel daar,' zei Saíd, de Marokkaan die als gids en schakel met de mensen aldaar fungeerde.

'Wat dondert mij dat,' antwoordde el Paisano, en hij spuugde op de grond om het gesprek af te kappen. De Arabier begreep de hint niet en bleef tegen zijn klant kakelen, zonder antwoord te krijgen.

'Is het nog ver?' vroeg de Mexicaan nadat ze een poosje door de straten van Tanger hadden geslingerd.

'Valt wel mee, sahib.' De Moor vond die Mexicaan met zijn vreemde accent en rasta's, die bovendien in zijn eentje zaken kwam doen, maar vreemd. Nou ja, hij zocht het maar uit.

Nadat ze een tijdlang over bestrate wegen hadden gereden, sloegen ze een onverharde weg in. Alsof je naar Cuancamé gaat, dacht el Paisano.

'Wat u daar ziet, is een Romeins kerkhof. Uit de voorchriste-lijke tijd,' zeurde het moriaantje.

'Juist, ja,' zei de Mexicaan en hij zette zijn iPod aan. Hij koos een nummer van Vader, zette het geluid op maximum en begon in de lucht mee te drummen. Na een paar seconden voelde hij dat de Arabier op zijn bovenbeen tikte.

'Wat?' vroeg hij chagrijnig.

'Mijn sahib houdt van heavy rock, hè,' en hij begon *Whole Lotta Love* van Led Zeppelin te neuriën. El Paisano bracht hem met een dreun op zijn neus tot zwijgen. Nu bleef de Arabier wel stil tot ze hun bestemming bereikten.

De chauffeur zei iets wat el Paisano opvatte als 'Hier is het' in het Arabisch. Ze stapten uit de Hummer, el Paisano gekleed in zwart leer en de Moor met de gebroken neus in een katoenen kaftan. Zelfs aan de rand van de Sahara trok de man uit Sinaloa zijn leren jack niet uit.

'Zeg dat hij op ons wacht,' beval de Mexicaan. De ander gehoorzaamde.

Ze liepen over een zandweg die in elke willekeurige derdewereldstad had kunnen liggen naar een grote ijzeren poort, die door de Arabier geopend werd. Daarachter was een huisje van één verdieping waar een stel figuren kif zat te roken. El Paisano kon zijn walging voor dat rookhol niet verhullen.

'Dahee, sahib, dahee,' beduidde de gids hem met wat van zijn stem over was.

Ze kwamen bij een terras dat op zee uitkeek. De plek deed de man uit Sinaloa denken aan een visrestaurant in Acapulco. Het was een kleine eetgelegenheid, gesitueerd op de natuurlijke plateaus van de rotswand. Eerlijk gezegd een veel te mooie plek voor zijn afspraak met de lokale onderwereld.

'Jij tot hier, knulletje. Ik ga verder alleen,' gaf el Paisano aan. De Arabier sprak hem niet tegen.

Er stonden een paar felblauw geverfde tafels. Aan de enige die bezet was zat een groep Arabieren op hem te wachten en Hawai te drinken, een lokale frisdrank op basis van sinaasappels die de Mexicaan verrukkelijk vond.

El Paisano liep naar hen toe en groette met een lichte buiging van zijn hoofd, dat met een cowboyhoed gekroond was, terwijl hij 'Goeiedag, goeiedag' mompelde. De Arabieren knikten kort ten antwoord.

'Mag ik?' vroeg el Paisano met een gebaar naar de enige lege stoel. Hij ging zitten zonder het antwoord af te wachten. Hij stak zijn hand in zijn jack. Iedereen verstrakte.

'Rustig, makkers, rustig maar ...' Hij haalde een pakje Príncipes tevoorschijn en stak er een op met een aansteker die getooid was met het logo van White Zombie. Hij nam een paar trekjes voor hij weer iets zei, zijn ogen onzichtbaar achter de Ray-Ban met spiegelende glazen: 'Goed, wie is de hoofdman hier?'

Allen wezen naar iemand die strak naar de Mexicaan keek.

'Nog onduidelijkheden?' vroeg el Paisano terwijl hij rookkringetjes liet ontsnappen.

De Moor, wiens gezicht deed denken aan de portretten van

Emiliano Zapata in de Mexicaanse basisschoolboeken, schudde traag zijn hoofd.

'Dus, samengevat, onze schepen komen van Tampico naar Tanger. Bananenschepen. Of papajaschepen, dat maakt niet uit. Dubbele bodem.'

De Arabier knikte.

'Uw bedrijf, het importerende, neemt de lading in de haven in ontvangst. Tot daar de Mexicanen. U verbindt zich de vracht naar Algeciras te vervoeren en vandaar naar Madrid te brengen.'

Opnieuw een bevestiging.

'Daar draagt u die weer over aan onze ... distributeurs. Wij doen de rest. U ontvangt uw zeven procent.'

'Tieh,' zei de Arabier eindelijk. El Paisano nam aan dat het 'tien' met een Arabisch accent betekende. Of Andalusisch; dat klonk voor hem hetzelfde.

'Sefu,' bracht hij ertegen in zonder met zijn ogen te knipperen.

Eensgezind, als in een hiphopclip, trokken de Arabieren hun pistool. Binnen een paar seconden staarden acht metalen oogjes naar el Paisano.

'Tieh,' herhaalde de baas.

De Mexicaan rookte gewoon door. Hij nam een trek, liet de rook door zijn neus ontsnappen. Hij inhaleerde opnieuw. En nogmaals, net zo lang tot zijn sigaret in as was opgegaan. Hij schoot de peuk met een vingerknip in zee.

'Waarom nou toch altijd zo opgefokt,' foeterde hij. Hij verhief zich langzaam, op de voet gevolgd door de pistoollopen van zijn gastheren.

Rustig ritste hij zijn jack open, nauwlettend gadegeslagen door zijn zakenpartners.

'Het is een beetje warm hier, hè?' deelde hij mee terwijl hij zijn jack traag als een stripteaseuse uittrok. Toen hij het op de stoel liet vallen, wendden de Moren hun pistolen doodsbenauwd af.

Het hele bovenlijf van de Mexicaan was bedekt met blokken C-4, ter grootte van chocoladeplakken. Via een kabel waren de kneedbare explosieven met elkaar en met een detonator verbonden die op de borst van el Paisano bevestigd was. Het soort mechanisme dat in werking treedt op het moment dat de hartslagen van de drager ervan stoppen.

'Neem me niet kwalijk dat ik aandring, makkers, maar het moet echt sefu procent zijn. Of we gaan met z'n allen naar de verdommenis.'

Hij keek hen strak aan. Ze waren zich rot geschrokken. Ze kenden dat explosief maar al te goed.

'Top. Als jullie het niet bezwaarlijk vinden, leggen we het schriftelijk vast, voor het geval je de kriebels krijgt.' Uit zijn jack haalde hij een contract, dat hij aan de baas overhandigde. De Moor nam de papieren aan en ondertekende ze beverig, in tweevoud.

'Goed, luitjes, het was me een waar genoegen zaken met jullie te doen. De mazzel,' zei hij terwijl hij een exemplaar van het contract pakte en zijn leren jasje weer aantrok. Onbevreesd draaide hij zich om en verliet de plek.

Op de trap richting de kit haalde hij een Inmarsat-telefoon uit zijn zak en koos het nummer van zijn nichtje Lizzy. Bij het derde belsignaal nam ze op, vanuit een discotheek in Frankfurt.

'Geregeld, meisje,' deelde el Paisano mee, en zonder haar antwoord af te wachten hing hij op. Hij ging het rookhol binnen, waar het harsachtige aroma van de kif hem tegemoetkwam.

'Hoestie?' zei hij in het voorbijgaan tegen zijn gids met de gebroken neus, die er een kompres met ijs uit een frisdrankbak tegenaan hield. El Paisano liep regelrecht naar buiten, stapte in de Hummer en beval de chauffeur in het Engels hem naar de kade te brengen, waar een hovercraft Suna-X klaarlag om hem terug te brengen naar Algeciras.

Hij wachtte niet op zijn gids, die hij in de achteruitkijkspiegel van de Hummer wild met zijn armen zag staan maaien.

28

Henry Dávalos wacht ongeduldig.

De hele morgen loopt hij al rondjes in zijn kantoor.

Om de zoveel tijd steekt hij zijn hoofd om de deur en vraagt aan zijn secretaresse Janet: 'Is het er al?'

'Nee, baas, nog niet.'

En hij begint weer te ijsberen. Hij eet het ene pepermuntje na het andere. Dit is nou zo'n moment waarop hij zijn sigaretten mist.

Stupid Bruce, denkt hij met een pesthumeur. Hoe heeft zijn confrater op het kantoor in Brownsville het in godsnaam in zijn hoofd kunnen halen zulke belangrijke informatie per FedEx te versturen?

'Om geen aandacht te trekken, Henry,' had Bruce de vorige dag aan de telefoon gezegd.

Asshole.

Tegen elf uur 's ochtends verschijnt het busje met de envelop. Henry ziet het door het raam komen aanrijden en hij snelt naar beneden om de koerier op te vangen. Haastig tekent hij de formulieren en op de trap naar boven scheurt hij de envelop open.

'*That's the one?*' vraagt Janet in het Engels; ze is weliswaar geen gringa, maar ze vindt het leuk met haar vaardigheid te pronken.

'*Yep.*'

In het pakje zit slechts een dvd in weer een envelop, zonder opschrift of wat ook. Dávalos laat hem in zijn computer glijden en begint te kijken zonder zichzelf de tijd te gunnen te gaan zitten.

Op het zwarte scherm verschijnt een lachende gele smiley. Vervolgens klinkt een gevoelig pianostuk.

Een groep vastgebonden mannen smeekt om genade. Even later worden ze stuk voor stuk met een nekschot afgemaakt, onhandig opgenomen met een camera die waarschijnlijk wordt vastgehouden door dezelfde persoon die de schoten lost. Op de achtergrond klinkt muziek die Dávalos al honderden malen heeft gehoord, maar die hij niet kan thuisbrengen.

'De *Gymnopédies*,' zegt Janet vanuit de deuropening, waarmee ze Henry afleidt van de opname.

'Wat bedoel je?'

'De *Gymnopédies*,' herhaalt ze terwijl ze binnenkomt en op Dávalos' stoel gaat zitten om naar het scherm te kijken. Het verbaast hem dat de vrouw niet eens met haar ogen knippert als ze ziet dat er een man in koelen bloede wordt vermoord. 'Dat is een serie van drie pianocomposities van Erik Satie, eind negentiende eeuw. Of begin twintigste. Een Fransman.'

De vrouw blijft haar baas aankijken, die niet weet wat hij moet zeggen.

'Ga je me niet vragen hoe ik dat weet?'

'Nee.'

'Toen ik klein was, zat ik op ballet. En hoewel het geen specifieke danscomposities zijn, gebruikte mijn lerares ze weleens voor een choreografie. Bij modern ballet.'

'*I couldn't care less.*'

'Dat zeg je nou wel, baas, maar ik zag aan je gezicht dat je de muziek herkende maar niet kon plaatsen. Nou ja, die wordt in elk geval veel gebruikt voor films en reclamespotjes.'

Dat is zo. Het klinkt als muziek voor een reclamespotje voor luiers of zuigflessen. Hoewel ze om de zoveel tijd moet opboksen tegen de gil van iemand op het scherm die wordt vermoord.

Wanneer de slachting voorbij is, neemt dezelfde persoon die de mannen afmaakte een bus spray, spuit een cirkel op de wand en voegt er twee oogjes en een lachende mond aan toe.

'Wat ziek, baas. *What the fuck is that?*'

'Dit, Janet, is de nieuwste trend onder verzamelaars van iets waaraan ze de naam Extreme Performance Art hebben gegeven. Het is een' – Dávalos raadpleegt zijn computer – 'video-installatie.'

'En dit moet kunst voorstellen?'

'Dat beweren ze. Deze dvd werd aangetroffen in de verzameling van een financieel adviseur van de narcos toen ze hem in

Texas arresteerden. Er loopt een onderzoek naar die kerel vanwege witwaspraktijken. Het schijnt dat hij de adviseur is van verscheidene Colombiaanse capo's.'

'Maar waarom heb jij die dvd, boss?'

'De directeur van ons kantoor in Brownsville, Sterling ...'

'Die ken ik, een klein dikkerdje.'

'... belde me gisteren om te zeggen dat ze deze video tussen de spullen van de arrestant hadden gevonden. Hij vond het vreemd dat een financieel deskundige uit de VS een snuffmovie in bezit had. Dat is op zich al een ernstig misdrijf.'

'Aha ...' Janet had iets sensationelers verwacht. Dit begon haar te vervelen.

'Bruce vond het opmerkelijk dat de dvd tussen de kunstverzameling van de man zat. Blijkbaar gaat het om een ware connaisseur.'

'*So?*'

'Heb ik je weleens gezegd dat je onverdraaglijk bent, Janet?'

'Een *pain in the ass*. En wat heeft dat alles met ons te maken?'

'Bruce herkende de scène van een stel foto's dat ons kantoor in Guadalajara hem had gestuurd. Een paar maanden geleden werden deze mensen dood aangetroffen in een loods in Mazatlán.'

'Ja, en?'

'We denken dat hier een interessante schakel kan liggen. Deze man, de financieel deskundige, staat niet rechtstreeks in contact met Mexicaanse capo's. Waarom bewaart hij de opname van een afslachting, die normaal gesproken meteen op YouTube gezet zou worden, in zijn verzameling moderne kunst?'

'*Beats me*, baas. Ik zou het niet weten. Vertel jij me dat maar, daarvoor ben je immers de *Big Potato*.'

'We weten het niet, maar we denken dat hier een link ligt die we over het hoofd zien. Iets wat de Mexicaanse narcos en deze executies verbindt met de wereld van de kunstverzamelaars.'

Janet blijft hem aankijken met die speciale uitdrukking van haar die Dávalos zo irriteert en waarmee ze lijkt te zeggen: 'Wat ben jij een sukkel.'

'Nou ja ...' mompelt de baas, 'het is maar een vermoeden.'

'En daarom keek je de hele ochtend zo reikhalzend naar de jongen van FedEx uit?'

'*Well, yeah ...*'

'Ach, baassie toch.' En na dat gezegd te hebben, maakt Janet rechtsomkeert en loopt het kantoor uit, een Dávalos achterlatend die zich een achterlijke idioot voelt.

29

Degenen die er maandagmorgen bij waren zeggen dat er een knal in de herenkleedkamer te horen was alsof iemand de deur intrapte iedereen schrok zich rot en degenen die niet in hun onderbroek stonden wilden hun wapen trekken maar de dikke was sneller en voor iemand het besefte stond ze al binnen en vroeg waar is el Pollo waar is die verdomde Pollo en ze zeggen dat iedereen zich het leplazarus schrok want ze was buiten zichzelf toen grapte iemand dat ze de kleedkamerdeur eruit had getrapt maar het was geen grap want het bleek dat die dikke woest was en dat ze de deur er echt uit had geknald en dat met dat mooie gezichtje van d'r maar het geval wil dat ze als een furie binnenkwam en naar die vervloekte Pollo vroeg waar die klootzak verdomme uithing een partij opgewonden dat dat dikke wijf voor wie alle smerissen bang zijn toch was ze zeiden tegen haar dat el Pollo er niet was dat hij die dag niet naar de sportschool was gekomen en ze zeggen dat zij toen schreeuwde dat ze niet moesten kloten waar dat hoerenjong verdomme uithing en dat Poncho de blinde masseur die fysio op de sportschool geeft tegen haar zei dat el Pollito al twee dagen niet was komen opdagen dat hij erg aangeslagen was door de dood van Armengol o is dat zo zegt Andrea dan tegen hem en als hij zo aangeslagen is waarom kwam die rotzak dan niet naar de wake waarom was daar trouwens niemand van jullie schijtbakken en ze zeggen dat toen niemand wat zei en dat terwijl de ploeg toch echt niet op zijn mondje gevallen is stelletje rotzakken zei Andrea tegen ze maar toen het Armengol voor de wind ging wisten jullie hem allemaal wel te vinden in de kroeg hè zoals die keer dat hij er drie goed had met de Melate of waren jullie dat soms vergeten teringlijers en ze zeggen dat Enrique Rabadán toen tegen haar zei dat dat niet waar was dat iedereen aangeslagen is door de dood van een collega maar dat het altijd verdacht

is en dat daarom niemand naar de wake was gekomen waarom
zou je daarheen gaan Andrea? om de weduwe en de kinderen te
ontmoeten? waarvoor? wat heb je daaraan? bovendien was hij
met een dansje bezig waagde een ander het te zeggen Pepe Ro-
jas ik geloof dat ze hem daarom te grazen hebben genomen dat
is het vak dat is het vak zei een ander wat doe je eraan voegde
iemand eraan toe en voor ze het wisten zat iedereen te klagen
over hoe makkelijk je in dit klotewerk naar de verdommenis
kon gaan zoals altijd was er wel een die zei let op je tellen jongens want wie van ons zal de volgende zijn en kom me niet
aanzetten met hoe eerzaam en schoon deze dievenbende hier is
en zoals altijd was er wel een die zich beledigd voelde neem me
niet kwalijk maat zegt Ponce dan maar er zijn nog eerlijke agenten en ze zeggen dat iedereen hem midden in zijn smoel uit-
lachte degenen die al aangekleed waren en degenen die nog een
handdoek omgeslagen hadden omdat ze net uit de douches
kwamen de meesten dus en zelfs Poncho lachte Ponce uit lul
niet man ga jezelf nou niet schoonpraten want ze weten allemaal dat Ponce een stel kruimelkapers in Ciudad Neza heeft
beschermd van die lui die kruideniers en eigenaren van ijzer-
winkels uitknijpen maar natuurlijk zei niemand dat tegen hem
wat nou klootzakken? als iemand iets weet laat hem dat dan
recht in mijn gezicht zeggen dat had die eikel beter niet kunnen
zeggen want Andrea die net wat kalmeerde wordt opnieuw
laaiend en gaat voor hem staan denk nou niet dat hij een kleintje is el Ponce moet bijna een tachtig zijn maar dat wijf is rete-
groot en ze had haar laarzen aan en stak bijna een halve kop
boven hem uit en ze zeggen dat ze voor hem gaat staan en met
d'r tanden op elkaar geklemd en ogen vol haat tegen hem zegt
hang nou niet de wiseguy uit Ponce want we weten allemaal dat
je een schijtlul bent daarvoor hoef je alleen maar te kijken naar
de lui die je verneukt en dat het dan stil wordt en Ponce die een
van de lui met handdoek om was dan zijn ogen neerslaat en
zwijgt maar als hij zijn broek had aangehad waren ze hem geloof ik gaan pingpongen en was het op hengsten uitgedraaid als
er niet iemand was geweest die zei volgens mij heeft el Pollo het
op een zuipen gezet want sinds ze ons vertelden dat Armen is
vermoord is hij niet meer hier en ook niet thuis geweest hoe

weet je dat hij niet is thuisgekomen? vroeg Andrea omdat mijn vrouw een nicht van zijn vrouw is en gisteravond was ze hartstikke bezorgd want waar kon die kerel van d'r uithangen en ik had niet het hart tegen haar te zeggen dat ik hem niet meer had gezien en ik zei tegen haar dat hij vast ergens heen geroepen was maar zelf denk ik dat hij in een van de kroegen in Doctores zit in een van die tenten waar hij met Armengol ging zuipen toen vertrok Andrea net zo snel als dat ze was binnengekomen en ze zeggen dat ze op haar motor klom en rechtstreeks naar Piquito de Oro koerste wat de favoriete kroeg van Armengol was dat iedereen op de sportschool behoorlijk onder de indruk was dat iemand het lef had dat nummer *Contrabanda y Traición* aan te halen vanwege die tekst van als een vrouw van een kerel houdt wil ze haar leven voor hem geven maar dat je op je tellen moet passen als die vrouw zich gekwetst voelt en dat niemand het grappig vond nee want het is ook niet grappig zei die eikel dat is juist het punt en dat Andrea intussen bij Piquito de Oro kwam en el Pollo daar inderdaad zat te zuipen die was al twee dagen bezopen maar dat hij zodra hij dat beest zag binnenkomen op slag nuchter was ik verwachtte je al zei hij bij wijze van groet ik vroeg me af wanneer je eindelijk zou komen opdagen wie was het? vroeg ze wie heeft Armengol koud gemaakt Pollo? je klooit er een hoop af blondje begint el Pollo voordat hij zich weer aan zijn glas wijdt dat ze meteen uit zijn hand mepte wie was het klerelijer? en soms heb je dat geklooi niet meer in de hand blondje, en komen ze met je afrekenen ging el Pollo verder alsof die dikke geen glas uit zijn handen had geramd wie was het? het ergste is nog wel dat mijn leven geen cent meer waard is blondje helemaal niks noem me geen blondje klootzak ik ben bruin zeg me liever wie el Chaparro heeft vermoord en ze zeggen dat die klote-Pollo dan als een kind begint te janken we hebben een stomme streek uitgehaald zei hij in tranen zeg op wie was het Pollo brulde zij maar hij leek wel doof het was zo'n geschreeuw dat de baas van de tent eropaf kwam omdat hij zo mager is noemen ze hem el Flaco schrielkip en hij verzocht ze hun stemgeluid wat te dimmen of anders zou hij ze verzoeken zijn etablissement te verlaten want hij had een fatsoenlijke kroeg fatsoenlijk? flikker toch een end op Flaco zei el

Pollo tegen hem midden in dat gejank van hem al die kloteobers van je dealen coke tegen tachtig pegels het sealtje ze zeggen dat el Flaco spierwit wegtrok en wou je soms beweren ging el Pollo verder dat je niet weet dat het grietje tweehonderdvijftig voor een potje pijpen achter de bar beurt en dat jij geen commissie krijgt inderdaad hou je bek zwijn voegde Andrea eraan toe en ze zeggen dat ze zich weer tot el Pollo richtte en opnieuw vroeg wie? geef me een naam en ik handel het af of was hij soms je vriend niet pisvlek? je zat samen met hem in die bisnis vertel me een naam en ik doe de rest ik zweer je dat niemand erachter komt dat je gezongen hebt dit blijft tussen jou en mij en dat el Pollo dan tegen haar zegt mijn leven doet er niet meer toe mijn leven is geen bal meer waard ze gaan me pakken blondje ze pakken me noem me verdomme geen blondje ze pakken me ze weten wie ik ben eerst de grote baas en dan volg ik dat is de pest als je je met narcootjes inlaat met die kloterige dealertjes je weet nooit aan wie ze gelinkt zijn aan wie??? aan wie??? en ze zeggen dat el Pollo op dat moment overeind vloog en schreeuwend als een gek de kroeg uit stormde dat Andrea hem wilde tegenhouden maar dat el Pollo rende alsof de duivel hem op de hielen zat en dat tegen de tijd dat zij bij de deur van Piquito de Oro was die vent al midden op de Cuauhtémoc rende almaar schreeuwend ze pakken me ze pakken me en we zullen nooit weten of hij de vrachtwagen die hem schepte heeft gezien maar het was in elk geval te laat om te remmen en hij voerde hem zo'n tien of twaalf meter als een stroppie mee voordat hij van de bumper viel en de acht wielen van de trailer met giftige stoffen over hem heen walsten zeker is wel dat el Pollo daar eindigde als een rode streep op het wegdek van de Cuauhtémoc en dat Andrea machteloos op de stoep stond toe te kijken en zich afvroeg wie nou toch Armengol had vermoord.

Dat is wat ze zeggen.

30

'Je kunt hier niet zomaar een hoop stennis gaan lopen trappen,' zei Rubalcava geërgerd.

'Ik wil alleen weten wie hem heeft vermoord, chef.'

'Dat ... zal het onderzoek uitwijzen,' mompelde el Járcor.

'Lul niet, maatje.'

'We hebben geen enkele zekerheid, Andrea. Het kon best gewoon een overval zijn.'

'Alsjeblieft, chef. Armengol was een getrainde agent. Hij was gewapend. De autopsie wees uit dat de steken specifiek waren toegebracht om zijn longen te laten klappen. Ze moesten hem hebben.'

'Ik weet dat je emotioneel bij deze zaak betrokken bent, Andrea. Daarom kan ik je die niet geven.'

Als blikken konden doden, was Rubalcava op dat moment dood neergevallen.

'Wat zegt u, kapitein?'

'Dat ik je de zaak niet kan geven. Jou niet en el Járcor evenmin. Jullie staan er te dichtbij.'

'Wie gaat het dan doen?'

'Treviño en Luján.'

'Bent u gek of zo, kapitein?'

Een loodzware stilte daalde neer in het kantoor.

'Zo ... heb je nog nooit tegen me gesproken, Andrea.'

'Je wordt rood, maatje.'

De vrouw bekeek hen vol haat.

'Ik geloof dat je de laatste tijd behoorlijk gestrest bent. Ik heb besloten je vakantie te gunnen. Hoe lang ben je er al niet uit geweest?'

Ze gaf geen antwoord.

'Hier staat: twee jaar geleden voor het laatst,' zei Rubalcava terwijl hij op het scherm van zijn computer keek. 'Je hebt recht op … twaalf dagen. Neem maar twee volle weken.'

Andrea antwoordde niet. Ze staarde naar een punt in de verte.

'Ga naar je geboortestreek, bezoek je ouders. Verschalk een bokje.'

Stilte.

'Ik beloof je dat ik Treviño op zijn nek zal zitten, zodat hij druk op de zaak blijft zetten, maatje.'

'Je kunt ook naar het strand gaan, Andrea. Of gaan klimmen in de bergen. Zei je niet dat je van klimmen houdt?'

'Daar houdt ze zeker van, chef. We gaan weleens samen naar een klimwand in de buurt van de Xola en Tlalpan. En ze is retegoed, die meid.'

'Ze is dan ook een van mijn beste agenten. Net als jij, Jar.'

'Zo meteen ga ik nog janken, chef.'

'Nee, serieus.'

'Ga nou niet op de sentimentele toer,' onderbrak Andrea hen. Ze was zo rood als een kreeft. 'Ik wil drie weken,' zei ze tegen de kapitein.

'Vooruit dan maar, neem het ervan.'

'Je hoeft me niet te zoeken. Ik ga naar het strand.'

Ze kwam overeind uit haar stoel.

'Jij neemt mijn boodschappen aan, Jar.'

'Tuurlijk.'

'Haal niet te veel rottigheid uit.'

'Goed.'

En ze verliet het kantoor.

'Zei ze nou tegen mij dat ik geen rottigheid moet uithalen, Jar?'

De eerste dag lag ze alleen maar in bed te huilen en at ze een literbeker vanille-ijs van Santa Clara.

De tweede dag bekeek ze vier tragische films met heel veel liefde erin: *Titanic*, *West Side Story*, *My Life Without Me* en *Eternal Sunshine of the Spotless Mind*. De rest van de dag luisterde ze telkens weer naar een gevoelige verzameling op haar iPod met nummers als *Everybody Knows* van Leonard Cohen, *El diario no hablaba de ti* van Joaquín Sabina (een van haar heimelijke genoegens), *Si tú no vuelves* van Miguel Bosè (nog een), *Me gusta cuando callas* van de Brazilian Girls en *Know How* van de Kings of Convenience. Naarmate de avond vorderde werden het *Drunken Butterfly* van Sonic Youth, *Come As You Are* van Nirvana en *Red Right Hand* van Nick Cave and the Bad Seeds, om echt over de zeik te eindigen met *Jesus Built My Hotrod* van Ministry en *Wargasm* van L7, om daarna op haar motor te stappen en urenlang doelloos rond te rijden, tot de eerste zonnestralen haar verrasten toen ze *No me hubieras dejado esa noche* van Café Tacvba meezong aan de voet van de Torres de Satélite, met dichtgeknepen keel en een wazige blik van de tranen.

De dag erna belde ze dokter Prado.

Ze arriveerde in het café van de afspraak, een paar straten bij het ziekenhuis waar Prado werkte vandaan. Ze ging aan het tafeltje achterin zitten en bestelde een Coke Zero. Ze had besloten zich zo onopvallend mogelijk te kleden. Jeans, Converse-gympen, T-shirt van Metallica. Terwijl ze op de forensisch arts wachtte, las ze verder in *Cell*, een roman van Stephen King, en luisterde intussen naar Tom Waits op haar iPod. Onder het lezen wenste ze dat Armengol uit zijn graf zou verrijzen, al was het als zombie.

Ze was zo in het verhaal verdiept dat ze opveerde toen ze een hand op haar schouder voelde.

'Ai, dokter, u laat me schrikken.'

'Zo lelijk ben ik nou ook weer niet, meisje. Je kunt die rommel beter niet meer lezen.'

De arts ging zitten en bestelde koffie. Zij nam nog een Zero.

De ober bracht de drankjes. Andrea voelde zijn wellustige blik over haar borsten glijden. Haar wangen werden rood, maar ze zei niets.

Toen de ober was vertrokken, nam de forensisch arts een slok koffie en zei: 'Wat kan ik voor je doen?'

Ze ging recht op de man af. 'Wie was het, dokter? Wie heeft het gedaan?'

De arts keek haar even aan, zwijgend. Hij wist heel goed waar Andrea het over had.

Na wat een eeuwigheid leek te duren begon Prado te praten

en haalde intussen een pen uit de borstzak van zijn overhemd.

'Je weet dat het gewelddadige tijden zijn. Dat iedereen die te veel zegt even later zomaar dood kan zijn. Dat dit een gevaarlijke wereld is ...'

Hij krabbelde iets op een servetje. Andrea dacht dat hij zat te tekenen.

'Ik begrijp je frustratie. Ik weet dat deze man je ... vriend was.'

Ze bloosde als een vijftienjarige.

'Maar je bent een jonge vrouw. Je kunt een nieuwe start maken. Je bent knap. De mannen staan ongetwijfeld voor je in de rij.'

'Niemand wil zo'n dikke, dokter.'

'Aan de andere kant weet je ook dat de medische beroepsgroep, zoals al die kringen, heel klein is. Dat het ons kent ons is. Of dat we in elk geval van elkaar hebben gehoord. Hebben ze weleens tegen je gezegd dat je heel mooie ogen hebt?'

Ze was verward. Die man was zeker zo oud als haar vader. Ouder zelfs misschien. De arts praatte en tekende verder. Wat haar het meest van haar stuk bracht, was dat ze niet het idee had dat hij met haar flirtte.

'Een incisie zoals ze je ... vriend ... hebben toegebracht is een heel nauwkeurige incisie. Welbeschouwd zijn er niet veel chirurgen in Mexico, of waar dan ook ter wereld, die in staat zijn in een donkere steeg zo'n precieze insectie te maken. Ik zou zelfs zeggen dat het om een ... laten we zeggen, briljante ingreep gaat.'

De man keek haar strak aan. Ze wist niet wat ze moest zeggen.

'Op dit niveau is het werk bijna tot kunst verheven. En je weet dat de hand van een kunstenaar onloochenbaar is. Wie zou een Picasso nu kunnen verwarren met een Siqueiros?'

Picasso? Siqueiros?

'Dit hier is werk van topkwaliteit. Zoals de penseelstreken van Van Gogh. Uniek als een vingerafdruk. Categorisch. Slechts een handjevol bevoorrechte chirurgen zou onder die omstandigheden zo'n incisie kunnen maken. Een dergelijke gave kan iemand tot miljonair maken. Hij zou een befaamd plastisch chirurg worden. Geen luxe huurmoordenaar. Een dergelijk talent is als de dribbel van Maradona. Als de stem van Plácido Domingo. Dat ja, denk maar aan Plácido Domingo. Ik weet dat het een nogal plastisch voorbeeld is, maar wie zou nu als marktkramer op de Merced gaan staan schreeuwen om tomaten en limoenen aan te prijzen als hij zo'n stem had? Alleen iemand die niet goed wijs is.'

Andrea begreep er niets meer van.

'Maar zo'n figuur is natuurlijk heel gevaarlijk. Iedereen die hem zou aanwijzen, zet zijn leven op het spel. Als ik een dergelijke vakkundigheid bij een gek had opgemerkt, zou ik het nooit meer vergeten. Een student van me, bijvoorbeeld. Een laatstejaars die coschappen liep. Een opvliegend genie dat nergens past. Een Hannibal Lecter, als je begrijpt wat ik bedoel. Heb je die films gezien?'

'Ja, maar ...'

'Wie zou Hannibal Lecter durven verraden, ook al zou hij diens hand in een moord herkennen? Ik zou wel gek wezen, meisje. Vanaf dat moment zou mijn leven geen cent meer waard zijn. Al helemaal niet als je weet dat zo'n figuur zijn diensten heel goed kan hebben aangeboden aan wat we de georganiseerde misdaad noemen. Krijg je een idee?'

'Nou, nee ...'

'"Georganiseerde misdaad." Dat heb ik altijd een belachelijk eufemisme gevonden. Het klinkt als een bedrijf. Vaak zijn de politie en dat bedrijf in elkaar opgegaan. Je weet niet wie je kunt vertrouwen.'

De forensisch arts stond plotseling op.

'Op je vraag is geen antwoord. Althans geen antwoord dat iemand die bij zijn volle verstand is je kan geven. En tja, ik ontdek voortdurend obsessieve gedragingen en psychotische trekjes in mezelf. Maar zelfmoord plegen ben ik nog niet van plan. Bedankt voor de koffie.'

Hij maakte een prop van het servetje, wierp het Andrea toe en verliet zonder gedag te zeggen het café. Ze zag nog net dat hij haar een knipoogje gaf.

Verward streek ze het servetje glad.

Daarop stond een knullige karikatuur van een kale man met bril gekleed in een doktersjas. En een zin: 'Ze noemen hem "el Médico".'

31

Andrea werkte verscheidene uren aan haar aantekeningen. Toen ze klaar was stond ze op, pakte een Coke Zero en at een stuk van de koud geworden pizza die ze tegen lunchtijd had besteld.

De chaos om haar heen veranderde haar appartement langzaam maar zeker in een zwijnenstal. Rondslingerende kleding, verpakkingen, borden en glazen verrieden de toenemende melancholie die zich van haar meester maakte. Ze kon bijna voelen dat Kurt Cobain haar vanaf zijn poster aan de wand misprijzend bekeek.

'Flikker toch een end op,' mompelde ze met haar mond vol pizza. 'Of was je soms van plan me te helpen met opruimen?'

Omdat ze zich toch wat schuldig voelde maakte ze een notitie in haar agenda dat ze señora Maru moest bellen zodat de vrouw binnenkort zou komen schoonmaken, en ze wierp Kurt een handkusje toe, die aan zijn wand onverstoorbaar bleef kijken. 'Wie wil dat nou, mijn blondje, wie?' mompelde ze voordat ze de aantekeningen die ze in een kinderlijk handschrift in haar notitieboekje had gemaakt nog eens zorgvuldig doorlas:

Aantekeningen voor een onderzoek
Agent Andrea Mijangos

Allereerst, zo melden de handboeken voor politieonderzoek, moeten de delen rustig worden bekeken om een megastructuur te kunnen ontdekken die alles omvat en waardoor verbindingen tussen de elementen kunnen worden gelegd.

We hadden een corrupte agent. Het doet me pijn het in die termen te moeten zeggen, maar dat was el Chaparro. Hij en zijn assistent hielden zich bezig met rijkeluisjochies uitpersen die zich toelegden op wat dealwerk en autodiefstal. Dat laatste is geen zeldzaam fenomeen. Mensen zouden versteld staan hoe normaal die groepjes juniors zijn die puur voor de lol de wet overtreden.

Armen en el Pollo namen de dossiers door. Ze achterhaalden vooral anonieme aangiftes wat winkeltjes of andere plekken waar drugs worden verkocht betreft. Dat kan variëren van een woning tot een stuk braakgrond. Ze zijn er in alle soorten en maten. Maar als ze geld wilden, moesten ze in de welgestelde buurten zijn.

Daarom zouden alle rapporten over winkeltjes in de middenklassenwijken en hoger onderzocht moeten worden. En daar heb ik geen tijd voor.

Het zoekwerk zou worden gereduceerd als ik me beperk tot de routes die el Pollo en Armengol aflegden om hun dansjes uit te voeren, zoals wij smerissen dat noemen als je zo'n schimmig zaakje doet. Maar ook dan is het af te zoeken gebied te groot voor me. Drie weken zijn niet voldoende om het uit te kammen.

Aan de andere kant is het duidelijk dat de moordenaar hoogopgeleid is. El Médico, noemen ze hem. Prado zal geen woord meer loslaten. Maar voor mij staat vast dat de man die ik zoek de faculteit Geneeskunde heeft bezocht. Naspeuringen doen bij de UNAM, vragen naar labiele briljante studenten? De helft van die studierichting zal in dat profiel passen.

Het staat vast dat het een wraakactie is. Bovendien van iemand die zich de luxe kan permitteren geen gewone huurmoordenaar te nemen. Iemand die kwaliteitswerk waardeert. Iemand met klasse. En dan krimpt de lijst wel gigantisch.

Wie kan een luxe moordenaar betalen om een tweederangsagentje te elimineren? (Want dat was el Chaparro, eerlijk is eerlijk.)

Het zouden kunnen zijn:

* machtige politici
* narcos

Maar noch de een, noch de ander lijkt me het soort mensen dat een moord tot schone kunst verheft. Wil je iemand vermoorden? Je betaalt honderd dollar en ze pompen die kerel vol lood. Is het een belangrijke pief, met lijfwachten en al die ongein? Dan kost het je tienduizend, en een commando vermomd als agenten legt hem om. Wil je dat hij lijdt? Dan stuur je er zo'n gek met de bijnaam la Bestia, Malamadre of Amigo Animales op af en die hakt hem voor je in mootjes. Maar uiteindelijk stoppen ze hem altijd in een deken of een zuurbad, of ze hangen hem aan zijn ballen op aan een brug terwijl ze intussen naar narcocorridos luisteren. Stijlloos dus.

Van subtiliteit hebben ze nog nooit gehoord. En dit, zegt dokter Prado, is bijna een chirurgisch gedicht.

Een derde mogelijkheid zou een rancuneuze kunstenaar kunnen zijn. Een geraffineerde homo wiens hart Armengol gebroken heeft. Dan zou ik die esthetische kant wel geloven.

Maar ...

Armengol was geen nicht (dat leek me tenminste niet, al die keren dat we hebben liggen rollebollen) en hij was verre van kunstzinnig. Alles wat hij van kunst wist, had hij in de tv-gids gelezen. In dat wereldje zie ik hem echt niet.

Vreemd. Inmiddels denk ik aan de moordenaar als een kunstenaar. Onzin. Alleen iemand die nog nooit een lijk heeft gezien kan denken dat de dood poëtisch is. Wat voor artistiek gehalte kan iemand vermoorden nou hebben?

Zoals die gekken op rolschaatsen die verkleed als gorilla die pseudo-efedrine hebben gestolen.

Hmm. Nu ik eraan denk, houden ze misschien wel verband met elkaar. Ik maak in gedachten een aantekening om dat later te onderzoeken.

Vooralsnog heb ik in de database van de SIEDO gezocht naar overtreders met de bijnaam Médico of Dokter. Ik kreeg 342 hits, onder wie laboranten van amfetamine, financieel adviseurs, martelaren en eigenaren van clandestiene klinieken. Geen van hen leek op de tekening die Prado had gemaakt. Bij geen van hen had ik het gevoel dat het de man zou kunnen zijn die ik zoek.

Voor mij lijdt het geen twijfel. Ik zit niet achter een gewone crimineel aan. En dat is nou net wat me de meeste angst aanjaagt.

Verdomme, Chaparro. In wat voor kankerzooi was je verzeild geraakt?

32

Maar zelden dacht Lizzy aan haar vader. Wanneer ze dat wel deed, herinnerde ze zich onvermijdelijk de brute mengeling van genegenheid en geweld waarmee ze met elkaar omgingen. Haar moeder was bij een aanslag gedood. El Señor bleef alleen met de zorg voor haar achter. Hij was nooit hertrouwd en voor zover ze wist had hij geen kinderen bij andere vrouwen, zoals de rest van de narcos.

'Aan jou heb ik genoeg, pienter loeder,' zei hij tegen haar.

Ondanks zijn zaken nam de man de tijd om voor het meisje te zorgen. Soms ging hij zelfs naar het Canadese nonneninternaat waar ze studeerde om haar vorderingen te zien. De eerste keer dat hij kwam, in een limousine bestuurd door Pancho met de muziek keihard aan en vergezeld door een potig blondje van zijn escorte, gaf Lizzy hem een enorme veeg uit de pan.

'Discretie, pap, discretie,' zei het meisje.

Hun relatie was altijd liefdevol gespannen. Toen Lizzy vijftien werd, stond el Señor erop in het dorp een feestje voor haar te organiseren met een optreden van Timbiriche.

'Ik heb de schijt van die flikkers.'

'Donderse griet! Ik heb je toch gezegd geen grove taal te gebruiken!'

'Sorry, pap ...'

De kwestie werd afgedaan met een trip naar een concert van The Cure in Parijs en vervolgens een diner in La Tour d'Argent.

'Denk je dat ze hier onze *chilorio* hebben?' vroeg vaderlief terwijl hij de kaart bekeek.

'Tering, pap.'

'Hoe ben je toch zo geworden, meisje?'

Er waren moeilijke momenten. Toen Lizzy hem meedeelde dat ze aan de School of Visual Arts in Toronto ging studeren, ontplofte el Señor.

'We hadden afgesproken dat je bisnis manachment zou gaan studeren, of die zooi die Lalito in Majammi doet,' donderde de capo door de telefoon.

'Vergeet het maar, pa, dat is voor de narcozoontjes van je vriendjes. Ik ben een kunstenares.'

Op die school ontdekte Lizzy echter twee dingen: 1) haar totale gebrek aan talent, en 2) dat een hedendaagse kunstenaar ook volstrekt geen talent nodig had.

De eerste jaren neigde Lizzy naar fotografie, aangetrokken door afbeeldingen van de door haar bewonderde Joel-Peter Witkin en Diane Arbus. Ze was er al snel achter dat ze niet over het onontbeerlijke verfijnde oog beschikte en schakelde over op installaties.

'En, hoe vind je het?' vroeg ze haar vader toen deze een keer een *open house* op de School of Visual Arts bezocht. Lizzy's werk bestond uit een gigantische collectie scapulieren die aan de wand hingen.

'Tja, goddomme, meisje. Wassut?'

'Scapulieren die ik heb gekocht in de lijkenhuizen van Los Mochis en Culiacán. Gedragen door huurmoordenaars.'

De man staarde naar de met stukjes stof bedekte wand.

'Dus dat ging je doen toen je bij me langskwam?'

'Precies!' antwoordde ze met een triomfantelijke glimlach.

De narco keek zwijgend naar de installatie, alsof hij iets probeerde te lezen in een hem onbekende taal.

'Ik vat 'm niet, meisje.'

'...!'

En hij verliet de ruimte zonder nog een woord te zeggen.

Ze vergaf het hem nooit.

'Ik ben geen kunstenaar. Ik ga er elke dag op uit en waag mijn kop zodat jij lekker in Canada kunt studeren en met die stomme invallen of interventies en dat soort zaken van je bezig kunt wezen,' zei el Señor doorgaans aan de telefoon vanuit een dorpje in de Sinaloaanse bergen of een buitenwijk in Bogotá.

Lizzy vond cocaïne maar een platvloerse drug, iets voor soapactrices en smerissen.

'Ik ben een psychonaut, man,' zei ze tegen haar vriend Obrad, een Latveriaan die ze in Toronto had leren kennen, als ze stijf stond van de tripmiddelen. De jongen bleef naar haar kijken zonder haar helemaal te begrijpen, mompelde: 'Bullshit', en zette zijn mond weer aan de fles Canadian Club.

Op die school in Toronto had ze haar roeping voor de outsiderkunst ontdekt. Werken geproduceerd door onevenwichtige figuren, gekken en criminelen voor wie die scheppende activiteit een vorm van bezigheidstherapie was. Ze begon schilderijen te verzamelen van meervoudige moordenaars. Gaandeweg verfijnde ze haar smaak.

Ze merkte dat ze een aangeboren instinct als verzamelaar had. Kocht zij een stuk van iemand, dan raakte die kunstenaar binnen de kortste keren in de mode. Ze besefte dat er intelligent leven was voorbij het getto van seriemoordenaars en kunstenaars met terminale ziektes die met hun uitwerpselen schilderen.

Binnen een paar jaar had ze een welverdiende reputatie als verzamelaar opgebouwd. Niemand vroeg ooit waar haar onuitputtelijke middelen vandaan kwamen. Meer dan één galerist probeerde haar bij te sturen en haar het pad van meer traditionele stromen op te leiden.

'Ik heb een recent werk van Gabriel Orozco. Weet je zeker dat je niet iets van Damien Hirst wilt zien? We hebben net een goddelijke Tamayo binnen,' plachten haar leveranciers te zeggen. Zij was heel duidelijk: 'Ik heb liever iets van Bob Flanagan.'

Als de dingen hun natuurlijke beloop hadden genomen, was Lizzy in Toronto gebleven, had ze daar kunst verzameld, had ze zich volgestopt met allerhande tripmiddelen en was ze naar bed blijven gaan met haar vriendje Fernando, zoon van een maat van haar vader die ze al van kinds af aan kende.

Maar de wegen van het leven, zongen de Colombianen met wie el Señor zakendeed, zijn anders dan ik had gedacht.

Hoe kwamen Lizzy en Fer aan het rotzooien met Obrad en eindigden ze met het overvallen van kleine supers en banken? Waar dachten die twee aan toen ze in de wagen van die vervloekte idioot stapten en richting Zihuatanejo reden? De tocht van Toronto naar Ciudad Portillo, aan de Mexicaanse grens, was een wazige vlek in Lizzy's geheugen. Een aaneenschakeling van whisky, lsd, seks en speed, waaraan een einde kwam toen Fernando tijdens hun laatste overval werd neergeschoten en zij met Obrad en el Güero op de vlucht was geslagen, een vent die ze bij een bank als gijzelaar hadden meegenomen en die gekker bleek te zijn dan zij allemaal bij elkaar.

Hun vlucht eindigde met een vuurgevecht in een hoerenkast in Ciudad Lerdo, waarbij zowel Obrad als haar vader stierf.

Lizzy zag zich opeens tegenover de misdaadorganisatie van haar gezin geplaatst. Een gezin dat slechts uit één persoon bestond: zijzelf.

Het eerste wat ze deed was haar lot verloochenen en tegen Pancho, de andere overlevende van de schietpartij, schreeuwen dat ze niet van plan was de verantwoordelijkheid voor het Constanza-kartel op zich te nemen. Toen ze het moe was geworden tegen een man te brullen die haar alleen maar strak aanstaarde, gaf Lizzy zich een week lang over aan wodka en huilbuien terwijl ze naar nummers van Einstürzende Neubauten luisterde, tot het haar zwart voor de ogen werd en ze drie dagen later aan een infuus en met een leeggepompte maag in het ziekenhuis wakker werd.

Naast het bed waakte Pancho over haar slaap.

'Heb je je vermomd als piraat?' mompelde Lizzy, nog niet helemaal bij, toen ze het lapje voor een van de ogen van de lijfwacht zag.

Hij was een oog kwijtgeraakt.

'Kut, man,' fluisterde Lizzy, die weer wilde slapen.

Pancho schudde haar door elkaar en vroeg: 'Hou je er nou eindelijk mee op je als een klein kind te gedragen? Hier en nu hebben we een vrouw nodig die in de schoenen van haar pappie gaat staan!'

Denkend aan Damien, de jeugdige antichrist uit de film *Omen II*, vroeg Lizzy Pancho om een sigaret.

'Je mag hier niet roken, meisje.'

'Sinds wanneer stel je de bevelen van je bazin ter discussie?'

Glimlachend stak de moordenaar een Camel tussen de lippen van het meisje, gaf haar vuur en zei: 'Welkom aan boord, kapitein.'

'Doe verdomme niet zo proleterig, Pancho.'

Er waren heel wat veranderingen op til in het Constanza-kartel.

33

'Wie is el Médico?!' schreeuwde ik tegen Zurdito voor ik zijn kop nogmaals in de wc-pot duwde. Hij kon alleen maar proestend antwoorden terwijl het water door de badkamer sproeide. Toen hij begon te spartelen haalde ik hem er weer uit, zodat hij wat lucht kon happen.

'Ik weet het echt niet, meissie, dat zwee...?'

Erin.

Nadat ik de actie verscheidene keren had herhaald, begon ik te denken dat el Zurdito inderdaad geen flauw idee had.

Ik hield hem op zijn kop, vastgebonden. Het was een klein ventje, dus kon ik hem makkelijk houden. Ik zette hem tegen de badkamerwand van zijn appartement in een vervallen gebouw in Santa María la Ribera.

Dit was het geval: el Zurdito was een vaste verklikker, een politie-informant. Verslaafd aan alle drugs die maar bekend waren; hij ging zingen in ruil voor een paar grammetjes, die hij doorverkocht om het weer even te kunnen rooien.

Ik was hem gaan opzoeken met een beetje coke dat ik bij een ander dealertje had geconfisqueerd. 'Goed spul, Zurdito,' zei ik tegen hem. Zijn ogen begonnen te schitteren.

Hij kwijlde terwijl hij in dat hok van hem een lijntje nam. Ik pakte intussen een Coke Zero.

'Zeker weten dat u niks wilt, blondje? Het is echt goed.'

'Nee, Zurdito, van die troep ga je dood.' Ik heb er de pest aan dat ze me 'blondje' noemen.

Toen hij zover was, zei ik: 'Goed, Zurdito, we gaan het over zaken hebben.'

'Zeg het maar, blondje.'

Ik viel met de deur in huis. 'Wie is el Médico, de kerel die Armengol heeft vermoord?'

Alle kleur trok uit zijn gezicht weg. 'Geen ... Nou ... Wie weet, blondje, kheb geen idee, echt niet, dat soort dingen moet u niet vragen.'

'Wie is het verdomme, Zurdo? Waar kan ik hem vinden?'

Hij werd el Zurdo, de Linkse, genoemd omdat hij in de jaren negentig amateurbokser was geweest. Hij raakte aan de coke en kwam als sparringpartner in het sportscholencircuit van Lagunilla en Tepito terecht. Uiteindelijk was hij zelfs daar niet goed genoeg meer voor: een arme stakker die heelde en de drugs waarmee de politie zijn info betaalde doorverkocht. Omdat het zo'n zielig figuur is, heeft nog niemand hem afgemaakt, vermoed ik.

'Serieus, ik weet niks, blondje. Luister, ik wil geen problemen, we kunnen het beter hierbij laten, zeg maar hoeveel de coke is en we zien wel hoe we het oplossen,' en hij begon als een klein kind te janken.

Ik legde mijn hand op zijn schouder. Even was ik geroerd. Stom. Die klote-Zurdo gaf me een linkse die ik niet zag aankomen. Dat had hij nog nooit gedaan. Binnen twee minuten had ik hem plat en vastgebonden, en met zijn kop in de plee van zijn badkamer.

Maar nadat ik hem acht keer in zijn eigen stront had geduwd, twijfelde ik niet meer: hij had geen flauw idee waarover ik het had.

Nu wist ik waarom niemand hem had vermoord: niet iedereen houdt zo'n dompelsessie vol zonder te zingen. Ik liep naar de woonkamer en nam een sigaret uit zijn pakje. Ik stak hem aan; hij smaakte me hemels. Hoe lang had ik al niet meer gerookt? Drie jaar? Vier? Ik nam een paar trekjes en liep toen met de sigaret naar de badkamer. Ik stopte hem tussen zijn lippen en hij inhaleerde als een ter dood veroordeelde.

'Wat hou je achter, Zurdo?'

De man sprak tussen de rookwolken door.

'Op straat hoor je weleens wat.'

Nog een trek, meer rook.

'Maar ik heb nog nooit meegemaakt dat een gerucht zoveel angst opwekt.'

'Waar heb je het over?'

Nog een lange haal aan de sigaret.

'Niemand weet wie el Médico is.'

Hij keek me strak aan.

'Maar iedereen is als de dood voor hem, blondje. Beter om niets te weten.'

'En daarom gaf je me die stoot, klootzak?'

'Sorry, blondje, dat ging vanzelf, een reflex.'

Ik gaf hem een trap waardoor hij plat op de vloer belandde.

'Sorry, Zurdo, dat ging vanzelf, een reflex.'

Ik ging op weg naar de deur.

'Je weet waar je berichten voor me kunt achterlaten.'

'Gaat u me niet losmaken?'

'Dat is om je reflexen wat in te tomen, Zurdo.'

Ik nam zijn sigaretten mee. En de coke.

El Zurdito was de zesde die ik die week ondervroeg. Allemaal met min of meer hetzelfde resultaat. Zo kwam ik nergens.

34

'Niet echt toppie, hè, kutbanaantje?' had Lizzy tegen Banana Smith gezegd op de dag dat ze resultaten wilde zien.

'Dit heeft tijd nodig, Lizzy,' had de gringo aangevoerd. 'Miss Zubiaga voor jou, *asshole*,' had ze hem toegesnauwd, elk woord herkauwd en eruit gespuugd.

'Naar de hel met die kankergringo; daarom werk ik liever niet met marihuanafreaks,' zei Lizzy.

Ze zeggen dat je leven in een paar minuten aan je voorbijtrekt als je gaat sterven. Toen Banana el Bwana de haan hoorde spannen, kwam hij niet eens tot zijn prille kinderjaren. Maar wel tot het moment waarop hij – en dat betreurde hij nu – zijn doodvonnis had getekend.

Stom genoeg was hij bij Lizzy's laboratorium beland door van deur tot deur vragen te stellen. Hij was verwelkomd door een vechtersbaas die zonder pardon zijn wapen op hem richtte. Die keer had Banana geen spier vertrokken. Hij wist hoe gringos indruk op Mexi's moesten maken. Hoe donkerder, hoe beter.

'Bring mai naar uw baazz,' had Banana tegen de huurmoordenaar gezegd. Vanwege dat vreemde gevoel dat sommigen kennen als een minderwaardigheidscomplex, gaf de grote kerel toe. Zonder de loop een moment van hem af te wenden.

Zo had Banana Smith el Médico leren kennen, acht verdiepingen onder het ingetogen terras dat het lab verhulde.

'Wat een complex hebt u hier,' had Banana in het Engels gezegd.

'Wat kan ik voor u doen?' had el Médico enigszins geërgerd geantwoord, niet op zijn gemak met de absurde situatie.

'Ik heb iets wat u interesseert,' zei de gringo.

Audiëntie bij Lizzy in Guadalajara. Als hij niet zoveel wiet had gerookt, zou Banana het meisje vast mooi hebben gevonden. Maar afgestompt als hij was, kon hij zich *strictly* op de business concentreren.

'Efedra verbouwen in Mexico? Ben je gestoord of zo, stomme gringo?'

Nee, dat was hij niet. Een postdoc in genomica en landbouw-industrie bewees dat.

'Maar wat kom je dan verdomme bij mij doen? Je zou aan een universiteit moeten zitten, onderzoek doen!'

Het leven in de United was saai. Banana was avontuurlijk ingesteld. De erfgenaam van een bescheiden kapitaal – bescheiden naar Latijns-Amerikaanse maatstaven – had zijn studie eraan gegeven om te gaan rondzwerven.

Nu wilde hij profijt van die studie trekken.

'Wat mag je plan dan wel zijn, yankee?'

Een kleine genetische modificatie. Een genwisseltje middels plasmiden om een klein dominant gen in de efedra te stoppen, waardoor het plantje in het tropische klimaat van de Costa Alegre in Jalisco kon gedijen.

'Flikker op, man, kan dat echt?'

Dat kon, en met minder investeringen dan Lizzy had gedacht.

'Niet meer? Dikke lul, zeg.'

Hij liet zich niet voor niets Banana noemen.

'We zullen zien. Ik neem je op proef. Maar ik wil die efedra niet in Jalisco kweken.'

Banana vroeg zich af waar dan wel.

'In Yucatám, klootzak.' Zo zei ze het: met een 'm' op het einde, het accent van het schiereiland imiterend.

Wat zou de reden zijn? Waarom daar? Die Mexicanen waren echt gestoord.

'Heel simpel, kerel, ik heb wat grond in de buurt van Playa del Carmen. Wat denk je: kun jij het of zeg ik tegen el Médico dat hij het moet doen?'

Banana stond op het punt te zeggen dat el Médico inderdaad datgene was wat zijn naam aangaf: een medicus, geen specialist in botanica. Maar hij zweeg liever om zijn hachje te redden.

Audiëntie op Lizzy's papajafinca in Quintana Roo. *This is not Yucatám*, was het eerste wat Banana dacht toen hij zich op de rancho installeerde. Maar hij zei niets ter wille van zijn levensadem.

Voordelen van werken voor de onderwereld: binnen een paar weken had hij zijn lab, ingericht volgens al zijn specificaties. Lizzy had een extra verzoek: tevens een lab opzetten voor het extraheren van papaïne, een enzym dat nuttig bleek om in bepaalde synthetische drugs te verwerken.

Wat u wilde was iemand die voor uw papajaplantage zorgde, geen eersteklas biochemicus-geneticus, stelde Smith zich voor dat hij als protest bij Lizzy zou aanvoeren. In werkelijkheid kon de gringo alleen maar angstig wat stamelen wanneer ze belde om te horen hoe het ervoor stond met het efedraproject. 'Het is hier niet het goede klimaat, je kunt geen ijzer met handen breken,' waarop ze antwoordde: '*I don't give a fuck*. Als ik niet snel resultaten krijg, ruk ik je ballen eraf.'

Het waren niet zijn ballen, maar zijn hersenpan die Banana Smith op het punt stond kwijt te raken.

'Is er een goede reden om je in leven te laten, verdomde teringgringo?' vroeg Lizzy.

Jazeker, antwoordde Banana Smith. Toen ze met de bouw van het laboratorium bezig waren, hadden ze archeologische stukken gevonden. Aardewerk. Ongetwijfeld van de Maya's.

'Hmm, eens kijken, laat ze me maar eens zien.'

Banana, die wat er gebeurde voor onmogelijk hield, deed zijn ogen weer open. Hij zag dat el Bwana de loop van zijn pistool liet zakken. Struikelend snelde hij naar het lab, waar hij het aardewerk gewikkeld in sisaldoeken bewaarde, en kwam terug bij zijn bazin en haar huurmoordenaars. Met trillende handen gaf hij haar de exemplaren, terwijl zij ze smalend inspecteerde.

'Dit is geen goede reden om je niet te doden, Banaantje,' zei Lizzy binnensmonds.

Het laatste wat de biochemicus hoorde, was de knal van el Bwana's pistool die in zijn oor explodeerde terwijl een 9mm-kogel zijn hersenmassa binnendrong en met de dubbele geluidssnelheid het zenuwweefsel verwoestte.

Voor hij de grond van de plantage raakte, was Banana Smith al dood.

Terwijl zijn lichaam nog spastisch kronkelde en zijn darmen

zich plots leegden, pakte Lizzy haar iPhone en koos het nummer van haar kunsthandelaar in Europa.

'Tierritas? Je gelooft nooit wat ik voor je heb. Het ligt een beetje buiten je lijn, maar ben je toevallig geïnteresseerd in precolombiaanse kunst?'

35

'Hoestie, maatje? Effe doorsmeren?'
'Verzin eens wat anders, Járcor, verdomme.'
'Ik heb jou ook gemist. Laat je me nog binnen of niet?'
Andrea gaf geen antwoord; ze draaide zich om en ging terug naar haar stoel in de woonkamer om Halo verder te spelen. Haar partner volgde, met een paar plastic tasjes in zijn hand.
Hij had niets meer van Andrea gehoord sinds haar vakantie was begonnen, twee weken eerder. Die radiostilte begon hem zorgen te baren.
'Wat is dat nou, maatje? Ik dacht dat je gestopt was met roken,' zei Jar om maar wat te zeggen toen hij de volle asbak zag.
'Ik ben weer gestopt. Nadat ik een half pakje had weggepaft, kwam de tabak me de neus uit.'
El Járcor liet zich op de andere stoel vallen. Een paar minuten sloeg hij Andrea's spel gade, tot haar avatar op het scherm uiteenspatte.
'Topvakantie,' zei hij.
'Helemaal super, ja. Zin om te spelen?'
'Ik dacht dat je ergens aan zee zat.'
'Ja, man, en zeker met zo'n flosdraad tussen mijn reet met mijn bouten pronken.'
'Doe een pareo om.'
'M'n rug op met die pareo van je.'
'Als je niet bruin wilt worden, pak dan in elk geval zo'n boots in Acapulco. Misschien krijg je een speciaal prijsje vanwege het volume.'
'Ai, wat ben jij strontvervelend. Bovendien heb ik schijt aan Acapulco. Wie vindt daar nou wat aan met Mazatlán in de buurt?'
'In allebei kun je je kop kwijtraken, toch?'
'De grieten in Mazatlán zijn beter.'

'Nou ga je plat op de pottentoer, maatje.'

'Als de kerels me niet willen, sluit ik me niet af voor nieuwe ervaringen.'

El Járcor stak zijn hand in een van de tasjes, haalde er een blikje Tecate light uit en gooide het Andrea naar het hoofd, die het ongezien opving.

'Hier, luister naar je maatje en neem een bier. Hoe lang sta je al droog?'

Zonder te antwoorden trok Andrea het blikje open, leegde het in één teug en liet een klinkende boer.

'Zoals het liedje zegt: Miss Universe zul je nooit worden, maar je kunt wel meedingen naar Miss Sympathy.'

'Of naar Miss Bang.'

'Wat vind je van Miss Suck?'

'Je hebt maar een kleintje, Járcor.'

'Tja, misschien niet lang, maar wel een bult. Even geduld en je mondje is gevuld.'

Van al die schunnigheden schoten ze in de lach.

'Doe me nog maar zo een, Jar.'

'Dat is nou mijn popje.'

'Mocht je willen.'

Andrea had het blikje in een oogwenk leeg. El Járcor idem.

'Nog zo'n hydraulische sandwich?'

'Nee, ik heb honger.'

'Ik trakteer je op een chineesje, Andrew.'

'Serieus?'

'Nee, echt, hier in de Revolución. Hij is de hele nacht open.'

'Verdomd, hoe laat is het dan?'

'Halftwaalf, meisje. Met jouw motor of de mijne?'

'Zie je mij op dat rammelende pizzabrommertje van je stappen? Ben je gek of zo? Met die van mij. Als je wilt, tenminste.'

'Ik vind het wel een beetje naar als ze me met je zien, maar ik kan altijd nog zeggen dat ik je pooier ben.'

Andrea schaterde het weer uit.

'Bij jou haal ik het gewoon nooit, Járcor. Kom, we gaan.'

Een halfuur later, met een schaal zoetzuur varkensvlees, een schotel met rundvlees en broccoli, en nog een met gebakken rijst voor zich, zei Andrea: 'Armengol was gek op oosters eten.'

'Ik weet het. Maar hij ging naar de Calle de Dolores, in de Chinese wijk.'

De twee vrienden schepten ruime hoeveelheden op.

'Die naam bevalt me wel: Dolores, verdriet,' merkte Andrea op.

El Járcor at een poosje in stilte en vroeg toen: 'Wat ga je doen?'

'Hoe bedoel je?'

'Hou je niet van den domme. Met de kwestie Armengol. En met die dokter naar wie je op zoek bent, zoals je vertelde.'

'El Médico. Ze noemen hem el Médico.'

Ongemakkelijke stilte, nauwelijks verzacht door de restaurantgeluiden.

'Ik weet het niet,' zei Andrea met een zucht die bijna zachtmoedig klonk. 'Ik weet het nog niet. Al mijn speurwerk is doodgelopen. Niemand weet iets, niemand wist iets.'

Ze at verder. Over haar linkerwang gleed een traan zuidwaarts.

'Ik ben op zoek naar een schim. Ik zou beter weer aan het werk kunnen gaan en dit alles vergeten. En wachten tot ik een stommiteit bega en iemand mijn rug opensnijdt en mijn longen laat klappen.'

El Járcor bleef haar zwijgend aankijken.

'Heb ik gelijk of niet?' vroeg Andrea.

'Niet altijd.'

En hij schoof haar een manilla envelop toe.

'Ik weet niet of ik je hiermee een dienst bewijs of je juist het graf in duw. Maar ik heb een vriend bij de DEA die me nog wat schuldig is.'

'Henry Dávalos?'

'Je kent hem?!'

'El Chaparro stelde me aan hem voor in Ciudad Juárez.'

'Hij dus. Hij was een stel klootzakken op het spoor die snuffmovies produceren. Herinner je je die slachting met die rolschaatsende gorilla's nog?'

'Zeker.'

'Nou, er is een link met de narco. Het is niet de eerste keer dat ze dergelijke moordpartijen opnemen; daarginds zijn meer van dat soort filmpjes opgedoken. Daarom is Dávalos erin geïnteresseerd. Het is een van zijn onderzoekslijnen. Hij verscheen bij ons op kantoor alsof hij gewoon een kameraad gedag kwam zeggen. Hij gaf me een paar hints, tot ik zei dat hij informatie had die mij verder zou kunnen helpen. "Hoeveel, beste Hardcore?" zei die hufter tegen me, met dat Amerikaanse kutaccent van hem. "Hoezo hoeveel, verdomde Ami-Mexi? Je bent hier niet bij je hoeren van de Federal."'

'En toen?'

'Ik vertelde hem dat ik een chirurg zocht, een specialist in luchtwegen. Blijkbaar had hij het meteen door want hij legde zijn hand op zijn horloge en zei: "*My watch against yours.*"'

'Wat antwoordde je toen?'

'Dat als hij niet meteen ophield met dat kloterige Californische tomatenplukkerstaaltje van hem, hij helemaal niks zou krijgen. En ik bedekte mijn horloge. "Kom op," zei hij. En ik scoorde een Rolex van die lul.'

'Wat had jij om?'

'Die Casio die de chef me vorig jaar met kerst gaf. En de informatie.'

'Je had dus winst.'

'Nou, niet echt, want toen ik hem wilde verpatsen aan een paar bevriende juweliers in de Calle de Palma, vertelden ze me dat die Rolex geen zak waard was.'

'Ku...'

'Maar ...' El Járcor liet zijn stem dalen en keek Andrea theatraal aan. 'Zo te zien is de info uitstekend. En als het waar is wat hierin staat,' – hij klopte op de envelop om het te benadrukken – 'geloof ik dat je je met heel machtige figuren bezighoudt.'

Ze keken elkaar strak aan.

'Dat dondert me niks,' zei Andrea ten slotte; ze pakte de envelop en stopte hem in haar jack.

'Van jou had ik niet anders verwacht,' antwoordde el Járcor verheugd.

36

Het was een besloten voorstelling, een exclusieve vertoning in een voor de gelegenheid ingerichte loods in Apodaca, vlak bij het vliegveld van Monterrey.

Lizzy had niet veel op met Monterrey. Ze ergerde zich aan de snoeverij van de lokale oligarchie, aan hun obsessie om op de gringos te lijken.

Ze vond het ook een plek waar het wemelde van de narcos van de oude school, het soort mensen met wie ze absoluut niet geassocieerd wilde worden. Maar de laatste tijd waren er veel goede galeries opgekomen. Verscheidene daarvan wijdden zich aan Texaanse kunst.

Die avond kwam Lizzy echter niet als koper. Die avond exposeerde ze.

De uitnodigingen waren discreet rondgegaan, onder een selecte kring verzamelaars. Een klein aantal uitverkorenen, zorgvuldig gekozen uit de crème de la crème.

Al vroeg was de loods ingericht voor de video-installatie. Aan de muren hingen verscheidene plasmaschermen en een geavanceerd audiosysteem voorzag de locatie van geluid.

Een meedogenloos veiligheidscommando stond vijf straten om de plek heen op de uitkijk; gecoördineerd door Pancho hadden veertien huurmoordenaars op de daken van de belendende gebouwen plaatsgenomen om verdachte voertuigen te spotten.

Tussen blokken ijs verpakte flessen ambachtelijk gestookte wodka waren enkele uren eerder opgehaald van het vliegveld, waar ze samen met kaviaar uit Moskou waren aangekomen. Cadeautje van Anatoli Dneprov.

Om klokslag zeven uur defileerde een kleine kolonne Hummers van Media Development Associates voor de deur van de loods, waar een vrouw gehuld in een ingetogen zwarte japon de genodigden verwelkomde. Het was Sharon, een lange vijftiger met superkort platinablond haar en een afwezige blik.

'*Daaaaarling*, wat fijn dat je kon komen,' begroette de gastvrouw hen terwijl ze een kusje in de lucht smakte. Ieder van de aanwezigen was thuis opgehaald. Niet meer dan dertig personen, naaste vrienden en verzamelaars. Meerderen van hen waren met Lizzy's privévliegtuig vertrokken van de luchthaven Dallas.

Een bescheiden groepje obers verzorgde de gasten, bood drankjes en canapeetjes aan. Tegen halfacht was iedereen van de lijst aanwezig, met slechts één afzegging van een verzamelaar die zich niet had kunnen onttrekken aan zijn verplichtingen als leider van een keten luxehotels.

Om acht uur vertolkte een snaarkwartet op verzoek van de kunstenares een aantal stukken kamermuziek van Krzystof Penderecki. Meer dan één genodigde probeerde zijn verontrusting over de muziek zonder veel succes te verhullen. Maar heel weinigen leken die te waarderen.

Om negen uur begon een dj industrial en hardcore techno te draaien. Een halfuur later liepen de obers rond met dienbladen waarop amberkleurige flesjes poppers stonden, met de complimenten van de kunstenares en haar bedrijf.

Om tien uur begon de vertoning.

De genodigden keken verbaasd naar de schermen.

Op de monitoren was een groteske choreografie te zien. Een gewapende groep vermomde personen joeg een stel bewakers de stuipen op het lijf. Alles was met een handcamera opgenomen. Het beeld versprong telkens en de gebeurtenissen werden confuus. Maar de wrede slachting was alle aanwezigen duidelijk.

Een enkeling was tot tranen toe geroerd. Een van hen kwam zelfs naar Lizzy toe, die discreet in een hoekje stond te drinken, en fluisterde haar toe: 'Het is een prachtstuk. Jammer dat Julio niet meer onder ons is. Hij zou hier ontzettend van genoten hebben.'

'Dat is het mooiste wat iemand ooit tegen me heeft gezegd,' mompelde de kunstenares als antwoord op het gevlei, met een wazige blik door de chemische loomte van de Tafil.

Enkele minuten daarna voegde de galeriste zich geëmotioneerd bij Lizzy.

'Goed nieuws, darling. We hebben een koper.'

Lizzy glimlachte. De vrouw draaide zich discreet om en wees haar de verzamelaar aan: een Hollywood-acteur gespecialiseerd in *murderabilia*. Lizzy zwol van trots.

'Houdt dat in dat mijn werk op dezelfde hoogte staat als dat van Henry Lee Lucas?' vroeg ze getroffen.

'Dat niet, darling, maar als Richard het gekocht heeft, wil dat wel zeggen dat het minstens zo waanzinnig is, of meer nog zelfs. En het is algemeen bekend dat hij niet van snuff houdt.'

Lizzy's gezicht betrok dusdanig dat de galeriste zich haastte eraan toe te voegen: 'Maar wat jij maakt, darling, is uiteraard kunst, geen snuff. Daarom beviel het Richard ook.' Ze ging wat dichter bij de kunstenares staan en fluisterde: 'Je weet dat hij een mondiale autoriteit is op het gebied van deze kunstvorm.'

Vanaf zijn plek groette de gringo de kunstenares met een lichte buiging. Als ze vijftien was geweest, of niet had geweten dat hij gay was, zou Lizzy opgewonden zijn geraakt. Ze antwoordde slechts met een flauw glimlachje.

Toen na een kwartier de vertoning van de korte film was afgelopen, klapten de aanwezigen geëmotioneerd.

Een man in zwart leer, met cowboyhoed en rasta's, die uit de toon vielen bij de overige gasten, kwam naar Lizzy toe.

'Gefeliciteerd, meisje,' zei el Paisano. 'Net als wijlen je vader begrijp ik geen donder van die onzin van je. Maar net als hij ben ik trots op je.'

Geroerd omhelsde Lizzy haar oom.

Op de vloer in het midden van de zaal lag, als aanvulling op de vertoning, een gorillapak dat onder de opgedroogde bloedspetters zat, met een paar rolschaatsen op de borst.

De vertoning van *Het Apenmeer* was een daverend succes geweest.

37

Geheel verzonken in de virtuele sfeer verbond el Médico twee moleculen fenylpropanolamine. Als de verbinding standhield, zou hij een stabiele samenstelling hebben.

Hij is al meer dan vijftien uur aan het werk wanneer zijn mobieltje gaat. Slechts één persoon kent dat nummer.

'Ik had gezegd dat ik niet gestoord wilde worden,' antwoordde hij.

'Hoe ver ben je?' vroeg Lizzy kil.

'Ik functioneer niet onder druk.'

De man sprak vanaf zijn werkstation, in het laboratorium.

'Wat nou? Hoor eens, klootzak, loop me niet te belazeren, je werkt hier al maanden aan.'

'Waar haal je het idee vandaan dat drugs ontwerpen eenvoudig is?'

'O. Ik dacht dat je je alleen maar even kwaad hoefde te maken, of niet soms?'

El Médico zweeg.

'Haha. Ik vergat even dat psychoten geen gevoel voor humor hebben.'

Geërgerd merkte el Médico op: 'Mag ik je even helpen herinneren dat ik volgens de classificatie van Lacan geen psychoot ben, maar een ...'

Hij kon zijn zin niet afmaken. Achter hem ging de deur van het lab open. El Médico sprong geschrokken op. Lizzy kwam binnen, gekleed als schoolmeisje, haar roze haar in twee staartjes en zuigend op een lolly.

'Sliepuit, ik liet je schrikken. Stout van me, hè?'

De man antwoordde niet.

Het meisje liep naar el Médico. Ze hees zich op de stoel waarop hij gezeten had, omhelsde hem vanachteren en kuste hem op zijn wang.

'Is mijn gekke geleerde boos?'

'Het is niet grappig,' mompelde hij.

'Eens kijken, kleintje, leg me eens uit waar je mee bezig bent. Vooruit, schattebout, laat het mammie eens zien ...'

'Ik zie jou niet met kinderen.'

Lizzy drukte de keel van el Médico dicht. Ze verraste hem. In een mum van tijd liep hij rood aan. Hij sloeg om zich heen, probeerde zich te bevrijden.

'Ga je me nog laten zien waar je mee bezig bent ...'

Ze negeerde el Médico, die wanhopig knikte.

'... of blijf je Frankenstein spelen met al die dure speeltjes die ik voor je heb gekocht?'

Het gezicht van de man was paars geworden. Zijn uitpuilende ogen verrieden zijn wanhoop. Hij kon alleen maar om zich heen slaan en knikken. Net voor hij het bewustzijn zou verliezen liet Lizzy hem los. Hij viel op de grond, hapte als een vis naar lucht.

'Nou?' vroeg ze.

Vanaf de vloer keek el Médico haar vol haat aan terwijl hij zijn best deed weer op adem te komen. Langzaam trok de purpertint uit zijn gezicht weg.

'J... j... jij ...'

'Wat wil mijn kleintje zeggen?' Lizzy boog zich over hem heen.

'... jij ... bent mijn moeder nie...'

Hij kon het woord niet afmaken. Zijn lichaam schokte onder de trap in zijn nieren.

Lizzy liep naar de uitgang; el Médico lag als een vod op de grond.

'Je tijd raakt op, jongen. Je kunt maar beter opschieten. Als je dat nieuwe product niet snel voor me hebt ...'

Ze maakte haar zin niet af.

El Médico bleef liggen tot zijn rug niet meer zo tintelde van de pijn. Hij kwam moeizaam overeind. Hij vond het vreselijk te moeten ontdekken dat zijn pijngrens lager lag dan hij had gedacht.

Hij sleepte zich naar de monitor van zijn computer en hervatte het werk dat zijn bazin had onderbroken.

Bijna angstig las hij het bericht op het scherm: FAILED BONDING: UNSTABLE MOLECULE.

Alweer mislukt.

En weer aan het werk.

38

Uit Lizzy Zubiaga's persoonlijke aantekeningen: een willekeurige selectie.

*Elk woord dat begint met het voorvoegsel 'narco' zit me tot hier.
Narcohandel. Narcogeweld. Narcojuniors. En het ergste van
allemaal: narcocorridos. Wie kan daar nou naar luisteren?*

***

Cocaïne. Heroïne. Marihuana. Crack. Ze zijn zo ... zo nineties.

***

*Toen ik klein was moest ik de weelde waarin we leefden, en die
sterk contrasteerde met de toenemende slechte smaak van mijn
pa, verklaren door te zeggen dat we kooplieden waren. En dat
was die sukkel ook. Een soort kruidenier in drugs. Ik zie mezelf
als een mondiale zakenvrouw.*

***

We don't shit where we eat, *laat Neil Gaiman een van de seriemoordenaars die bij elkaar gekomen zijn in een Sandman-
graphic novel zeggen. We schijten niet waar we eten. Het is een
gouden regel die de ... kooplieden van mijn vaders generatie
nooit hebben begrepen.*

***

*In de ogen van mijn neefjes en nichtjes was ik altijd een
vreemde vogel omdat ik niet van Mexicaanse* banda-muziek

en popzangers hield. 'Wat, hou jij niet van de Tucanes, meis-
je?' vroegen ze me de hele tijd. De enige die me begreep was
mijn peetvader, el Paisano, die metal was. Op mijn zeven-
tiende nam hij me mee naar Metallica in San Diego. Tegen-
woordig hou ik niet meer van die band. Maar het was een
mooi cadeau.

***

Ik wil mezelf zien als een kunstenares.

***

De missie van mijn holding (alsjeblieft niet kartel) is de meest
uitgelezen psychonauten op deze wereld voorzien van nieuwe
ervaringen, en de beschikbare producten diversifiëren.

***

Coke wordt geproduceerd in Colombia, passeert vervolgens
Mexico en wordt in de Verenigde Staten gedistribueerd, met
zoveel moeilijkheden dat de prijsstijging van het product het
rendement voor alle betrokken partijen drastisch verlaagt. Mijn
... producten kunnen overal geproduceerd worden, zonder noe-
menswaardige problemen de grens overgebracht, en ze leveren
grote winsten op. Het probleem is die kut-efedrine te pakken te
krijgen, verdomme.
Maar dat is ook meteen het leuke deel.

***

Wie wil er nou crack in de zwarte getto's van Los Angeles ver-
kopen als hij de Duitse discotheken met ijs kan overspoelen?

***

Hielo, ijs. *Niet te verwarren met methamfetamines. En ook niet*
met ice. Hielo. *Ons topproduct. Neurotransmitters op maat. De*

*biochemische inductie van de gewenste staat, naar keuze van
de gebruiker.* Up. Down. You name it.

***

*Het is officieel. El Médico werkt me op de zenuwen. Hij blijft
voor me werken zolang hij nuttig voor me is. Maar zodra het
project dat ik hem heb opgedragen is afgerond ... Laten we zeggen dat hij dan van de lijst is.*

***

*Ik moet echter toegeven dat ik altijd een zwak heb gehad voor
el Pozolero. Als hij niet voor de narco had gewerkt, zou hij een
prachtige seriemoordenaar zijn geweest.*

***

*Stel je voor dat je geen angst voelt. Niet bang bent om te ster-
ven. Om te verdwijnen. Dat je plots vrij bent van alle existenti-
ele beklemming. En geniet. Genieten. Dat is ons nieuwe product. Datgene wat el Médico ontwikkelt. En als het hem op een
dag gelukt is een stabiele molecule te scheppen, dan noemen we
het* Hielo negro.
   Zwart ijs, maar wel in het Spaans: Hielo negro.

39

Toen el Járcor me de envelop met het dossier gaf, sloeg ik bijna steil achterover.

Vanaf een klein formaat foto keek een slanke vrouw met een blanke huid, onregelmatig geknipte pikzwarte lokken en grote koffiebruine ogen me uitdagend aan. Ik kende haar. Ik was met haar in dezelfde kamer geweest.

Lizzy Zubiaga.

Het profiel van het OM was heel beknopt. Dochter van Eliseo Zubiaga alias el Señor. Verdacht van criminele activiteiten onder de dekmantel van zaken. Bekend kunstverzamelaarster. De FBI en de DEA hielden haar zonder veel succes in de gaten, want ze zou betrokken zijn bij de productie van snuffmovies. Niet veel meer dan dat.

Het dossier maakte ook melding van het vuurgevecht in Gómez Palacio waarbij haar vader het leven gelaten had. Ik hoefde het niet te lezen. Ik was erbij.

Toen ik met kapitein Tapia werkte.

Het was een speciale antibankovervaleenheid. Een elitekorps met het puikje van de reactie-eenheden van het hele noorden van het land. Een mislukt experiment. Het lukte Tapia niet het moeras over te steken zonder onder de stront te komen zitten. Al snel werkten we zonder het te weten voor de hoogste bieder. Geregeld een oogje dichtknijpen en andere bendes vrij spel geven.

Tot het vuurgevecht in Lerdo kwam.

Zelfs vandaag de dag is me nog niet duidelijk wat daar precies gebeurde. We waren een stel jonge overvallers op het spoor. Drie van die kankerjonkies die langs de hele noordelijke grens gemakswinkels van de Oxxo en filialen van de Banco Agrario overvielen. Ze waren Tapia telkens te slim af.

Het bleken narcojuniors te zijn.

En zij was een van hen.

We volgden ze tot een bordeel in Lerdo. Maar iemand anders zocht hen ook. Toen we arriveerden was daar al een gewapend commando. Het werd een slachtpartij. Het ergste kruisvuur dat ik heb meegemaakt.

Daar was jij, Lizzy.

Daar stierf el Señor Zubiaga. Haar vader.

Dat incident kostte de procureur zijn baan, en ook de gouverneur moest daardoor bijna aftreden. Het is nooit duidelijk geworden wie daar waren. En ook niet waarom. Maar de antiovervaleenheid werd binnen een paar dagen opgedoekt. Tapia lag in coma. Twee collega's van me stierven en ik vroeg overplaatsing naar de politie van D.F. aan.

Lizzy verdween van het misdrijftoneel.

Ik had nooit meer iets over haar gehoord. Tot nu.

Aangenaam je weer te zien, teef.

Het zal niet makkelijk worden haar op te sporen.

Maar daar waar zij is, zal ik vinden wat ik zoek.

Dat weet ik omdat in het dossier, op de lijst van haar mogelijke handlangers, een bijnaam opduikt die mijn obsessie is geworden.

El Médico.

40

Wat Lizzy zocht was niets minder dan de steen der wijzen van de designerdrugs: een selectieve remmer van vasopressine en oxytocine, de neuropeptiden die gevoelens van angst en affectie regelen, gecombineerd met een methamfetamine.

Een farmacon dat de vrees en de empathie blokkeert en dat je tegelijkertijd urenlang op je top laat draaien. El Médico was zo stom – of arrogant – geweest om de opdracht te aanvaarden.

Ze hadden elkaar in Tijuana leren kennen, waar hij werkzaam was in een clandestiene kliniek in de Calle Coahuila. Een van die plekken waar net zo makkelijk schot- en steekwonden worden behandeld als dat er voor een paar dollar curettages bij de buurthoeren worden uitgevoerd. El Médico was op dezelfde manier als bijna iedereen in Tijuas beland: op de vlucht voor iets. In dit geval een zaakje in de staat Morelos waarbij alles fout was gegaan.

El Médico probeerde ertussen te komen als martelaar voor een lokale narco. In de bars offreerde hij openlijk zijn vaardigheden om pijn toe te brengen en het slachtoffer tegelijkertijd in leven te houden. Een dienst die normaal gesproken zeer hoog gewaardeerd wordt. Maar zijn vreemde uiterlijk, altijd met bolhoed en in zwarte kledij, schrok zijn potentiële klanten af. Alleen diegenen die wanhopig genoeg waren om zijn uitdrukkingsloze ijzige blik te kunnen verdragen kwamen naar hem toe.

Lizzy was hem alleen, zonder lijfwachten, in zijn nerinkje gaan opzoeken. Pancho's protesten waren aan dovemansoren gericht. Ze hield ervan om door die met freaks bevolkte straten te wandelen. Ze voelde zich er thuis.

Ze vond de kliniek, boven een spuitplek voor heroïne. Toen ze binnenkwam, was el Médico alleen in zijn spreekkamer. De smetteloze ruimte contrasteerde sterk met de vuiligheid erbuiten. Ze trof el Médico gebogen over een schaakbord aan, lezend in een boek over gynaecologie.

'Wat doe je?' vroeg ze zonder zich voor te stellen.

'Ik toon een theorema aan,' antwoordde hij zonder op te kijken.

Dat was het begin van de innige antipathie die hen zou binden.

Ze begrepen elkaar al heel snel. Twee wat gevoelsleven betreft gemankeerde wezens. Diezelfde dag trad el Médico bij haar in dienst.

Maar zijn spinachtige uiterlijk werkte de bazin van het Constanza-kartel op de zenuwen. Daarom had ze binnen de kortste keren een lab naar zijn specificaties voor hem laten bouwen. Om hem uit de buurt te hebben, terwijl hij amfetamines bereidde.

Ze belde hem alleen voor speciale klusjes.

Zoals die opdracht waar hij al maanden mee bezig was.

'Ik wil iets wat je angst om te sterven wegneemt,' had Lizzy hem te kennen gegeven, 'iets wat je remmingen blokkeert en je in vuur en vlam zet. De perfecte drug. Het pilletje dat je urenlang tot een superieur wezen maakt.'

Hij keek haar alleen maar uitdrukkingsloos aan.

'Ik wil een farmacon dat de empathie wegvaagt,' vervolgde Lizzy. 'Dat je urenlang met een wildvreemde laat neuken. Dat al je angsten in rook laat opgaan. Dat je helemaal los laat gaan. Dat evengoed door die kinderen in de disco's op Ibiza genomen kan worden om hele nachten door te dansen, als door een huurmoordenaar om iemand met kogels te doorzeven. Ik wil de vitamines van Nietzsches supermens.'

'Ik dacht dat je alleen strips las.'

Maar Lizzy was inmiddels euforisch. Ze negeerde de ironie van el Médico en ging verder: 'Stel je voor. De perfecte drug. Het middel waardoor je je almachtig voelt. Dat je boven het menselijke uittilt.'

'Het zou uitdroging kunnen veroorzaken,' tekende el Médico aan.

'Dan drinken ze maar water.'

'Het kan fout gaan als ze alcohol drinken. En dan is het echt einde verhaal.'

'Dat is hun probleem.'

De biochemische uitdaging lag erin een molecule OPC-41061, een selectieve remmer van vasopressine gebaseerd op arginine, middels een disulfidebrug te verbinden met een molecule 4-methylaminorex, het traditionele ice.

Eenvoudig was het niet. El Médico ontwierp moleculen die hij vervolgens testte in een virtuele simulator. Geen ervan had gefunctioneerd.

'Hoe staat het met de zaak?' vroeg Lizzy om de haverklap vanuit haar kantoor in Santa Fe, vanuit een Europese disco, of vanaf een jacht bij Cape Cod.

'Nog niets,' mompelde el Médico op die monotone dreun die heel wat cinefielen aan de stem van Peter Lorre zou doen denken.

'Je tijd raakt op,' had Lizzy onlangs via Skype gezegd. 'Je kunt maar beter snel met resultaten komen. Dat, of ...'

'Of wat?' vroeg el Médico met een emotieloze stem.

'Of ik moet je overdragen aan de hoogste bieder.'

El Médico zei niets meer. Lizzy zag een spiertje onder zijn linkeroog bijna onmerkbaar trillen. Hij was doodsbang, maar hij bleef zwijgen.

'Je hebt heel wat openstaan, jongen. Heel wat mensen zouden je bijzonder graag ontmoeten.' En ze hing op.

El Médico hulde zich in stilte. Van het scherm van zijn computer leek het woord 'UNSTABLE' de draak met hem te steken.

41

Lizzy haatte Tim Leary's en al dat soort tenten. Het was het soort etablissement dat bezocht werd door soapactrices, popzangers, voetballers, kinderen van politici en zakenlieden, en door creatieve figuren van reclamebureaus die graag tegen voornoemden aan wilden schurken. Goedkope hoertjes, dacht ze. Dat alles nam niet weg dat er een meedogenloze kleerkast bij de deur stond die bepaalde wie wel en wie niet naar binnen mocht. Die bepaalde wie erlangs mocht om flessen Bacardi en Absolut tegen acht of tien keer de normale prijs te drinken. Om als een omhooggevallen windbuil een fles champagne of Johnnie Walker green label te bestellen, wat die imbecielen als het meest exquise elixer beschouwden. En intussen luisteren naar eurotrash, commerciële Spaanstalige pop, en na een bepaald tijdstip Mexiaanse cumbia en *norteña*-nummers. Lizzy vond die nationale artiestenwereld zo vreselijk benepen. In een bar in Los Angeles kon je George Clooney of Madonna tegenkomen. Hier moest je het doen met de jeune premier van de tien-uursoap, het teefje dat op dat moment in was en verkleed als cowboy norteñas kweelt, en met de keeper van América. Het was niet eens het soort tent waar Lizzy's producten werden gedistribueerd. Welbeschouwd bestond er geen plek in Mexico waar ze haar spul verkochten. Tim Leary's was cokegebied. Verkocht door de obers, de barkeepers, de valetboys en zelfs door de jongens die de toiletten gedienstig bijhielden. Alles waar ik de schijt van heb, dacht Lizzy toen ze op de plek van bestemming aankwam en Pancho bij haar zwarte Impala achterliet om zelf vergezeld door el Bwana naar binnen te gaan. Ze kwam een zaakje regelen. Dat was de enige reden om er een voet te zetten. De Colombianen wilden vrede sluiten. Lizzy vertrouwde hen niet meer. Maar ze wilde geen vijanden hebben. Het maakte niet uit hoezeer ze die lui verachtte, ze waren machtig en gewelddadig. Het idee op een dag haar auto te starten en dan de lucht in te vliegen trok haar niet. Dat had ze hun althans telefonisch laten weten. Toen ze bij de deur kwamen, wilde de uitsmijter hun de toegang beletten. Lizzy bekeek hem verbaasd. 'Jij mag naar binnen, schoonheid, maar die gorilla van je blijft hier. Hij is slecht voor het imago van de club ...' Voor de man zijn zin kon afmaken, lag hij al met een open fractuur op de grond. 'Het is mijn gorilla niet, klootzak,' zei Lizzy terwijl ze over de man heen stapte. 'Het is mijn persoonlijke escorte.' Gealarmeerd door het incident bij de ingang kwam de bedrijfsleider aansnellen. 'Lizzy, *beybi*, wat geweldig ...' en hij wilde haar een hand geven, maar ze negeerde hem. Ze liep rechtstreeks naar de tafel met de Colombianen. Woedend zag ze dat Iménez, de baas, in Guadalajara was gebleven en zijn drie ondergeschikten had gestuurd. Later zou ze zich wel om hem bekommeren. 'Meisje, wat geweldig je te zien,' zei Ungar, de jongste van hen. 'Ga zitten,' voegde hij eraan toe. Ze bleef staan. 'Wil je iets drinken?' vroeg Andrés Felipe, een van de andere twee. 'Ik drink niet.' De spanning was boven de zeurende muziek uit voelbaar. Na een ongemakkelijk moment begon Antoñito, de leider, met: 'Lizzica, meisje, ik stel het op prijs dat je bent gekomen, ik hoop dat we vanaf nu vreedzaam zaken kunnen doen ...' 'Ik ben niet geïnteresseerd in zakendoen met jullie. Het enige wat ik wil is dat jullie mijn gebied respecteren. Jullie slijten geen Braziliaanse amfetamines op mijn markt en vermoorden ook mijn mensen niet, dan zal ik jullie je regionale bedrijfsleiders niet meer ... in mootjes terugsturen.' De drie mannen wisselden een blik. Ze waren jong, alle drie zonen van geachte Colombiaanse narcos die hun commerciële horizon wilden verbreden. Lizzy had hun laten zien dat de toekomst in de amfetamine lag. Maar ze waren te zeer aan de cokebusiness gewend om de dynamiek van die wereld te kunnen begrijpen. Ze waren zo ... nineties. 'Maar, meisje, doe nou niet zo, laten we vrede sluiten ...' 'Vrede is het. Verneuk mij niet, dan verneuk ik jullie niet. Punt. Geen bondgenootschap meer.' 'Het was nou ook weer niet nodig zoveel kwaadaardigheid over die arme Wílmer uit te storten. Zoals we hem terugkregen, was hij klaar om de *arepas* mee te vullen,' zei Ungar. 'En dan zijn meisje, wat had dat arme kind er nou mee te maken?' voegde Andrés Felipe eraan toe. Lizzy antwoordde niet. Ze keek hen strak aan, gehuld in een zwarte mantel, met purperkleurige lokken, haar gezicht gekaderd door een dunne zijden doek en een donkere bril. 'Dus, weer maatjes?' Lizzy liet een paar hartkloppen voorbijgaan voor ze zich naar hen toe boog. 'M'n rug op met dat "maatjes",' blafte ze. 'Flik me nog één zo'n kutstreek en ik zweer je dat ik jullie kom opzoeken en naar de hel stuur, al moet ik naar de toppen van de Andes zelf om jullie te vinden.' De agressie tussen de kartels beu, knikten de drie mannen gedwee, dezelfden die met hun zangerige Zuid-Amerikaanse accent bevel gaven verraders hun benen af te hakken en bommen in de auto van hun vijanden te plaatsen. 'Goed,' mompelde Antoñito. 'Goed, wat, klootzak?' 'Goed, Lizzy, zo zal het gebeuren.' Toen pas stak de vrouw haar ge-handschoende hand naar de drie mannen uit, die haar in latex gehulde vingers drukten alsof het om een tarantula ging die zich om hun handpalm sloot. Ze bekeek hen met de kille blik waarmee je een amoebe onder de microscoop bestudeert. Toen ze de drie een hand had gegeven, vertrok ze haar lippen in een grijns die leek op de uitdrukking van een tijger wanneer hij zijn prooi heeft klemgezet, en zonder nog een woord te zeggen draaide ze zich om en verliet de tent, gevolgd door el Bwana. Geen van drieën kreeg de tijd zijn indrukken met de andere twee uit te wisselen. In een ommezien begonnen ze te stuiptrek-ken. Er was nauwelijks een minuut verstreken en het aroma van Lizzy's parfum zweefde nog in de bekoelde sfeer van de tent toen de Colombianen schuimbekkend en met weggedraaide ogen op de grond lagen te kronkelen, terwijl de vrouw en haar escorte rustig in de zwarte Impala stapten die met Pancho ach-ter het stuur voor de deur stond te wachten. De drievoudige moord zou die week voor veel ophef in de nieuwsberichten zorgen. Forensische expertise wees uit dat de Colombianen waren vergiftigd. De obers en de barkeeper werden onmiddel-lijk ingesloten. Het Colombiaanse kartel zorgde ervoor dat ze een speciale behandeling in de Reclusorio kregen. Ze moesten liever naakt in Bagdad willen zijn dan daar. Ze moesten het betreuren dat ze leefden. Als de drie lichamen door een bekwa-mer forensisch arts – dokter Prado bijvoorbeeld – waren onderzocht, dan was er een uitgebreide bloedanalyse gedaan. Die zou hebben onthuld dat de drie mannen een flinke hoeveelheid batrachotoxine hadden geabsorbeerd, een krachtig gif dat wordt uitgescheiden door de *Phyllobates terribilis*, ironisch genoeg een Colombiaanse kikkersoort. Wekenlang werd in de media gesproken over de mysterieuze dood van de capo's in Tim Leary's. Het onderzoek bracht grote administratieve onregelmatigheden aan het licht in de bedrijfsvoering van de club, die uiteindelijk moest sluiten. De opnamen van de beveiligingscamera's werden herhaaldelijk op tv getoond, zonder dat iemand in staat was de gebeurtenis in verband te brengen met de raadselachtige vrouw die op het laatst was verschenen en de hand had geschud van de mannen die nu het slachtoffer van moord waren. Lizzy had van tevoren de plaats van de camera's bepaald en ze was strategisch met haar rug naar de dichtstbijzijnde gaan staan, zodat haar gezicht vrijwel niet in beeld kwam. In feite was het enige waar zij aan dacht, toen Pancho op volle snelheid over de Insurgentes reed, hoe goed el Bwana er in dat zwarte pak uitzag, en dat het niet gek zou zijn een dezer dagen eens uit te zoeken of dat zonder kleding ook het geval was. Niet echt een goed plan, want dan zou ze hem onmiddellijk moeten laten doden, en hij was een nuttig element.

Wat kan het leven aan de top toch eenzaam zijn.

42

Meteen toen ik haar op tv zag wist ik dat zij het was.

Ze verscheen in alle nieuwsberichten. Vanwege de dood van de drie Colombianen. Niemand kon of wilde haar naam noemen. Maar ik herkende haar. Mij kan ze niet bedriegen. Haar hooghartige manier van lopen, het harde profiel, de wrede blik die achter de donkere bril schuilgaat.

Velen vrezen haar. Ik zou in staat zijn naar de bodem van de hel af te dalen om haar eruit te sleuren. Om te eisen dat ze el Médico aan me uitlevert.

Tegen die tijd begon mijn kordon zich te sluiten. Ik had jacht op haar gemaakt in de societyrubrieken. In de berichten over raves en party's met elektronische muziek.

Ze was goed. In staat onopgemerkt te blijven. Ze stond eens op een foto in het New Yorkse tijdschrift *Interview*, poserend met een groepje vrienden tijdens de officiële opening van een galerie. Een andere keer op de achtergrond van een feest dat *El Norte* versloeg voor de societyrubriek. En in de *Quién*. Nooit op de voorgrond. Onopvallend. Maar altijd daar.

Hoe kon ik haar bereiken? Hoe kon ik haar, een *socialite*, benaderen? Ik, slechts een politieagente wier vakantie ten einde loopt?

43

Niemand waagde het el Médico te benaderen gedurende de lange perioden van stilte waarin hij in een soort meditatieve staat verzonk. Hij zat roerloos achter de monitor van zijn computer, zijn grijze ogen strak als spelden aan het scherm genageld, zonder oogbewegingen, hooguit een nauwelijks waarneembare knippering.

Zijn vitale functies leken af te nemen naarmate hij trager ademde en zijn hartritme tot de minimale frequentie terugliep.

Dan kreeg zijn gezicht een afwezige uitdrukking, die hem nog verontrustender maakte voor degenen die in het lab met hem werkten.

Daarom knikten de knieën van de technicus die had opgenomen toen Lizzy's telefoontje bij de telefooncentrale van het lab binnenkwam en de bazin el Médico aan de lijn eiste.

Het mannetje, een voormalig docent chemie uit Colima die aan de werkloosheid was ontsnapt door in dat clandestiene lab te gaan werken, liep onmiddellijk met de draadloze telefoon naar zijn baas, die al verscheidene uren in zijn catatonische toestand verkeerde. Even waande de oude professor zich in een leeuwenkuil.

Nerveus tikte hij el Médico op diens schouder. Op een manier die de oude man aan reptielen deed denken, gleed deze soepel uit zijn trance.

'Ja?'

'De bazin voor u.'

'Waarom hebt u niet gezegd dat ik niet beschikbaar ben?'

De oude man antwoordde niet, maar reikte hem de telefoon met bevende handen aan.

'Hallo.'

'Waarom heb je je mobieltje uitgezet, rotzak?'

'Omdat alleen jij me daarop belt, Lizzy.'

Korte stilte.

'Weet je welke dag het aanstaande zaterdag is?'

'De laatste nacht van april. Walpurgisnacht, volgens de Germaanse overlevering. Een heidens feest waarmee de komst van de lente orgiastisch wordt gevierd.'

'Het is ook jouw uiterste leverdatum.'

Opnieuw stilte.

'Heb je gehoord van de party die we op het strand hebben? Een walpurgistechno. Veertig dj's. Mijn neef Omar komt over van Ibiza. Zelf doe ik ook een set. Die dag, aan de oever van de Mexicaanse Caribische Zee, lever jij het prototype van ons nieuwe product. Hielo negro.'

'Het is niet genoeg getest. De molecule is nog instabiel. Waarschijnlijk valt hij uiteen in een alkaloïde met weinig effect. We hebben niet voldoende testen gedaan op ...'

'Ik stuur een luchttransport om je te halen. Lever me het spul. Kom niet met lege handen. Anders ben je ze onherroepelijk kwijt. Dag.'

Klik.

El Médico bleef minutenlang onbeweeglijk staan. Vervolgens verbrak hij de verbinding en schoof weer op zijn stoel. Hij vestigde zijn blik op het scherm, waar de woorden FAILED BONDING: UNSTABLE MOLECULE hardnekkig als een gestaag gedruppel knipperden, en langzaam gleed hij weer in zijn meditatieve staat.

Als iemand het gewaagd had hem gedurende die minuten aandachtig gade te slaan, zou hij een traan over zijn wang hebben zien rollen.

44

Op een maandag ga ik weer naar kantoor. Lusteloos, zonder te hebben gedoucht en zonder make-up. Ik kom bij mijn bureau, waarop de dossiers zich hebben opgestapeld. Het lukt me niet el Járcors schunnige opmerkingen te beantwoorden.

De hele ochtend ben ik met mijn mail bezig. Handel ik administratieve rompslomp af. Ga ik Rubalcava uit de weg. Ik wil zelfs niet mee lunchen.

Wanneer el Járcor en de chef terugkomen, treffen ze me wezenloos naar het computerscherm starend aan. Hij staat open op het Facebook-profiel dat el Chaparro van me moest aanmaken, zodat we elkaar vunzige berichtjes konden sturen. Inmiddels heb ik ze allemaal gewist. Ik heb het wachtwoord. Al een halfuur twijfel ik of ik zijn profiel nou wel of niet zal verwijderen. Ik kan maar niet besluiten.

In een zwaar melancholische stemming ga ik naar huis. Ik smijt de deur van mijn appartement met een klap dicht. Ik neem niet de moeite het toegenomen aantal berichten op mijn antwoordapparaat af te luisteren, in de wetenschap dat het ongetwijfeld mijn moeder is, die ervan baalt dat ik haar nooit bel, of Santi, om me te vertellen dat de gringa heel ver-drie-tig is en dat ze graag wil dat ik op een zondag weer eens kom eten. Of el Chaparro, om te zeggen dat hij zo langskomt met chinees en een film van Bruce Willis.

Ik kleed me stilletjes uit, zonder het licht aan te doen, hou mijn boxer en een hemdje met spaghettibandjes aan, een van die hemdjes waar el Chaparro zo van hield. Ik maak een biertje open, dat ik waarschijnlijk niet opdrink, zoals met alle biertjes die ik de afgelopen week heb opengemaakt het geval was, en zet de tv aan.

Ik neem aan dat ik net als de vorige avonden gewoon naar iets zal blijven kijken, tot ik op een gegeven moment besef dat het drie uur 's nachts is en dat ik al twee uur naar herhalingen van het programma van Cristina Saralegui zit te staren.

Net wanneer een ontzettend dikke man begint over de dingen die hij graag met zijn anorectische vriendin in bed zou doen gaat de telefoon.

Wie belt er nou een dik wijf op maandagavond om elf uur? Ik neem niet op. Ik laat hem lang overgaan en na een eeuwigheid schakelt het antwoordapparaat in.

'Hallo. Spreek een bericht in. *Bye* ...' hoor ik mezelf vanuit het apparaat zeggen. Bits. Nors. Daarom komen zelfs de honden niet naar me toe, verdomme.

'Hallo, Andy, met Karina ...'

Krijg nou wat, denk ik. Mijn collega van de politie. Degene die ik op de schietbaan tegenkom. De knappe.

'Moet je horen, ik heb je hulp nodig. Een kleinigheid,' gaat ze verder, terwijl ik niet kan besluiten of ik zal opnemen of slokjes van mijn bier zal blijven nemen.

'Ik heb een klusje als infiltrant. In Cancún. Op een van die elektronische party's ...'

Een rave, sufferd.

'We zijn een stel handelaren in archeologische stukken op het spoor. We hebben een tip gekregen dat ze op die party een deal zullen maken met een paar Duitse verzamelaars. Ik heb opdracht gekregen daar incognito heen te gaan en ze in geval van een positieve identificatie te arresteren. We kunnen op de steun van de lokale politie rekenen.'

Wat heb ik daar verdomme mee te maken?

'Ik dacht dat je me misschien zou kunnen adviseren. Hoe ik me moet kleden en zo. Je moet me een handje helpen, schat. Zoals je weet kom ik niet verder dan doorsnee, maar jij hebt stijl te over.'

Ze lacht, vast bij de gedachte dat ik ook kilo's te over heb.

'Ik heb al met Rubalcava gesproken en hij is bereid je voor deze zaak uit te lenen. Hij zegt dat je dan wat lucht krijgt.'

Ik wat lucht krijg? Alsof ik een bal ben.

'Goed, kleintje, bel me als je kunt, want het is zaterdag al. En ik wil er heel mooi uitzien. Ciaooooo ...'

Het kindermeisje van die idioot spelen? Geen denken aan.

Van woede schiet ik uit mijn stoel alsof er een springveer in zit en ik snel naar de telefoon om mijn chef op zijn mobieltje te bellen, die ergens opneemt waar veel lawaai is.

'Rubalcava. Het kan maar beter belangrijk zijn,' zegt hij als gewoonlijk. Te veel tv.

'Hoor eens, chef, geen haar op mijn hoofd die eraan denkt in Cancún op Karina Vale te gaan passen.'

Ik hoor dominostenen tegen elkaar tikken. Stemmen van kletsende oude mannen, gelach. Ik onderscheid een ober die een bestelling opneemt. Iemand bestelt een broodje kalkoen. Een ander een cubita.

'Ik zei "belangrijk", Mijangos, die toewijzing is gedaan. Beschouw het als een bevel,' repliceert de chef na een ongemakkelijke, eindeloze stilte.

Ik weet niet wat ik moet zeggen. Ik verwerp diverse mogelijkheden die in me opkomen. Een daarvan is doen alsof ik dronken ben en me morgen verontschuldigen. Uiteindelijk zeg ik onderdanig: 'Tot uw orders, chef.'

En ik hang op.

45

Die avond, midden in een onrustige droom (waarin aan het begin een pratende aap op zijn gezicht af vliegt en er krijsend repen huid aftrekt) ziet de man bekend als el Médico zichzelf rennen door de eindeloze gangen van wat een verlaten psychiatrische inrichting of ziekenhuis in een onlangs platgebombardeerd oorlogsgebied lijkt; hij voelt de losgescheurde flarden vlees aan zijn gezicht hangen maar de aap kan hij nergens ontdekken; hij zoekt in die ingestorte gangen zonder te vinden wat hij zoekt en waarvan hij in feite niet weet wat het is, stuit op het lijk van een kind in een van de badkamers, ontdekt stellingen vol amberkleurige glazen potten gevuld met bolle organen die hij niet kan thuisbrengen en die in kleine oceanen van formaline zweven, foetussen die hem vanaf de andere kant van het glas lijken aan te kijken; achterin ontwaart hij een kamer met witte tegels besmeurd met bruine spetters die hem het idee geven dat iemand daar urenlang met zijn hoofd tegen de muren heeft lopen bonken of dat een gestoorde chirurg daar ter plekke zonder andere instrumenten dan het scherpe dekseltje van een sardineblikje een colostomie heeft uitgevoerd, en waar de man bekend als el Médico zonder enige verklaring, zoals altijd in dromen het geval is, opeens recht tegenover Abraxas staat, die hij nog nooit heeft gezien maar niettemin onmiddellijk herkent als de duale god die tegelijkertijd is wat hij niet is en die zich in de droom die zoveel van een nachtmerrie weg heeft waaruit hij niet kan ontwaken aan hem voordoet als een jongetje-meisje dat een paar meter verder boven de smerige vloer zweeft, zijn hele lichaam samengesteld uit transparante vliezen waardoorheen de man bekend als el Médico spieren en kloppende organen ziet gehuld in een raster van aderen en zenuwen die zich vertakken over de hele anatomie van de demiurg die blijkbaar in opperste concentratie iets in zijn handpalm bestudeert; de dromende man die weet dat hij in zijn eigen droom zit loopt naar Abraxas toe, van wie hij enkel de achterkant ziet, gebiologeerd door het bloed dat licht pulserend door de oneindige wegen van zijn circulatiesysteem stroomt en door de zenuwpulsen die door de zenuwen van het kinderlijke lijfje trekken als felle fonkelingen die oplichten en een spoor achterlaten dat langzaam dooft; de man bekend als el Médico komt bij dat kind dat tegelijkertijd een oude man is en hij probeert iets tegen hem te zeggen maar in de droom is een verstikkende stilte het enige wat over zijn lippen komt dus loopt hij om de kleine god heen om te zien waar deze zo door gefascineerd wordt, wat die kleine dragee is die glanzend in de palm van zijn hand ligt om slechts een zwarte pil te ontdekken die een donkere gloed verspreidt, het soort dingen dat enkel in dromen gebeurt, en het is op het moment dat de dromer het schitterende lichaam van hij die is wat hij niet is gadeslaat dat de biochemische structuur van datgene waarnaar hij al maanden zoekt tot hem doordringt en ook dat je dromen niet moet vergeten als je wakker wordt zoals de man bekend als el Médico zich als in een epifanie zou herinneren, en op datzelfde moment weet hij dat de pastille die Abraxas in zijn handpalm heeft Hielo negro is, Zwart ijs, de heilige graal van de amfetaminen die hij zocht, en in de blijdschap van het weten dat de substantie bestaat, dat er een stabiele moleculaire aanpassing is wat de opdracht betreft waar Lizzy hem mee heeft belast probeert de man die deze droom droomt Abraxas te vragen naar de samenstelling van de Hielo negro maar weer komt hij erachter dat er niet meer dan een droog gefluit uit zijn luchtpijp komt terwijl de prachtig lelijke jongen-meisje op datzelfde moment zijn hand naar zijn mond brengt en plots het pilletje doorslikt dat de man bekend als el Médico door Abraxas' transparante keel naar diens maag ziet glijden waar het uiteen begint te vallen en wanneer dat gebeurt oplicht in een felle gloed vergelijkbaar met magnesium dat vlam vat en voordat de man die deze nachtmerrie droomt goed en wel beseft wat er gebeurt verdwijnt het doorschijnende lichaam van Abraxas in een bal van licht die eerst de ziekenhuiskamer en vervolgens de gang en daarna het hele hospitaal opslokt en voordat de man bekend als el Médico ontwaakt verandert in zijn droom het hele universum in een bol van het zuiverste witte licht dat de dromer zich maar kan voorstellen, een luminescentie waarvan de ogen van de dromer alleen al door het in zijn droom te aanschouwen gaan branden van het netvlies tot en met de oogzenuwstreng maar dat deert hem niet nu vaststaat dat hij in zijn droom het mysterie van de Hielo negro heeft opgelost en op dat moment van hevige extase wordt el Médico wakker en loopt nog gehuld in de nevelen van zijn halfslaap naar zijn werkplek in het lab waar hij enkele instructies intypt op de moleculaire simulator, slechts een kleine variatie in de positie van de hydroxyden waarmee hij zijn twee moleculen fenylpropanolamine probeerde te koppelen.

Wanneer enkele seconden later op het scherm de boodschap SUCCESSFUL BONDING: STABLE COMPONENT verschijnt, barst el Médico in een hysterisch gelach uit dat weergalmt in de lege gangen van het lab, op dat nachtelijk uur verlaten.

46

'Zet het idee om el Chaparro te wreken nou uit je hoofd,' zegt el Járcor tegen Andrea, die haar koffer aan het pakken is.

'Dat kun jij makkelijk zeggen.'

Even gaat Andrea door met kleding in de koffer doen. Dan voegt ze eraan toe: 'Ik denk er zelfs over ontslag te nemen.'

'Je bent gek.'

'Vind je, Jar?'

'Tuurlijk, dikke. Eens kijken, hoeveel heb je gespaard?'

Andrea stopt en denkt na. El Járcors blik gaat als vanzelf naar iets wat ze in haar hand heeft en wat zo'n sexy zwart slipje lijkt te zijn waarvan hij nooit zou hebben gedacht dat zijn collega die droeg.

'Ongeveer twintigduizend peso. Iets minder.'

'Zie je wel? Wat kun je daar nou mee?'

'Dat zie ik nog wel.' Het is geen lingerie maar een toilettasje, waar Andrea haar deodorant en maandverband in stopt. Vervolgens pakt ze een stel boxers met Batman-schild.

'Dat dacht ik al ...' mompelt el Járcor.

'Wat?'

'Nee, niks. Maar serieus, hoe kom je erbij ontslag te nemen? Wat ga je dan doen?'

'Een detectivebureau beginnen.'

'Ai, alsjeblieft zeg ...'

'Dat zeiden ze ook tegen Columbus, en je weet het: hij heeft mooi wel Amerika ontdekt.'

El Járcor zwijgt.

'Ga nou niet lopen zuigen, maatje.'

'Mocht je willen.'

Ze lachen allebei. Al is het maar voor een paar dagen, ze weten dat ze elkaar zullen missen. Wanneer Andrea haar Heckler & Koch in haar koffer stopt, zegt ze: 'Ik vind het maar niks om met die suffe Karina naar een rave te moeten.'

'Die sufferd is een van de beste agenten van het korps. Bovendien zei je een keer dat je haar wel vond meevallen.'

Andrea geeft geen antwoord.

'Ik wil niet bij mijn onderzoek vandaan.'

'De chef heeft liever niet dat je gaat. Maar hij denkt dat het goed is dat je je zinnen verzet. Dat je dat met Armengol laat rusten.'

'Laat hem mij de zaak geven.'

'Vergeet het maar. Het is niet goed voor je om geobsedeerd te raken.'

'Wie weet er nou wat wel of niet goed voor me is?'

'Wat wil je nou precies, Andrea?'

'Wraak.'

'Wat ben je verdomme toch koppig ...'

Andrea haalt uit met een trap op zijn borst, die el Járcor simpel ontwijkt. Hij zet de tegenaanval in en werpt zich tegen haar heupen om haar te tackelen. Ze liggen op de grond te worstelen.

'Laat me los, idioot!'

'Als jij die onzin uit je kop zet.'

De agent moet zijn best doen om zijn collega eronder te houden. Hij voelt de keiharde spieren van Andrea's potige armen. Een serieuze confrontatie zou hij nooit met haar willen aangaan. Van zijn leven niet. Na een paar minuten rollen ze uitgeput opzij en ontwarren verhit hun verstrengelde lijven.

'Zelfs zo wind ik je niet op, hè?' flapt ze eruit.

'Waar heb je het over?'

Het duurt even voor ze weer op adem zijn.

'Niemand ziet me staan als vrouw. Ik ben voor iedereen ... iets anders. Een getemd monstertje.'

'Reuzenmonster.'

'Nee, serieus. Zo rollebolde ik met el Chaparro, Jar. Voor jou was het gewoon wat stoeien met een vriend.'

'Maatje toch ... je weet dat ik ontzettend veel van je hou.'

'Dat is niet genoeg voor me. Niet voor mij als vrouw. Dat begrijpt niemand.' Er rolt een traan.

'Dat is het niet,' zegt el Jar terwijl hij overeind komt. 'Je bent hartstikke knap, alleen ...'

'Zeg maar niets. Ik vind je geeneens leuk. Maar dat is het nou net, door die kerel voelde ik me begeerd.'

'Heb je niet ... het gevoel dat hij je gebruikte?'

Stilte.

'Dat hij gewoon even kwam soppen als hij weer de behoefte had 'm in te parkeren?' voegt el Járcor eraan toe, zonder Andrea te durven aankijken.

'Weet je soms iets? Heeft hij je weleens wat over ons verteld?'

'Nee,' liegt hij.

Andrea komt traag overeind.

'Weet je in welk opzicht koeien en dikke wijven op elkaar lijken? Waarin wij op elkaar lijken?' vraagt ze met een gebroken stem.

'Nou?'

'Nou ... het is leuk ze te pakken, tot je vrienden je zien.'

Ze lachen allebei. Dat hebben ze nodig.

'Je bent gek.'

'Zei de pot tegen de ketel.'

'Ik kan je niet overtuigen, hè?'

Haar ogen zeggen 'nee'.

'Mag ik je naar het vliegveld brengen?'

'Ik zal erover nadenken ...'

Hij pakt zijn rugzak en haalt er een boek uit, dat hij in Andrea's koffer gooit.

'*Uur nul in Phnom Penh*? Wat is dit?'

'Wat denk je? Een detective.'

Even weet Andrea niet wat ze moet zeggen. Hij verbreekt de stilte.

'Ik heb het voor je meegebracht voor in het vliegtuig. Ik nam aan dat je het boek van Stephen King waarmee je bezig was wel uit zou hebben.'

'Klopt, ja.'

'Hij is van Christopher G. Moore, een Canadees die in Thailand woont. Hij is goed, helemaal nu je naar de hitte gaat.'

Andrea blijft naar haar collega staren. Ze omhelst hem. Hij weet niet wat hij moet doen. Hij slaat zijn armen om haar heen.

'Dank je, maatje,' mompelt ze.

Voor hij kan reageren, past ze een *kuzushi* toe die hem door

de lucht laat zwaaien, waarna hij ruggelings op de grond belandt.

'Zodat je me niet wegdroomt.'

'Kutwijf.'

47

El Médico deed zijn ogen open en zag de loop van een Glock 9mm strak op hem gericht. Daarachter de woeste blik van el Bwana, die hem een mep tussen zijn wenkbrauwen verkocht.

De wereld explodeerde in een pijnlijke caleidoscoop van kleurige lichtjes. Toen hij wakker werd, wist hij niet hoeveel tijd er verstreken was. Voor hem stond Lizzy, die hem geamuseerd gadesloeg. El Médico wilde overeind komen, om vervolgens te beseffen dat hij met bruine tape aan een stoel was vastgebonden.

'Kan een fatsoenlijk mens tegenwoordig niet eens rustig slapen?'

'Ik betwijfel of er een bloedzuiger bestaat die verder van het fatsoen verwijderd is dan jij.'

Achter haar sloeg el Bwana el Médico nauwlettend gade, met zijn armen gekruist en een niet-aangestoken sigaret tussen zijn lippen.

'Denk je aan je gezondheid, Bwana?' merkte el Médico op, om maar iets te zeggen. 'Ken je de risico's van osmose?'

Niemand lachte om zijn flauwe opmerking.

'En waaraan heb ik de eer te danken?' vroeg el Médico na een ongemakkelijke stilte.

'Je weet waarom we hier zijn.'

Hij wist het echt niet.

'Al sla je me dood, Lizzy, ik weet het niet.'

Ze wendde zich tot el Bwana, die naar el Médico liep en diens gezicht liet kennismaken met de kolf van zijn pistool.

'En zo nog minder ...' mompelde hij. Ditmaal gaf el Bwana hem een trap in zijn gezicht, waardoor de stoel omviel. Zijn zenuwuiteinden gilden het zo hard uit dat hij even niets meer voelde. Liggend op de vloer zag hij dat ze in zijn lab waren. Ze hadden hem vanuit zijn slaapkamer meegesleept en hem daar op zijn stoel vastgebonden.

Lizzy's gezicht doemde levensgroot in zijn blikveld op.

'Dacht je dat ik je gewoon je gang zou laten gaan met alle speeltjes die ik voor je heb gekocht? Noppes. Een kleine *bot* in de software van je terminal liet me een paar uur geleden weten dat je eindelijk een stabiele verbinding hebt verkregen.'

Nu werd alles duidelijk.

'Dus voordat je me een kunstje flikt, zijn we je komen opzoeken. Want zoals je weet zijn gekken nooit te vertrouwen.'

'Ik geloof dat ik hier niet de enige ben.'

Een trap van el Bwana in zijn maag deed hem bijna dubbelklappen. De tape verhinderde dat.

'Als je dus zo vriendelijk wilt zijn, knapperd ...'

'Ik heb nog geen proeven gedaan. We weten niet of het gevaarlijk is. We moeten het eerst testen.'

'Dat gaan we doen.'

'Ik heb geen muizen of apen in dit lab.'

'We hebben iets beters. We gaan ervan profiteren dat mijn vriend zo op pad moet voor een speciaal klusje.'

'Waar heb je het in godsnaam o...?'

El Bwana deed een stap naar voren. Lizzy glimlachte. El Médico voelde een knoop in zijn maag.

48

'We kennen de toxische sterkte niet, en evenmin de minimale dosis en neveneffecten.'

'Hou je bek en geef het me,' gromde el Bwana.

Voor hen, op een van de tafels van het laboratorium, had el Médico een complexe installatie opgebouwd bestaande uit erlenmeyers en retorten die met elkaar verbonden waren door distilleerbuizen en pipetten. Lizzy dacht dat alleen een paar spots nog ontbraken om het te laten lijken op zo'n machine uit de films van el Santo, de man met het zilveren masker, want el Médico kon zonder meer doorgaan voor dokter Cerebro.

Aan het einde van de distilleerinstallatie druppelde wat transparant vocht in een kristalliseerschaaltje. Een paar druppels maar, die net tranen leken. Toen de bodem van het glas met een uniform filmpje bedekt was, haalde el Médico het weg om de vloeistof in de omgevingstemperatuur te laten indrogen. Binnen een paar minuten was het vocht verdampt en had het plaatsgemaakt voor een wittig laagje.

El Médico verzamelde de kristallen met een wattenstaafje en loste ze op in water. Hij goot de inhoud in een amberkleurig druppelbuisje.

'Klaar?' vroeg Lizzy. Ze hadden al een paar uur toegekeken bij het werk van de geleerde.

'Momentje.'

Hij liep naar het koffiezetapparaat van het lab. Hij opende een suikerpot en nam er een klontje uit. Hij keerde terug naar de labtafel, draaide de druppelaar open en liet een paar druppels op het suikerklontje vallen. Gebiologeerd zag hij hoe de suiker het vocht absorbeerde. Met handschoenen aan pakte hij het op en hield het el Bwana voor. Hij bespeurde een vonk van angst in de ogen van de huurmoordenaar.

'Een kort fietstochtje voor dr. Hoffman. Een lange reis voor de mensheid,' zei hij met zijn ijzige blik strak op el Bwana gevestigd.

'Wat ben je toch een zak, Médico,' mopperde Lizzy.

El Bwana pakte het suikerklontje aan. Hij bekeek het van alle kanten, alsof het een weerzinwekkend insect was, en stopte het opeens in zijn mond. Voor hij het had fijngekauwd, smolt het al door zijn speeksel. Hij trok een vies gezicht; hij werd er misselijk van. El Médico reikte hem een bekerglas gedistilleerd water aan.

Hij sloeg het in één keer achterover. Nog nooit had hij zo'n banale vloeistof aan zijn lippen gezet.

'En nu?' vroeg hij ongeduldig.

'Wachten tot de actieve substantie de bloed-hersenbarrière passeert,' antwoordde el Médico.

'En dat betekent?'

'Dat we moeten wachten tot het je hersenen bereikt. Als een klap. Of coke.'

'Ik voel niks.'

'Het werkt niet meteen.'

'Ik zeg dat ik niks voel.'

'Je windt je op, Bwana,' zei Lizzy.

'Ik zeg dat ik niks voel. Niks, helemaal niks ...'

'Hij kan beter niet gaan hyperventileren, Lizzy.'

De huurmoordenaar greep el Médico bij de revers van zijn laboratoriumjas en tilde hem op, met enorme pupillen.

'Ik zeg dat ik niks voel! Niks! Niks! Niks!'

Op dat moment explodeerde het universum in zijn hoofd.

49

Als hij oud zou zijn geworden, had el Bwana zich die nacht herinnerd als de stormachtigste van zijn leven. Zijn herinneringen werden wazig, maar het stond hem wel helder voor de geest dat hij het lab had verlaten, samen met zijn bazin Lizzy, die hem had opgedragen naar Guadalajara te gaan om af te rekenen met Iménez, de Colombiaan. Helder had hij ook dat ze afscheid hadden genomen op het heliplatform van het lab. Dat ze el Médico weer van zijn slaap hadden laten genieten. Dat Lizzy was teruggevlogen naar Monterrey, vanwaar ze samen waren gekomen, en dat hij op een motor was gestapt – hoe die daar was gekomen wist hij niet – en met het volume van zijn iPod voluit richting Guadalajara was gereden. Hij herinnerde zich vaag dat hij naar hiphop en hardcore had geluisterd gedurende de twee uur die hij erover deed om van het lab, ergens tussen Colima en Jalisco, in Guadalajara te komen. El Médico had tegen hem gezegd dat als hij ook maar één druppel alcohol dronk, hij meteen zou kunnen gaan stuiptrekken en dood neervallen, dus dronk hij onderweg zes anderhalveliterflessen water, die hij bij tankstations kocht. Hij herinnerde zich dat hij in Guanatos was aangekomen toen het licht begon te worden en dat hij voor geen enkel verkeerslicht stopte tot hij op de Mercado San Juan de Dios was, waar hij verscheidene borden *menudo* verslond. Dat hij verder reed naar het huis van Iménez, die hij volgens Lizzy's opdracht voor zijn kop moest schieten, in een buitenwijk vlak bij een golfclub in Chapala. Dat hij bij het huis arriveerde en onmiddellijk de lijfwachten herkende die vanuit twee zwarte busjes op de loer lagen en ze zonder pardon besproeide met een Heckler & Koch UMP, die hij voor zijn verjaardag van Lizzy had gekregen om de oude uzi te vervangen die hij in Los Angeles bij de wapenwinkel van een ex-agent genaamd Pike had gekocht zodra hij de wettige leeftijd had bereikt. Hij herinnerde zich echter niet wat hij met de uzi had gedaan, die hij heimelijk Lizbeth noemde, naar een vriendinnetje dat hij op de Simon Rodia Continuation School in Watts had gehad. Een blonde latina op wie hij smoor was, maar die van haar ouders niet met hem om mocht gaan. Lizbeth bemachtigde een beurs voor de UCLA om chemie te studeren, terwijl el Bwana vol overgave alle bekende illegale substanties uitprobeerde. En nu had hij een onbekende gescoord. Hij herinnerde zich dat hij de zes gorilla's had doorzeefd voordat ze zelfs maar met hun ogen hadden kunnen knipperen, en dat hij doodkalm de tuin was binnengegaan. Een gigantische hond, een sint-bernard, rende woest blaffend op hem af. El Bwana wachtte hem rustig op, met beide voeten stevig op de grond, lichtjes naar voren gebogen. Toen het dier hem aanvloog en met zijn tanden zijn keel zocht, sloot el Bwana zijn handen om de nek van het beest en drukte stevig met zijn vingers op zijn strottenhoofd tot hij het hoorde knappen. Hond en huurmoordenaar rolden over het gras, dat, zo herinnerde el Bwana zich, fris was en nog vochtig van de dauw, de hond wild bewegend onder zijn handen. Tegen de tijd dat ze uitgerold waren, was de hond dood en de huurmoordenaar nog altijd kalm. Hij stond op, verwisselde het magazijn van zijn Heckler & Koch en laadde de Glock 9mm. Beheerst liep hij naar de deur van het huis, die hij met een enkele schop opentrapte. Hij liep de trap op, zonder te blijven staan om de wansmaak waarmee de woning was ingericht te bewonderen, en nadat hij verscheidene deuren had geopend stuitte hij op de grote slaapkamer, waarvan hij de deur opengooide, om daar de Colombiaan tussen de lakens aan te treffen met een vrouw van wie hij dacht dat het zijn echtgenote was. Iménez deed een poging zijn pistool onder het kussen vandaan te halen, maar de huurmoordenaar was sneller en met één schot van de Glock vlogen drie van diens vingers de lucht in. De Colombiaan jankte en bespatte de vrouw met bloed terwijl zij bevend onder dat tafereel verkrampte. Voor hij verder kon schreeuwen schoot el Bwana hem een paar kogels door zijn kop, waarna de man als een vod bleef liggen op de zwarte lakens, die zo te zien van satijn waren. Door de kruitlucht heen herkende el Bwana het parfum van de vrouw: Eternity van Calvin Klein, een geur waar el Bwana altijd al een hekel aan had gehad. Hoewel ze kronkelend op de grond lag, leek ze hem best aantrekkelijk: een veertigster met superkort platinablond haar. Louter gedreven door haar slechte smaak wat parfum betrof, boog de huurmoordenaar zich over haar heen, pakte met een misplaatste fijngevoeligheid haar kin, duwde de loop van de Glock in haar mond en haalde de trekker over. Hij verliet de slaapkamer en neuriede intussen een oude hit van Pandora (*¿Cómo te va, mi amor?*) die Lizbeth graag zong, liep de keuken in, opende de koelkast, schonk een glas melk in, haalde een pak Oreo-koekjes uit een keukenkast en reed weg op zijn motor. Uit nieuwsgierigheid keek hij op zijn horloge en stelde vast dat hij precies twaalf minuten binnen was geweest. Hij glimlachte als iemand die bij het biljarten een driebandencarambole maakt, en bedacht dat Lizzy heel tevreden over hem zou zijn. Toen pas viel hem de naamgelijkenis van zijn ex-vriendinnetje en zijn bazin op. Vervolgens dacht hij aan Lizzy, aan haar benen, aan haar buitengewone billen en haar kleine borsten. Hij herinnerde zich het gezegde uit Sinaloa: 'Goeie poten, veel kont en weinig tiet: beter kan het niet.' Lizzy kwam echter niet uit Culiacán, maar uit Mazatlán. Wat maakte het ook uit. Bij de gedachte aan zijn bazin zwol zijn kruis tot een pijnlijke erectie. Hij had nooit willen accepteren dat Lizzy hem opgeilde. Tot nu. Het volgende dat el Bwana zich herinnerde was een wazige vlek waarvan hij meende dat het de snelweg Guadalajara-Mexico was, in één ruk gereden op de motor, waarvan hij zich, als hij een beetje zijn best deed, zou herinneren dat het een kobaltblauwe Suzuki Katana 2006 was waarop hij de zeshonderd kilometer tussen beide steden had overbrugd, terwijl hij liters Gatorade met zwartemoerbeismaak dronk en alleen maar stopte om te tanken en te pissen. Zijn aankomst in Mexico-Stad was in de vergetelheid opgegaan, maar hij wist nog wel dat hij de Periférico had genomen en bij de Palmas links af was geslagen en via de Mazaryk de straat waar Lizzy's appartement was bereikte toen het inmiddels elf uur 's avonds was. Hij stuitte op Pancho, de oude lijfwacht, die bij de deur de wacht hield. De oude eenoog probeerde hem tegen te houden, maar el Bwana stopte niet en joeg hem een kogel door zijn kop. Hij ging omhoog naar het appartement, dat de hele twaalfde verdieping besloeg, en liep rechtstreeks naar de slaapkamer, waar Lizzy met haar Wii zat te spelen. 'Wat doe jij verdomme hier?' vroeg ze. Hij gaf haar zo'n mep met de rug van zijn hand – hij wist nog precies hoe de klap geklonken had – dat ze op het bed belandde en hij stortte zich op haar. Lizzy probeerde hem af te weren maar el Bwana had haar er in een tel onder. Hij rukte haar de kleding van het lijf: een zwartzijden Vietnamese pyjama en een string in dezelfde kleur. Ze droeg geen bh, dat stond fotografisch in het geheugen van de huurmoordenaar gegrift. Even kruisten hun blikken elkaar – zijn ogen met enorme pupillen, de hare fonkelend van woede. Lizzy haalde gejaagd adem, haar borst ging op en neer. Hij was daarentegen doodkalm.

'Ik heb nieuws, bazin. Die nieuwe drug van el Médico? Die werkt, let maar op!'

Opgewonden kuste ze hem.

50

Vanaf het moment dat we op de luchthaven aankwamen, was het duidelijk dat Karina en ik een ongelijk koppel vormden. Zij in strakke spijkerbroek, diep uitgesneden bloesje en op hooggehakte schoenen. Ik met Converse-gympen en T-shirt van Mamá Pulpa. Zij klaar om mee te doen aan een commercial, met pasgeverfde rode haren en bijpassende lippenstift. Ik met een schoon gezicht en mijn haar in een paardenstaart, waar de ongelijke plukken elk moment uit dreigden te springen.

We legitimeerden ons als smerissen.

Eenmaal in de wachtruimte vrat iedereen Karina met zijn ogen op. Als een echte bitch deed ze alsof ze niets merkte, sloeg koket haar benen over elkaar en lachte tegen iedereen die naar haar keek. Wat een politieagente. En zo wil ze een stille zijn?

Ik richtte me op de roman die el Járcor me had gegeven.

'*Uur nul in ...* Wat?' vroeg Karina toen ze de titel zag.

'*Phnom Penh.* De hoofdstad van Cambodja.'

'Hoe komt het dat je zoveel weet?' vroeg ze, duidelijk onverschillig.

'Het is niet zo dat ik dingen weet. Het is gewoon algemene ontwikkeling.'

'Mijn god. Cambodja? Waar ligt dat? Voorbij Mexico-Stad, in Tláhuac?'

Op dat moment wist ik dat onze trip heel slecht zou aflopen. De onwetendheid van agenten zal me altijd blijven verbazen. Het zijn net muzikanten. Ze hebben maar drie onderwerpen: a) wapens, b) bier (of een ander genotmiddel), en c) seks. Vervang bij muzikanten de eerste door muziek.

Ik liet Karina verder voor wat ze was. We gingen aan boord en ze begon met de vent naast haar te kletsen. Zij zat in het midden, ik bij het raampje. Ik begon te lezen.

Slecht idee.

In de roman doemde een dik personage met de naam Stuart op die gesmoord werd door de hitte in Bangkok. 'Dikke mensen haten hitte,' schreef Moore. 'Ze lijden er vreselijk onder, op een manier die magere mensen nooit zullen begrijpen.'

Zoals Karina.

Toen Dikke Stuart vergiftigd in de hippodroom van Bangkok neerviel, kon ik gewoon niet verder lezen. Ik keek uit het raampje, ging voorbij aan de vent die mijn collega wilde versieren.

Het turkooisblauw van de Caribische Zee dat het miniatuurlandschap stoffeerde dat zich daar beneden ontvouwde, was al zichtbaar. Die kleur waar zoveel mensen dol op waren. Maar ik niet.

Er is geen dikke vrouw die het strand leuk vindt.

Ook al is het Cancún.

Op de luchthaven werden we opgewacht door mensen van de staatspolitie. Een groep klootzakken die nog net geen bordje POLISIE droeg. Aan kop ging een zekere kapitein Íñigo, een meter tachtig, zwart als teer en met een paddensmoel. Hij deed me denken aan Patas Verdes uit de kinderserie *Odisea Burbujas*.

Karina flirtte er met iedereen op los. Ik zag hoe de dienders haar met hun ogen uitkleedden. Voordelen van geen lekker wijfie zijn: niemand vreet je met zijn ogen op. Tenzij je de enige vrouw bent.

'Welkom in Cancún, agent Vale,' groette de kapitein. 'We wisten niet dat u vergezeld zou worden.'

'Agent Mijangos is incognito. Ze is mijn adviseur voor de infiltratie.'

'U komt dus als infiltrant binnen de infiltranten,' zei die stomme zak, die grappig wilde zijn.

'Zo ongeveer als gast van de gast, kapitein.'

Hij lachte, met die gebarsten lach die eigen is aan politieagenten.

'U bevalt me wel, agent. Kom maar mee, daar staat het busje.'

We kwamen langs een loterijkantoortje. Ik dacht aan het Melate-lot van el Chaparro dat ik sinds hij was gestorven opgevouwen in mijn portemonnee had zitten. Ik wilde kijken of er iets op gevallen was, je wist maar nooit. Maar ze hadden zoveel haast en hij had altijd zoveel pech gehad dat het me zonde van de tijd leek.

Zodra we de parkeerplaats op liepen, herinnerde de klap van de hitte me eraan dat we vlak bij zee waren. Kut.

Toen we in het busje stapten, klonk uit de stereo een hit van Chico Che.

'Biertje?' vroeg de kapitein terwijl hij een koelbox opende.

'*¿Quén pompó? ¿Quén Pompó?*' begon Karina mee te zingen, tot ieders fascinatie.

Welkom in de hel.

51

Lizzy wist dat ze een fout beging.

'Steek je fluit nooit in je loontrekker,' placht haar vader te zeggen.

Maar wat zou in dit geval het equivalent zijn? Laat je loontrekker zijn fluit nooit in jou steken? Moet je je vagina nooit om je loontrekker laten zakken?

Daaraan dacht ze tegen het ochtendgloren, in bed, haar benen verstrengeld met die van el Bwana, die haar eindelijk een pauze gunde.

De huurmoordenaar sliep nadat hij Lizzy drie dagen lang als een bezetene had gepenetreerd. Penetreren, dat was het juiste woord. Niet dat belachelijke 'de liefde bedrijven'. Niet dat alledaagse 'neuken'. Penetreren. Zoals het mes van de slager. Of het scalpel van de chirurg. Of de zuiger van een goed afgestelde motor.

Vergeleken met el Bwana's brute optreden miste Lizzy Bonnies tederheid tussen haar lakens. Maar toch ...

Nu de effecten van de Hielo negro wegebden, lag de huurmoordenaar uitgeput te slapen. Hoe vaak had hij een climax bereikt? Hoe vaak was zij gekomen?

'Je moet oppassen met wat je vraagt, want het kan je gegeven worden,' zei vader Parada tegen haar als ze in haar tienerjaren kwam biechten. Kort voordat de pastoor werd doodgeschoten. Misschien was hij wel de enige geestelijke voor wie haar vader respect had. Net als zij.

Maandenlang had ze el Bwana met een morbide fascinatie gadegeslagen. Iets in zijn krijgersgestalte wond haar op. Wellicht zijn armen, die uit hout gesneden leken. Of het vanillearoma dat hij uitwasemde.

Ze had dat verlangen altijd onderdrukt. Tot nu.

Hij was de ultieme fantasie. Een ruwe man komt je kamer

binnen. Een ruwe man die jij begeert. De man scheurt je de kleren van het lijf en werpt je op het bed. Je weet heel goed waar hij vandaan komt. Daarom vind je dat de muskusgeur van zijn zweet naar dood, naar verderf ruikt, dacht het meisje.

Misschien had ze daarom vrijwel geen verzet geboden. Verwelkomde ze daarom genietend de woeste aanval van haar nieuwe minnaar.

Hoe lang was ze al niet meer met iemand naar bed geweest? Maanden? Jaren?

'Je kunt alles krijgen,' had Sharon, haar galeriehoudster, in een vlaag van openhartigheid die door de drankjes was losgemaakt tijdens haar expositie gezegd. 'Heb je nog iets te wensen?'

'Een man,' had Lizzy geantwoord.

En nu had ze hem, in haar bed. Meer dan een man zelfs. Een monster. Een prachtexemplaar.

Ze streek over het korte haar van de huurmoordenaar. De hulpeloze uitdrukking van de slapende Bwana verbaasde haar. Hij leek bijna een kind dat een nachtmerrie had. Hij deed haar denken aan een rottweilerpup.

Wat zou er gebeurd zijn als ze zich had verzet? Lizzy rilde. Even dacht ze aan Pancho. Dat ze opdracht had moeten geven zijn lijk over te brengen naar Culiacán. Op dat moment zouden ze bij hem waken in een rouwcentrum in de wijk Tierra Blanca.

Maar haar vaders eenogige lijfwacht was wel het minste waar Lizzy belangstelling voor had. Met haar vingers streelde ze el Bwana's penis, die na al die uren nog steeds half stijf was.

Even voelde Lizzy een zweem van angst. Hoe moest ze dit monster onder controle houden? Wat zou er gebeuren als het effect van de drug verdween? Zou ze hem beter voortdurend high kunnen houden? Hoe lang zou hij dat volhouden?

Ze sloot haar ogen. Daar wilde ze niet aan denken. Ze wilde aan niets anders denken dan het rood geworden stuk vlees waar ze zachtjes over wreef.

Ze gleed het bed uit. Op haar tenen sloop ze naar haar studeerkamer, waar ze naar het mobieltje van haar kunstdealer Thierry belde.

'*Oui?*' nam hij in het Frans op.

'Hou op met dat "*oui*". Zeg gewoon hallo.'

'Ah, Lizzy. Ik dacht net aan je.'

'Zie je wel, als het om geld gaat is dat accent van je opeens verdwenen, hè, eikel?'

'Toevallig heb ik op het Lycée de Mexique gezeten, mocht je dat vergeten zijn.'

'Dat was ik niet vergeten, hoor.'

'Heb je de exemplaren waar je het over had? Mijn cliënten zijn zeer geïnteresseerd.'

'Ik heb ze. Ouwe schurk. Als het mijn video's waren geweest, had je geen poot uitgestoken, of wel soms, smeerlap?'

'Hedendaagse kunst is goede handel, *ma poupée*, maar precolumbiaanse kunst is veel beteg.'

'Je glijdt weer uit met de "g", klootzak. We zien elkaar zoals afgesproken op het strand. En je weet het: precies op tijd.'

'Dat weet ik, echt.'

Ze gaf hem niet de kans gedag te zeggen. Ze hing op en koos een ander nummer, ditmaal dat van het mobieltje van een oude vriend die ze in Toronto had leren kennen.

'*Aló?*'

'Yves, kerel, lag je te slapen?'

'Lizzy? *Est cela vous? Quelle heure est-il?*'

'Met mij, ja. Lag je te slapen?'

'*Oui.*'

'Klote voor je. Ik heb iets wat je interessant zult vinden. Nieuw spul, dat als een bom zal inslaan op je discovloer.'

'*Est-ce que vous êtes sérieuse?*'

'Nou en of, man. En hou op met dat Frans, eikel, je zit verdomme al twee jaar in Quintana Roo. We hebben het erover als we elkaar zien?'

'Jazeker.'

'Camera, cut.'

En ze verbrak de verbinding. Ze meende el Bwana in de slaapkamer tussen de lakens vandaan te horen glijden.

Nee, vals alarm.

Nu belde ze naar het mobieltje van el Médico.

'Hallo?' antwoordde hij lusteloos vanuit het lab.

'Dat spul van je is een succes. Retegoed.'

Na een stilte antwoordde el Médico: 'Daar ben ik blij om.'

'We hebben grote hoeveelheden nodig. Dit gaat een knaller worden.'

De man geeuwde.

'Het is vijf uur 's ochtends. Kunnen we het er later over hebben?' El Médico voelde zich weer helemaal het mannetje, want hij wist dat ze hem nodig had om de productie van Hielo negro voor te bereiden.

Lizzy stond op het punt in woede uit te barsten. Tegen hem te schreeuwen dat hij een smerig stuk vreten was, dat hij moest dimmen, of dat ze hem anders voor zijn kop zou laten schieten. Dat hij niet de wijsneus moest uithangen.

Maar de handen van el Bwana, die gretig haar achterwerk betastten, rukten haar los van de telefoon.

Aan de andere kant van de lijn hoorde el Médico Lizzy kreunen.

Hij verbrak de verbinding en ging weer slapen.

52

El Médico wist ...

... dat zijn leven aan een zijden draadje hing.

... dat dat draadje Hielo negro heette.

... dat hij alleen een kans maakte als hij Lizzy zover kreeg dat ze hem liet gaan, in ruil voor de formule van het spul en het opzetten van de productieketen.

... dat het niet eenvoudig was om te verdwijnen.

... dat zij hem liever dood zag, zoals narcos altijd deden met mensen die voor hen hadden gewerkt: advocaten, architecten, plastisch chirurgen.

... dat het leven klote is en dat je daarna sterft.

En dat je daarna wegrot.

53

Tegenover ons, aan de andere kant van een lange muur, zien we de lichten flikkeren op de maat van de elektronische muziek. Vanaf de parkeerplaats voel ik de dreun van de zware bastonen in mijn borstkas zinderen.

Het is elf uur 's avonds. Karina bestuurt een van de lokale politie geleende jeep. Ik zit naast haar. Ze is gekleed als een groteske parodie van een mangapersonage. Ik in jeans en een T-shirt van Einstürzende Neubauten. Nou ja, het is in elk geval elektronische muziek.

Karina parkeert de wagen nadat ze meer dan twintig minuten heeft rondgereden. We lopen naar de ingang van de rave te midden van een meute die al stijf staat van de lsd, trippers en amfeta's. Niks geen coke of wiet, zoals op de punkconcerten uit mijn tijd.

Het verbaast me dat niemand zich naar ons omdraait. Ik stel me voor dat we zoiets zijn als een vetvlek op een smetteloos witte smoking. Een dikke vrouw in jeans en een gewone griet die toen ze zich ging klaarmaken al mijn adviezen in de wind geslagen had en er eerder uitziet om naar een gringodisco dan naar een elektroparty te gaan.

Ik had in elk geval gezegd dat ik me niet zou optutten om hiernaartoe te gaan. Maar ze vroeg me zelf om tips; waarom hield ze zich dan doof voor alles wat ik aandroeg?

We zijn geen van beiden gewapend. We weten dat je onmogelijk een pistool mee kunt smokkelen. Dat de controle superstreng is. Daarentegen hebben we wel contact via de radio, verstopt in een stel armbanden die even elegant zijn als die dansende Disney-nijlpaarden in *Fantasia*. Alsof dit een Dick Tracy-strip is, verdomme.

Dick Tracy. Zo noemde mijn broer me om de draak met me te steken toen ik bij de politie ging. Is er in strips soms geen ander soort agent te vinden? Zijn het alleen maar superhelden en vliegende sletjes?

Karina loopt weet ik wat voor onzin tegen me uit te kramen. Sinds we uit het vliegtuig zijn gestapt, zit ze me echt tot hier.

Ze zit achter een vermeende koper van archeologische stukken aan. Haar informanten zeggen dat de deal op deze rave gemaakt wordt. Ze heeft wel een microfoon, maar geen wapens. Ze moet de kerel spotten, als het even kan de transactie opnemen en dan de agenten van hier waarschuwen, die hem buiten zullen opwachten.

Bij de ingang laten we onze kaartjes zien, uitgegeven door Ticket Master, waar het bureau een exorbitant bedrag voor heeft moeten neertellen.

Ik wist dat Rubalcava per se wilde dat ik meeging. 'Dan kan ze die verdomde Armengol mooi vergeten,' zal hij hebben gezegd. En el Járcor zal vast hebben geantwoord: 'Niets houdt een gewond wijfie tegen, chef.' 'En een bronstig wijfie evenmin,' heeft de kapitein ongetwijfeld geantwoord. Waarom stel ik me toch aldoor gesprekken voor die mensen over me voeren? Zou Karina dat ook doen?

Ik weet het niet. Maar ik denk van niet als ik haar zo zie flikflooien met die smeerlappen bij de deur. Ik heb de pest aan die parapolitionele groepen die voor de beveiliging op evenementen zorgen. Ex-agenten of militairen die zijn gaan lopen. Al is dit altijd nog beter dan dat ze bij de Zetas gaan.

Een vrouw in een fosforescerende overall fouilleert ons. Het contact van haar vingers met roodgelakte nagels staat me tegen. Ik vind het niet prettig om aangeraakt te worden. Daarvoor ben ik ook agent.

De smalende blik waarmee de aide de camp die de mensen verwelkomt ons bekijkt ontgaat me niet. Zeventien, negentien? Een anorexiasletje met platinablond haar dat naar me kijkt alsof ik een misvormde zwerver ben.

Op een of andere manier ben ik dat ook in dit kunstparadijs.

'*Benvenutti*,' begroet de teef ons. Moet je zien met wat voor spottend gezicht ze Karina opneemt. In haar ogen is ze een decadente sloerie van dertig. In de mijne ook, geloof ik.

Eindelijk zijn we binnen. Een stroboscopische zee gehuld in

de geur van organische lotions en parfums verwelkomt ons. De volmaakte lijven van de jongeren springen op de maat van de muziek. Hun kleding van synthetische vezels en latex kleeft aan hun zwetende lichamen, die zelfs bedekt met vocht perfect en ideaal lijken. Hoe zou ik eruitzien in zo'n rubberpak?

Als een zeug. Tot mijn troost ziet Karina er tussen al deze meisjes even decadent uit als ik. Alleen slanker.

De plek, in de vorm van een halvemaan die de contouren van het strand volgt, is een gigantische organische constructie aan de oever van de zee. Iets wat ik eerder in strips van Santi heb gezien en wat blijkbaar in zwang is in Japanse comics. Ribofunk of zo wordt deze esthetiek genoemd, vertelde el Sanx me. Strategisch over het terrein verspreid zijn indirect verlichte bars geplaatst om met de vloeistoffen in de flessen een aquatisch effect te scheppen. Karina loopt heupwiegend op de dichtstbijzijnde bar af en is binnen een paar minuten terug, teleurgesteld.

'Ze hebben geen wodka. Alleen energiedrankjes en water,' zegt ze ontgoocheld.

Uiteraard, idioot, denk ik, je bent hier niet op een volksfeest met hanengevechten.

Waar komen al deze gedrogeerde kinderen vandaan? Beslist niet uit de volkswijken.

'Trippers, lsd,' hoor ik een figuur mompelen die tussen de waanzinnig springende groepjes jongelui door loopt. Ons mijdt hij als de pest. Het is overduidelijk dat we daar niet thuishoren. Al snel verveelvoudigen de afkeurende blikken in onze richting zich. Bij de bar slaan de veiligheidsmensen die zich regelmatig onder de feestgangers begeven ons nadrukkelijk gade. Iedereen weet dat we niet in dit ritueel passen. Karina lijkt te genieten van de blikken op haar heupen.

'Laten we gaan zitten. Ze hebben ons hartstikke in de smiezen,' zeg ik tegen haar.

'Denk je? Ach, nee ...'

Ik onderdruk mijn opwelling om haar een trap in haar maag te geven als ik nog een stel indringers zie binnenkomen.

Een groep lijfwachten omringt een oudere man, mager als een skelet, met gemillimeterd grijs haar en een bril met glazen zo donker als van een lasser, die in dit schemerdonker met fon-

kelende lichtflitsen belachelijk staat. Hij draagt een zwarte coltrui en rookt met verfijnde gebaren een Capri-sigaartje. Dat
gezicht heb ik eerder gezien. Naast hem lopen twee mannen die
eruitzien als managers van een Duits bedrijf en die hier evenmin op hun plek zijn.

'Partner,' zegt Karina terwijl ze in mijn zij prikt. 'Ik geloof dat
dat mijn man is.'

Natuurlijk. Ik weet het alweer. Het is Thierry Velasco. Een
beroemde kunsthandelaar. Ik ben zijn gezicht in verscheidene
tijdschriften tegengekomen waarin die teef ook staat.

Daarom ben ik ook niet verbaasd als ik even later Lizzy zie
verschijnen, geëscorteerd door de enige man in de menigte die
daar nog misplaatster is dan wij allemaal bij elkaar. Een gigantische cholo die achter haar aan loopt als het trotse alfamanne-
tje dat het dominante wijfje van de kudde heeft veroverd.

Even kruisen onze blikken elkaar, haken in elkaar. Zij, gekleed in rood latex, met pikzwarte lokken die in haar bleke gezicht vallen. En ik, met van haat gloeiende ogen, voel dat ze me
heeft herkend, ook al hebben we nooit kennisgemaakt.

In de lucht zweeft niet langer het aroma van dure parfums,
noch de zweetlucht van de jongeren. De geur die de ruimte tussen ons vult is een heel andere: een geur die alleen zij en ik
waarnemen.

Bloed. Op het punt te vloeien.

54

Lizzy's blik wordt meteen naar het T-shirt van Einstürzende Neubauten getrokken, naar het karakteristieke poppetje van de band op de borst van een enorme vrouw, hier, op de laatste plek waar iemand die muziek zou horen. Wie is dat? Waarom heeft ze een T-shirt van Lizzy's favoriete band aan? Het gaat niet goed, denkt Lizzy als hun blikken elkaar kruisen, maar ze is niet in staat iets tegen el Bwana te zeggen, die zijn vingers strak om haar middel heeft liggen. Wie is deze vrouw?

De regels zijn zonneklaar, geen wapens binnen, zelfs voor haar is er geen uitzondering.

'Dit is neutraal terrein,' had Yves haar gewaarschuwd, wetend dat ze een van haar zaakjes kwam regelen.

'Flikker op, man, ben je gestoord of zo!' had ze tegen de Canadees geschreeuwd, zonder hem te kunnen ompraten.

Hij was de sleur in Montréal ontvlucht en daarnaartoe gekomen; ze had hem zelf overgehaald om zijn fortuin in Mexico te beproeven. 'Ik zou geen enkele kloterige buitenlander weten die naar Mexico is gekomen wie het hier niet bevalt,' had Lizzy verkondigd. En inderdaad: amper een paar maanden na zijn aankomst was Yves in Cancún en Playa del Carmen de koning van de dj's in de selecte kring disco's voor Europeanen.

Toen Lizzy hem vertelde dat ze de zaken van haar vader overnam en op amfetamines wilde overstappen, waren Yves' ogen gaan glinsteren.

'Dat is helemaal mijn ding,' had hij gezegd in zijn onberispelijke accentloze Spaans, waarvan eenieder die hem kende versteld stond. Daarom ergerde het Lizzy als Yves op z'n Montréals sprak, alleen om haar te pesten.

Binnen een jaar overspoelden de pillen uit het lab van el Médico de Maya Rivièra, en via tientallen tevreden klanten kwamen ze ook in de Europese disco's terecht. Ditmaal had Lizzy hem echter exclusiviteit voor haar nieuwe product geboden.

'Het is nog niet zover, Yves, maar zodra de productie van start gaat ben jij de eerste die ze mag proberen.'

'*Non, merci*, Lizzy,' reageerde Yves, waarmee hij wilde zeggen dat de enige die nuchter blijft de dealer is, want anders gaat alles naar de klote.

Lizzy wist dat heel goed. Zelf gebruikte ze nooit iets, behalve wodka met anxiolytica wanneer ze een dip had.

Daaraan denkt de erfgename van het Constanza-kartel wanneer Thierry, die ongeveer de leeftijd van haar vader heeft, glimlacht en zegt: 'Goed, dame en heren, *let's get down to business*,' om er onmiddellijk aan toe te voegen: 'Aan de gang, en wel meteen.'

Lizzy zou nog verbaasder zijn geweest dat Tierritas Spaans had gesproken, als ze op dat moment niet de furieuze blik had opgevangen van die stomme zeug die haar geen seconde uit het oog verliest.

Lizzy staat op het punt tegen el Bwana te zeggen dat hij haar eruit moet trappen (Verdomme, Yves, waarom mochten we ook geen wapens meenemen?) als een van de twee Duitsers die met Thierry zijn meegekomen haar in vlekkeloos Spaans, al is het met een sterk accent, vraagt: 'Goed, eens kaiken, hebt u de Maya-stuukken, Fräulein Zubiaga?'

Hoewel ze al jaren met Europeanen omgaat, verbaast het Lizzy dat hij de 'z' uitspreekt als een Spanjaard, ongetwijfeld doordat hij de taal heeft geleerd van een Catalaanse onderwijzer die de wijk had genomen naar Keulen of Brandenburg, of een van die plaatsen daarginds.

'Jazeker, hier hebt u ze,' antwoordt ze tot haar eigen verbazing gedwee; normaal gesproken had ze een paar kutopmerkingen gemaakt, hem een trap in zijn ballen gegeven en zich omgedraaid. Zou ze zichzelf wellicht zo graag rechtvaardigen in een andere branche?

Ze knipt met haar vingers, waarop el Bwana haar een zwartleren Gucci-attachékoffertje overhandigt; wanneer de huurmoordenaar het aan haar geeft, beroert hij de vingertoppen van zijn bazin wat langer dan nodig is.

Lizzy begint die verdomde aap, die zich gedraagt alsof hij

haar vent is, goed zat te worden, maar opnieuw verbaast ze zichzelf door niet te reageren. Ze opent simpelweg het koffertje en haalt er, omgeven door een op de maat van de elektromuziek springende en dansende meute, enkele stukken aardewerk uit, die de andere Duitser, degene die nog niets heeft gezegd, met trillende vingers aanneemt en nauwgezet bestudeert.

'Authentiekk,' mompelt hij met hetzelfde accent dat de nazi-officieren in *Indiana Jones* hebben, terwijl die stomme zeug en de magere die bij haar is – ze was Lizzy eerst niet opgevallen – hun ogen geen moment van hen afwenden; Lizzy ziet dat ze aan het bekvechten zijn.

'Geweldig, heren, we hebben een deal?' vraagt Tierras.

'Ik heb nogh een vrraagh,' zegt de eerste nazi.

'Zing het maar,' grapt Lizzy, maar niemand lacht.

'Waarr komen deze exemplaarren vandaan, Fräulein Zubiaga?' Weer die Spaanse 'z'.

'Van een van mijn haciënda's in Yucatám,' reageert ze. Opnieuw lijkt niemand haar grapje op te merken.

'Ghoed. Ik denk dat we een deal hebben, ja. Ghaat u akkoorrd met een overrmaking vanaf een Zwitserrse bank? We weten dat u een rrekeningh hebt op de Kaaimaneilanden.'

'Ik heb liever dat u het overmaakt naar een bank in Belize. Het is maar een klein bedrag,' antwoordt ze.

'Klain? *Mein Gott!*'

'De señorita is gewend aan zeer ... exuberante zaken. Voor haar is dit een kleinigheid,' komt Thierry ertussen. 'Een hobby,' voegt hij eraan toe.

'In dat gheval gheloof ik dat we moeten prroosten, vindt u ookk niet?' zegt een van de Duitsers, voor het eerst glimlachend.

Overdreven en theatraal roept Thierry onmiddellijk de ober: '*Garçon, s'il vous plaît!*'

'Doe niet zo suf, Tierras, niemand hier verstaat je.' Lizzy is de eerste die zich verwondert als ze bij hun tafel een jongen ziet verschijnen die zo uit een commercial van Guess gestapt lijkt en in vlekkeloos Frans de bestelling van de Dom Perignon opneemt, om een paar minuten later terug te keren met een fles in een zilveren ijsemmer. Die verdomde Yves ook, denkt ze.

Ze is nog verbaasder als ze hem behendig de champagne ziet ontkurken en glazen volschenken, die hij serveert aan haar, Thierry, de Duitsers en op een teken van het meisje ook aan el Bwana, die het glas aarzelend aanneemt.

'Cheers,' zegt Thierry, 'op het genoegen zaken met u te doen. En vergeet mijn commissie niet, Lizzy.' Ze zetten allemaal het glas met het schuimende vocht aan hun lippen en drinken het in één teug leeg.

Pas als ze het drankje op hebben, herinnert Lizzy zich el Médico's waarschuwing met betrekking tot Hielo negro: 'Als hij ook maar een druppel alcohol drinkt, kan hij ogenblikkelijk gaan stuiptrekken en als door de bliksem getroffen dood neervallen.' Maar het is al te laat: haar lijfwacht ligt schuimbekkend en met weggedraaide ogen op de grond te kronkelen, tot ontzetting van Thierry en de Duitsers, die niet weten wat ze moeten doen.

Net op dat moment legt de zeug, die zonder dat Lizzy het had gemerkt naar hun tafeltje is gelopen, haar grote biefstukplettershand op haar schouder terwijl ze zegt: 'Señorita Lizzy Zubiaga? Politie. U staat onder arrest,' onder protest van haar vriendin, de magere.

De hel breekt los.

55

Wie ben je verdomme? *Ik ben al weken je schaduw. Ik heb alle societyrubrieken van de buitenlandse kranten en roddelbladen uitgeplozen. Je was altijd daar.* Wat wil je? Wanneer ik dat met mijn ogen vraag, sta ik op van de tafel waarvan de Duitsers al doodsbang proberen weg te komen terwijl Tierritas' lijfwachten hem meesleuren naar een 'veilige plek'. Ik vraag me af waar dat zal zijn. *Wraak. Ik wil wraak.* Ik zie de woede in de ogen van de dikke vrouw die ik niet eerder heb gezien, maar die ik me niettemin herinner. *Natuurlijk hebben we elkaar gezien. Hoe kun je dat vergeten zijn? Een vuurgevecht in Ciudad Lerdo, Durango. Waarbij je vader stierf. Ik heb nooit geweten hoe je hebt kunnen wegkomen. Nu zal het niet zo makkelijk gaan.* Zo. Net zoals ik nu in de verwarring wegglip, tussen de gedaanten van de mensen door die vol ontzetting schreeuwen vanwege de stuiptrekkende man, en wegsluip in de richting van het strand. *Nee, kleintje, zo eenvoudig is het niet. Je denkt dat ik te groot ben, met mijn armen als hammen en benen als de poten van een biljarttafel, maar ik ben een getrainde agent en ik ren achter je aan, naar de zee, terwijl we de wanorde achter ons laten, met Karina die via onze armbandradio versterkingen oproept en mensen die in de chaos de Maya-stukken vertrappen. Wie was die vriend van je? Ik zou het graag willen weten, maar ik heb geen tijd. Zo dichtbij als nu zal ik je niet meer hebben. Nooit meer.* Ik ren naar het strand. Ik weet dat ik daar de kust moet volgen en dat ik een paar kilometer verder naar het zuiden bij de jachthaven kom. Dat ik me daar kan verschuilen. *Je bent snel, maar zodra je op het zand stapt heb ik je.* Leve mijn laarzen. *Leve mijn gympen.* Al rennend ontwijk ik obers en jongelui die in het tumult lopen te schreeuwen. Vervloekte Yves, had me nou mijn pistool laten meenemen, klootzak. *Je baant je een weg.* Eindelijk, het strand. *Ik wist het.* Naar het zuiden, naar het zuiden, zonder naar je om te kijken. *Het is mijn enige kans.* De muziek blijft achter, zoals wanneer je wakker wordt uit een droom. *Ik doe mijn mond open en hap naar lucht alsof het de laatste ademtocht van mijn leven is* Waar is el Bwana gebleven? *om me als een springveer met beide benen af te zetten en me op Lizzy's heupen te werpen.* Ai, kutwijf, *schreeuwt ze als ik boven op haar val* vervloekte zeug *en haar op het zand gooi terwijl in het donker een golf over ons beiden heen spoelt en het licht en de muziek van de party in de verte verloren gaan.* 'Wie ben je verdomme?' schreeuw ik en als antwoord krijg ik *een taekwondo-cirkeltrap recht op de borst, waardoor ze op haar rug valt* maar ik ben niet van gisteren *en als ik naar haar toe loop om haar overeind te helpen krijg ik een trap vol in mijn maag die me vloert* op het moment dat er weer een golf op het strand breekt en die ons allebei meesleurt *en wanneer ik me daarvan herstel zie ik haar een paar meter bij me vandaan zitten hoesten* als ik haar naar me toe zie komen sta ik zo goed en kwaad als het gaat op en neem de vechtpositie aan *op dat moment beseffen we allebei dat we in gelijke omstandigheden verkeren* en we observeren elkaar een poosje strak in het fletse maanlicht *dat Lizzy's trekken harder maakt* en het gezicht van de dikke zachter, dat welbeschouwd best mooi is *in haar bewegingen herken ik de aikidotraining* ze kent taekwondo *tegenover elkaar staand cirkelen we rond een denkbeeldig punt* en wachten tot de ander naar voren komt *tot de ander de eerste klap uitdeelt* maar die zeug maakt zelfs geen schijnbeweging *en die teef komt maar niet* en zo, met onze blikken in een spiraal van haat gehuld, vraag ik: 'Wie ben je? Wat wil je?' *'Je hebt iets van me weggenomen,' antwoord ik.* 'Ik? Ik ken je niet eens,' lieg ik, want ik heb haar wel degelijk eerder gezien. *'Een van je huurmoordenaars heeft mijn kerel vermoord.'* 'Dat is immers hun werk?' *'Ik hoef jou niet. Ik wil hem. Geef me hem en je kunt gaan.'* 'Mijn enige huurmoordenaar is dood, je hebt hem daarnet zelf zien stuiptrekken.' *'Niet die vent. Ik zoek de messentrekker.'* Verbaasd laat ik mijn verdediging zakken. Ze komt, maakt schijnbewegingen. Ik hef mijn armen weer op. *'Ik zoek degene die met een scalpel moordt. El Médico.'* Haar ogen gloeien als kooltjes. Ze liegt niet. 'Wat ga je met hem doen?' *'Wat maakt jou dat uit? Ik verlos je van een last.'* Ze heeft gelijk. *Nu maakt*

Lizzy schijnbewegingen. Ik stap naar achteren zonder mijn blik van haar af te wenden. 'Ik weet het alweer. De diender die ik heb laten vermoorden. Omdat het een klootzak was. Hij trapte me op mijn ziel.' Woedend haalt ze uit met een trap naar mijn borst, die ik makkelijk ontwijk. Huilt ze? *Vuile kutteef!* schreeuwt ze terwijl ze zich op me stort, ditmaal geen schijnbeweging *ik geef haar een cirkeltrap vol op haar heup waardoor ze haar evenwicht verliest* ik probeer met mijn handen te antwoorden *maar voor ze zich kan verdedigen bestook ik haar met mijn benen* elke trap een explosie van pijn in mijn lijf tot ze door haar woede mist *en wanneer het haar lukt me te ontwijken val ik voorover in het zand* en ik trap haar wanhopig in haar nieren *maar ik kan me omdraaien en een van haar voeten grijpen en haar naar me toe trekken* ze vloert me *en we rollen samen over het zand* tot een nieuwe golf ons bereikt en meesleurt *verstrengeld in een omhelzing waarin geen van tweeën loslaat* tot het water ons weer uitspuugt, telkens verder verwijderd van de lichtjes *en we kijken elkaar aan en we herkennen onszelf in het gezicht van de ander* de onverbiddelijke spiegel die ons verenigt *vanaf beide zijden van de wet* en het enige wat ik kan doen *is mijn gezicht naar het hare brengen* en haar heftig kussen, tot een nieuwe golf ons meesleurt naar de diepten van de zee.

56

Wanneer de chaos afneemt, heeft agent Karina Vale: a) een lijk, b) twee gearresteerde buitenlanders die op heterdaad zijn betrapt bij de aankoop van archeologisch aardewerk, c) een menigte bedwelmde jongelui die protesteert vanwege de onderbreking van de muziek, d) een woedende Canadese ondernemer die maar tegen haar tekeer blijft gaan waar ze verdorie mee bezig is, dat alle vergunningen in orde zijn, dat ze zonder rechterlijk bevel geen privéterrein mogen betreden, e) een kapitein Íñigo van de staatspolitie, die woest tegen haar staat te tieren omdat ze een overhaaste arrestatie heeft verricht terwijl ze verondersteld werd de transactie alleen op te nemen, en f) twee stukken Maya-aardewerk, vertrapt door een drom jongeren die het doodsbang op een lopen zetten zodra ze het geweld bespeurden.

Het lijk wordt herkend door Íñigo, bij wie de hartelijkheid en het geflikflooi nu ver te zoeken zijn en die almaar mompelt: 'Die kutwijven ook.'

'Dat is el Bwana, de smeerlap. Een van de moordenaars van het Constanza-kartel. Wat is er met hem gebeurd?'

'Weten we nog niet, chef,' zegt een van de forensisch onderzoekers. 'De getuigen zeggen dat hij begon te stuiptrekken en toen in elkaar zakte, dood.'

'Vergiftigd?'

'Daarvoor moeten we de resultaten van het lab afwachten, chef.'

'Die kutwijven ook.'

'Kapitein,' komt Karina ertussen, 'het is mijn schuld niet.'

'U had de duidelijke order niet tussenbeide te komen. U moest de transactie alleen vaststellen.'

'Hoor eens, in de eerste plaats bent u mijn superieur niet, ik help u maar even herinneren dat dit een gezamenlijke actie is ...'

'Die kutwijven ook.'

'In de tweede plaats besloot mijn collega onder druk van de omstandigheden te handelen, anders waren ze ons ontsnapt,' liegt Karina. In werkelijkheid was Andrea helemaal doorgedraaid toen ze de vrouw zag die met de Maya-voorwerpen kwam aanzetten. 'Zij is het, zij is het, zij is het ...' had ze furieus herhaald. Karina had haar met geen mogelijkheid kunnen tegenhouden toen ze op de tafel af liep en zo de operatie om zeep hielp.

'Hou op met dat gelul, Karinita.'

'We hebben twee arrestanten. Dat was toch wat u wilde?'

Het is vier uur 's ochtends. De rave was in een grotesk circus uitgemond. Groepen agenten ondervragen getuigen, de meesten van hen doodsbange tieners. 'We gaan je niet arresteren,' hoor je de politieagenten overal zeggen. 'Vertel ons alleen wat je hebt gezien.'

Er zijn gewonden. Onder de voet gelopen personen toen de menigte op de vlucht sloeg. Twaalf dealertjes met amfeta's en tripmiddelen zijn opgepakt. In de chaos was Thierry Velasco erin geslaagd weg te glippen. De twee Duitsers echter niet.

'Wat heb ik aan twee Duitsers met de puinhoop die je vriendin heeft aangericht? Waar is ze trouwens?'

Goede vraag. Karina weet het niet. Maar voordat Íñigo opnieuw 'Die kutwijven ook' kan zeggen, draait ze zich om en loopt naar het strand, waar ze Andrea voor het laatst heeft gezien.

Alsof ze haar heeft aangeroepen, ziet Karina haar collega op het strand komen aanstrompelen. Ze is gewond. Agent Vale had nooit gedacht dat ze zo blij zou zijn om iemand te zien die de politieactie van vandaag zo spectaculair had verpest, maar als vanzelf rent ze naar Andrea toe en omhelst haar.

'Pagano ... Pagano ...' mompelt Andrea, alsof ze ijlt.

'Rustig maar,' probeert Karina haar te sussen. Ze kan niet voorkomen dat haar collega op het zand in elkaar zakt. Wanneer de artsen van de forensische dienst arriveren, is Andrea buiten bewustzijn.

Slechts een paar kilometer verder naar het zuiden, op de jachtclub, sluipt een schim naar een van de boten.

'Wie is daar?' vraagt de nachtwaker, en in zijn onderbroken halfslaap heft hij zijn geweer.

'Ik ben het, eikel. Duikel de kapitein op, we vertrekken, nu meteen.'

'G... goed, seño,' antwoordt de man gehoorzaam als hij zijn bazin herkent.

Twee uur later vaart het jacht *Alacrán* af naar Panama, met een zeskoppige bemanning en een arts die de enige passagiere vergezelt.

'Wat is er met u gebeurd, bazin?' vraagt de arts verwonderd als hij in de kajuit het gehavende lichaam van de vrouw onderzoekt.

'Dat gaat je geen donder aan. Lap me weer op.'

De dokter gaat zwijgend aan het werk.

57

Ik klim op de motor en ga de straat op, waar een loodgrijze hemel me verwelkomt.

Onderweg naar het bureau zie ik grauwe gezichten waar de verveling vanaf druipt. Het voelt alsof de last van hun sleur zwaar op mijn schouders drukt. Na twee dagen ziekenhuis wil ik niet terug naar kantoor. Niet na de heibel die ik in Cancún heb getrapt.

De chef zal me opwachten als een velociraptor de koe.

Zelfs el Járcor zal me hier niet uit kunnen halen. Daar denk ik aan als ik op een paar straten van het bureau langs het loterij-standje kom waar el Chaparro zijn Melates doorgaans kocht. In een opwelling die ik niet kan plaatsen zet ik de motor stil en haal het oranje papiertje uit mijn portemonnee, waarin ik het sinds hij stierf heb bewaard.

Ik kijk naar de trekkingsdatum, loop de nummers na.

En voor het eerst sinds weken glimlach ik.

58

'Krijg nou wat, de prinses is terug,' gromt Rubalcava zodra hij me ziet.

'Ik ben niet in de stemming, chef.'

'Hoe vind jij haar, Jar?'

Mijn maatje zegt niets.

'Mijangos, ik stuur je weg voor een routineklus en je trapt me een vreselijke heibel. Die lui van het bureau in Quintana Roo willen jou de verantwoordelijkheid in de schoenen schuiven.'

'Karina is over de rooie, maatje,' doet el Járcor een duit in het zakje.

'En uiteindelijk allemaal voor niets, verdomme!'

'We hebben arrestanten, chef, de Duitsers,' verdedig ik me.

Rubalcava zoekt tussen de berg papieren op zijn bureau. Ten slotte vindt hij het dossier en leest hardop: 'Rolf Krohn en Herbert Ziergiebel?'

'Die, ja.'

'Vergeet het maar, Mijangos. Die zijn 'm met een borg gesmeerd. De koop is niet gerealiseerd en het bewijs is vernietigd. Dankzij jou.'

'En de aanbieder van het aardewerk, chef?' vraagt Jar.

'Mijangos stoof haar achterna. Je hebt haar niet te pakken gekregen, of wel?'

'Nee, chef.'

Er valt een ongemakkelijke stilte.

Dan borrelt er een lach in me op.

Spontaan, eerst zacht als een motregen.

Vervolgens schater ik het uit.

Geen van beiden begrijpt waarom ik lach.

'Dit is niet grappig, Mijangos. Ik zal je moeten straffen. Ik zet je op de bank. Aan de administratieve papierwinkel.'

'Dat ... zal niet nodig zijn, chef.'

Ik geniet van zijn verbaasde gezicht.

'En waarom niet?'

'Omdat ik ontslag neem. Per direct, chef,' antwoord ik lachend.

Ik laat ze het lot van el Chaparro zien.

'Vijf van de zes getallen. Tweehonderdnegentig miljoen peso. Niet slecht.'

Ze slaan steil achterover.

'En nu, als jullie het niet erg vinden, heb ik een afspraak in de soevereine vrije staat Jalisco.'

Ik sta op en vertrek voordat ze kunnen reageren.

59

Na een stilte vraagt Rubalcava: 'Hoor eens, Járcor ... denk je dat ze bij de Zetas gaat?'
  'Nee, chef. Zoveel mazzel hebben die niet.'

60

Pagano, Jalisco, is een dorp van rode aarde vergeven van schorpioenen. Op het plein kijkt een kathedraal zonder adjectieven recht uit op een gemeentehuis dat een en al verveling uitwasemt. Een vervallen kiosk getuigt van de lusteloosheid van de oudjes, vrouwen en kinderen die daar elke avond bij elkaar komen om met heimwee te denken aan de mannen die als illegaal werken in plaatsen met exotische namen als Cook, Watts, Hodgkins of Winnetka, vanwaaruit ze dollars sturen en een paar minuten bellen.

Het spectaculairste aan het dorp is het uitzicht op de vulkaan Colima, die zich hooghartig aan de horizon verheft en van tijd tot tijd witte zwavelhoudende fumarolegassen en -dampen uitstoot.

De betoveringen van Pagano konden el Médico die ochtend niets schelen. Als een bezetene wiste hij de bestanden op zijn computer en brak intussen de distilleerinstallatie af waarmee hij het eerste monster Hielo negro had verkregen.

Gezien de traagheid waarmee de machine de vele giga's informatie verwijderde die hij nauwgezet had opgeslagen in de twee jaar dat hij aan het hoofd van het ondergrondse lab had gestaan, besloot el Médico met een elektromagneet over de kast van de machine te wrijven. Met een zweem van genoegen zag hij het scherm in een werveling van kleuren magnetiseren.

Hij verbrandde zijn aantekeningen nadat hij ze door de papierversnipperaar had gehaald.

Tijd om te vertrekken, dacht hij, terwijl hij zijn kamertje verliet. Aan de productielijnen werkten de cookers rustig aan de substanties, zich de vlucht van hun supervisor niet bewust.

Zonder meer bagage dan datgene wat hij aan zijn lijf had, een zwarte coltrui en een bolhoed – onvoorstelbaar in de hitte van Pagano –, een cargobroek in rouwkleur en rode Conversegympen, begaf el Médico zich onopvallend naar de lift.

'Gaat u weg, dokter?' vroeg een van de cookers, die net een beetje soda in een paar schaaltjes goot toen hij langsliep.

'I... ik ben zo terug.'

Hij kwam bij de lift. Zijn kantoor was op de achtste ondergrondse verdieping. Hij wist dat hij niet veel tijd meer had. Dat Lizzy een paar uur eerder vertrokken was uit Panama. Hij wilde ver weg zijn tegen de tijd dat ze terug was.

Hij had nog niet besloten waarheen. Reynosa, misschien. Torreón. Of misschien de zuidgrens over. Naar Venezuela of Bolivia. Misschien Colombia. De diensten van een goede chemicus zijn altijd welkom.

Daaraan dacht hij toen de liftdeuren opengingen en hij een mokerslag op zijn neus kreeg. Botten en kraakbeen knapten.

'Waar gaan we zo haastig heen, spetter?' begroette Lizzy hem.

Vanaf de vloer van de lift zag el Médico met een tollend hoofd dat zijn bazin (of ex-bazin) hem toelachte als een kat die met een zieltogende kanarie gaat spelen.

Naast haar hield een enorme vrouw met een verbazend mooi gezicht haar gebalde vuist omhoog. Dezelfde die de neus van el Médico verbrijzeld had.

'Jullie kennen elkaar niet,' zei Lizzy malicieus, 'maar jullie hadden een gemeenschappelijke kennis.'

El Médico sloeg hen uitdrukkingsloos gade.

Andrea stapte de lift in. Achter haar sloten de deuren.

Een halfuur later voegde Andrea zich bij Lizzy op het dorpsplein. Al van verre had ze de zwarte Impala 1970 van de Sinaloaanse herkend. Ze reed het plein op, zette haar motor uit, stapte af en liep langzaam naar het granieten bankje.

Ze gingen allebei op een uiteinde zitten, keken niet naar elkaar. Er ging een minuut voorbij. Twee.

'Hij heeft geen kik gegeven,' zei Andrea ten slotte.

'Nee?'

In de verte kraste een raaf. Een oude man met een perkamentachtig gezicht kwam langs met *tejuino*, het karakteristieke drankje uit Jalisco.

'Geen enkele schreeuw. Geen kreun. Niets. En dat terwijl ik hem wel degelijk flink heb laten lijden. Jaren oefening in de politiecellen.'

Lizzy keek vanachter haar donkere glazen naar de dorpskiosk. Ze droeg een minirok en sandalen. Andrea zag dat ze mooie benen had. Prachtige.

'Je krijgt niet altijd wat je wilt.'

'Zeg maar eerder nooit.'

Een briesje bracht verkoeling in de subtropische warmte.

'Ooit,' begon Andrea, 'vertelde een agent die als stille in zo'n lab zat tegen me dat ie bij hem na een paar uur daarbinnen twee dagen bleef staan.'

'Gelul.'

'Dat dacht ik ook. Als dat zo was zouden ze wel Viagra produceren, toch? Dat zou nog beter verkopen.'

'Geloof dat maar niet. Kutverslaafden.'

Elke minuut die verstreek werd lastiger. Na weer een stilte begon Lizzy te praten.

'Nu staan we quitte. Jouw dode tegen mijn laborant. Pat.'

'Blijkbaar.'

'Alhoewel ... toch niet. Je kunt nooit quitte staan met iemand die je van de verdrinkingsdood heeft gered.'

Andrea dacht even na over wat ze zou antwoorden. Ze sprak heel langzaam.

'Je bent ... mijn ergste vijand. Ik kon je daar niet laten verdrinken.'

'*Pitayas*, wil iemand pitayas ...' vroeg een meisje dat langskwam met een emmertje vol cactusvruchten in haar hand. De twee vrouwen reageerden niet en het kind vervolgde haar weg.

De kerkklokken begonnen te luiden.

'Stop toch met dat spelletje "politie en dief", Andrea. Deze oorlog is op voorhand verloren. Een oplossing bestaat niet.'

Voor het eerst keek ze ex-agent Mijangos aan om haar rechtuit te zeggen: 'Kom bij mij werken. Je bent goed. Ik heb een lijfwacht nodig.'

Andrea leek het even te overwegen. Toen antwoordde ze: 'Nee, dank je. Ik heb nog een hoop te doen voor ik mijn ziel aan de duivel verkoop.'

Ze kwam overeind en ging voor Lizzy staan.

'Bovendien heb ik zin je flink op je sodemieter te geven, je helemaal kapot te maken.'

Lizzy's gezicht verstrakte.

'Waarom doe je het nu niet? Ik ben alleen. En ongewapend.'

De raaf kraste weer. Andrea zocht hem met haar blik. Zonder Lizzy aan te kijken antwoordde ze: 'Tja. Dat zou te gemakkelijk zijn.'

Voor ze vertrok stak ze haar hand uit en gaf Lizzy een visitekaartje.

'En ik raak je liever daar waar het je de meeste pijn doet. Beetje bij beetje,' voegde ze eraan toe. 'Te beginnen met je investeringen bij de beursfirma Blue Chip. Met Alberto Suárez.'

Andrea genoot intens van Lizzy's onzekere gezicht.

'Je ziet het: ik heb mijn huiswerk goed gedaan.' Ze draaide zich om en klom op haar motor. Ze zette haar helm op en scheurde weg.

Nog uit het lood geslagen bekeek Lizzy het kaartje.

A. MIJANGOS. PRIVÉDETECTIVE, stond er in het ingetogen lettertype Helvetica.

Plus een telefoonnummer.

61

Zoals elke nacht lag Margarita Zamarripa, weduwe van Armengol, wakker. Overladen met schulden, op drift geraakt na de dood van haar echtgenoot, kon ze onmogelijk de slaap vatten.

De kosten van de school voor Rubén. De dokter voor Sergio. De tandarts voor Brenda.

Haar werk als boekhoudster bij een textielfabriek leverde niet voldoende op om drie kinderen te onderhouden. Twee maanden huurachterstand, de creditcards aan de limiet, de telefoon afgesloten en de van alle kanten dreigende beslagen hadden haar een maagzweer bezorgd.

En alsof ze niet al genoeg problemen had, hoorde ze nu ook nog geluiden in de keuken.

Aanvankelijk wilde ze denken dat het een droom was.

Nee, ze hoorde duidelijk gestommel in de keuken.

Margarita voelde haar maag samentrekken, alsof de zweer zuur afscheidde. In andere tijden zou haar man naar beneden zijn gegaan om de inbreker de stuipen op het lijf te jagen. Nog maar een paar weken eerder zou ze zelf zijn pistool hebben kunnen gebruiken, als ze het niet had hoeven verpanden.

Meer geluiden.

Bevend kwam de vrouw overeind, traag, alsof ze wilde dat de dief vertrok voordat zij beneden was. Ze liep langzaam naar de trap.

In de keuken brandde licht.

'Wie is daar?' riep ze onvast.

Stilte.

'Wie is daar?' herhaalde ze.

Ditmaal hoorde ze voetstappen. Ze zag dat het licht uitging en ze hoorde de achterdeur met een klap dichtslaan.

Met het hart in de keel ging Margarita op weg naar de keuken. Toen ze niemand zag, deed ze het licht aan.

Op tafel lag een envelop waar SRA. ARMENGOL op stond; ze pakte hem met trillende handen en maakte hem open.

Er zat een brief van amper een regel in:

Gebruik het alstublieft goed en doe geen domme dingen.
Groet,
De Hoer

Bijgevoegd was een cheque ten bedrage van tien miljoen peso.

Señora Armengol voelde dat ze bezwijmde.

Buiten verwijderde een brullende motor zich door de verlaten straten. Het geluid stierf weg in de nacht.

Postscriptum

Ten overvloede wellicht, maar het dient gezegd: hoewel een roman (vrijwel altijd) door slechts één persoon geschreven wordt, zijn velen direct of indirect bij het scheppingsproces betrokken.

Zwart ijs staat bij tientallen in het krijt; ik heb stukjes leven van verschillende personen gestolen en velen geraadpleegd om de samenhang aan te brengen.

Vanwege het voorgaande gaat mijn speciale dank, in strikt willekeurige volgorde, uit naar Israel Montes, de artsen Claudia Tomás en Claudia Gómez, Karen Chacek, Carmen Pinilla, Nelleke Geel en Guillermo Schavelzon.

Een aantal jaar geleden, toen ik *Gel azul* af had, mijn eerste lange verhaal, leerde Juan Hernández Luna me hoe ik een roman moet corrigeren. Hij is er nu niet meer om hem te kunnen bedanken, maar ik werk nog altijd zoals hij het me heeft geleerd. Dank je, maatje.

Tot slot wil ik mijn vrouw Rebeca en onze dochter María bedanken, omdat ze altijd naast me staan. Aan hen wijd ik permanent al mijn inspanningen.

Bef, Mexico-Stad, januari 2011